Werner J. Egli
Nacht der weißen Schatten

Werner J. Egli wurde 1943 in Luzern geboren. Schon als junger Mann unternahm er ausgedehnte Reisen durch Amerika. Seit mehr als zwanzig Jahren lebt Egli in Tucson/Arizona. Sein schriftstellerisches Interesse gilt besonders der Schilderung sozialpolitischer Konflikte innerhalb der amerikanischen Gesellschaft. Außerdem ist Werner J. Egli als Übersetzer tätig. Seine Bücher wurden mehrfach ausgezeichnet, u. a. mit dem Friedrich-Gerstäcker-Preis und dem Preis der Leseratten des ZDF.
Weitere Titel von Werner J. Egli bei dtv junior: siehe Seite 4

Werner J. Egli

Nacht der
weißen Schatten

Deutscher Taschenbuch Verlag

Zu diesem Band gibt es ein Unterrichtsmodell,
enthalten in LESEN IN DER SCHULE (Spannung
und Abenteuer), unter der Bestellnummer 8117
durch den Buchhandel oder den Verlag zu beziehen.

Von Werner J. Egli ist außerdem bei dtv junior
lieferbar:
Nur einer kehrt zurück, dtv junior 70468

Ungekürzte Ausgabe
In neuer Rechtschreibung
6. Auflage November 2005
1999 Deutscher Taschenbuch Verlag
GmbH & Co. KG, München
www.dtvjunior.de
© 1995 Verlag Carl Ueberreuter, Wien
Umschlagkonzept: Balk & Brumshagen
Umschlagbild: Ulrike Heyne
Gesetzt aus der Stempel Garamond
Gesamtherstellung: Ebner & Spiegel, Ulm
Printed in Germany · ISBN 3-423-78127-0

1

Sid war nicht da. Zuerst dachte Kris, Sid würde
hinter einer der Säulen stehen, die das weit über
den Bahnsteig hinausragende Vorbaudach trugen. Es waren vier weiße runde Säulen und sie
blickte zuerst zur entferntesten hinüber, dann
zur nächsten und zur nächsten, die sich nur we-
nige Schritte von ihr entfernt befand, und dann
zur letzten. Sie lächelte verlegen, als der Bahnhofsvorsteher an ihr vorbeiging und sie mit einem Blick streifte, aber als der Zug hinter ihr anfuhr und die letzten Passagiere, die ausgestiegen
waren, den Bahnhof durch das große Portal verlassen hatten, war sie sicher, dass Sid nicht hier
war. Allein stand sie da, den Koffer und den
Sportsack zu ihren Füßen, und sie blickte dem
Zug hinterher, der sich zuerst langsam und dann
immer schneller entfernte, um schließlich in die
tiefe Dunkelheit einzutauchen, die außerhalb
der Stadtlichter über dem Land lag. Das Geräusch, das der Zug machte, war verklungen. In
der Stille hörte Kris das Quaken der Ochsenfrö-
sche, das von einem Sumpfgebiet jenseits der
Geleise über den Bahndamm aufstieg und von
den Backsteinmauern des Stationsgebäudes wi-
derhallte. Sie warf einen Blick auf die Uhr zwischen den Säulen. Es war zwanzig nach elf. Der

Zug war mit mehr als dreißig Minuten Verspätung in Wakefield angekommen. Sie überlegte, ob sie Sid am Telefon überhaupt die richtige Ankunftszeit angegeben hatte. Zehn vor elf hätte der Zug ankommen sollen. Hatte sie ihr etwa zehn vor zehn gesagt? Oder zehn vor zwölf? Auf einmal war sie sich ihrer Zeitangabe nicht mehr sicher und nun spürte sie, wie in ihr ein Gefühl der Panik erwachte. Sie blickte sich schnell noch einmal nach allen Seiten um und da sah sie dort, wo der Briefkasten stand, einen schmalen Schatten, der nicht zum Briefkasten gehörte und auch nicht zu dem in der Nähe stehenden Abfallcontainer. Sie nahm ihren Koffer und den Sportsack auf und ging langsam auf die Stelle zu, wo der Schatten über den Fliesen lag, und dann sah sie zwei nackte Füße, staubbedeckte Füße, mit nahezu schwarzen Fußsohlen. Sie blieb stehen und blickte sich nach dem Bahnhofsvorsteher um, aber der war nirgendwo zu sehen. Ganz langsam näherte sie sich dem Briefkasten und da sah sie den Mann dort liegen, einen alten graubärtigen Mann, der eine graue zerrissene Hose trug und einen grauen, an den Ellbogen durchgescheuerten Kittel. Ein Arm des alten Mannes stand lang ausgestreckt von seinem Körper ab, während in seinem anderen ein kleiner, schwarzweiß gefleckter Hund lag. Der alte Mann ruhte auf Zeitungen, die er am Boden ausgebreitet hatte, zwischen dem Briefkasten und dem Abfallcontainer, und er schlief, für Kris im ersten Moment wie tot aussehend.

Jetzt öffnete er ein Auge und blickte zu ihr auf, ohne sich zu bewegen, und Kris stand wie angewurzelt da und starrte dem alten Mann in das offene Auge und der alte Mann starrte sie an, sah sie vielleicht oder vielleicht nicht, und Kris hörte nicht, wie von hinten jemand an sie herantrat, und als sie sich jäh umdrehte, prallte sie beinahe mit dem Bahnhofsvorsteher zusammen.

Vor Schreck blieb ihr das Herz stehen und sie spürte, wie ihr der Schweiß ausbrach.

»Ich nehme an, jemand hätte Sie abholen sollen, Miss«, sagte der Bahnhofsvorsteher, ein kleiner Mann mit einem stattlichen Bauch und einem schwarzen Knebelbart.

»Meine Cousine«, sagte Kris schnell.

»Ihre Cousine?«

»Ja. Hat vielleicht jemand nach mir gefragt? Kristine Dentry. Oder Kris Dentry. So nennt man mich.«

»Tut mir leid, Miss Dentry.« Der Bahnhofsvorsteher schüttelte den Kopf. »Wo wollen Sie denn hin?«

»Springtown. Mein Onkel James Dentry hat eine Farm dort. Nicht weit von Springtown entfernt.«

»Springtown? Am Skuna River? Dort kenn ich mich nicht aus. War nur einmal dort. Auf der Jagd nach einem Reh. Ziemlich entlegene Gegend dort.«

»Die Farm meines Onkels ist am Stony Creek«, erklärte Kris. »Ziemlich genau auf der

Grenze zwischen Yalabusha County und der Calhoun County. Das Wohnhaus, das steht in der Yalabusha County, und die Ställe und die große Scheune und die alte Sägemühle, die stehen in der Calhoun County.«

Der Bahnhofsvorsteher lächelte.

»Sie kennen sich gut aus, Miss«, sagte er beeindruckt.

»Ich bin dort aufgewachsen«, sagte Kris. »Es ist die alte Dentry Farm am Stony Creek, die schon meinem Urgroßvater Bushrod Dentry gehört hat. Jetzt gehört die Farm meinem Onkel James. Sid ist seine Tochter. Sie hat mir felsenfest versprochen, rechtzeitig hier zu sein und notfalls auf mich zu warten, falls der Zug Verspätung hat.«

»Ich weiß nicht, wie Sie ohne Ihre Cousine um diese Zeit nach Springtown gelangen könnten, Miss«, sagte der Bahnhofsvorsteher nachdenklich. »Um diese Zeit ist niemand mehr dorthin unterwegs, glaube ich. Vielleicht wäre es das Beste, wenn Sie versuchen würden, Ihren Onkel anzurufen. Es könnte ja sein, dass Ihre Cousine durch irgendwelche unvorhergesehenen Umstände aufgehalten wurde und doch noch herkommt.«

Kris nickte. Der Bahnhofsvorsteher hatte Recht. Es waren fast dreißig Meilen von Wakefield nach Springtown. Da konnte sich Sid gut verspätet haben. Vielleicht durch eine Panne auf der alten Landstraße, von der Kris wusste, dass sie voller Schlaglöcher war und auch voller

8

Schrauben, die sich von den durchgeschüttelten Autos lösten und herunterfielen, um manchmal in dem von der Mittagssonne aufgeweichten Asphalt stecken zu bleiben, bis sie sich schließlich in einen zufällig darüberrollenden Reifen bohren konnten. Kris erinnerte sich an eine Reifenpanne des Buick ihres Vaters, wo sich später in der Reparaturwerkstatt von Joe Bob Carlisle herausstellte, dass der Reifen, sage und schreibe, von der einen Griffhälfte einer alten Beißzange durchbohrt worden war.

Kris folgte dem Bahnhofsvorsteher zum öffentlichen Telefon. Von dort rief sie die Dentry Farm an, aber es meldete sich niemand. Sie ließ es läuten und läuten und schließlich hängte sie den Hörer ein und der Stationsvorsteher, der sie keinen Moment aus den Augen gelassen hatte, schüttelte mit einem Seufzer den Kopf.

»Jetzt ist guter Rat wohl teuer«, sagte er.

»Ich weiß auch nicht, was ich tun soll«, sagte Kris. »Ich kann hier warten, aber wer weiß, ob Sid überhaupt noch kommt.«

»Sie können im Wartesaal bleiben, Miss, solange die Station geöffnet ist«, sagte der Bahnhofsvorsteher.

Kris warf einen Blick auf ihre Armbanduhr. Es war jetzt schon kurz vor zwölf. Mitternacht. Der Stationsvorsteher blickte sie an.

»Ich versuch's noch mal«, sagte sie.

Wieder wählte sie die Nummer. Wieder ließ sie das Telefon klingeln. Als sie auflegen wollte, wurde am anderen Ende der Leitung abgehoben und Kris vernahm einen merkwürdigen Grunzlaut, der in einem Krachen endete. Es klang, als ob jemandem der Hörer aus der Hand gefallen war.

»Hallo!«, rief Kris. »Hallo, ist dort jemand?«

Nichts. Ein kratzendes Geräusch. Dann ein Schnauben.

»Hallo! Hallo! Ich bin's, Kris! Ist dort jemand?«

»Kris?«

»Ja. Bist du das, Onkel James?«

»Ja. Natürlich bin ich das, Kind. Jesus, es ist mitten in der Nacht. Wo bist du?«

»Hier. In Wakefield, auf dem Bahnhof.«

»In Wakefield? Auf dem Bahnhof? Was, zum Teufel, tust du in Wakefield auf dem Bahnhof?«

»Ich bin mit dem Zug angekommen, Onkel James.«

»Mit dem Zug?«

»Ja. Weißt du denn nicht, dass ich für ein paar Wochen auf der Farm sein werde? Du hast dich doch mit Vater abgesprochen, nicht wahr? Du weißt doch, dass ich komme?«

»Oh! Ja, selbstverständlich weiß ich das, Kris. Ich . . .«

Kris hörte ihn flüstern. Dann lachte jemand. Eine Frauenstimme.

»Onkel James?«

»Ja.«

»Sid wollte mich hier mit dem Auto abholen.«

»Sid?«

»Ja. Sie wollte mich zur Farm hinausfahren.«

»Sid ist nicht da, Kris.«

»Weißt du, ob sie hierher unterwegs ist, Onkel James?«

»Das kann schon sein, mein Kind. Jesus, es ist mitten in der Nacht. Ich habe keine Ahnung, wo Sid steckt. Sie sagt mir nicht mehr oft, wo sie hingeht. Glaubt, sie ist schon erwachsen.« Onkel James hustete und lachte gleichzeitig. »Ich freu mich, dass du hier bist, Kris. Das wird Sid gut tun. Sie braucht jemanden wie dich, verstehst du? Sie braucht jemanden, der mit einem gesunden Menschenverstand ausgestattet ist. Den hat sie allmählich nicht mehr, seit ihre Mutter weg ist. Einen gesunden Menschenverstand.«

»Onkel James!«

»Ja?«

»Wie komme ich von hier nach Springtown und hinaus zur Farm?«

»Hm.«

Kris hörte ihn flüstern. Eine halbe Minute verstrich. Dann hörte sie, wie er an einer Zigarette zog und den Rauch ausblies.

»Kris?«

»Ja.«

»Ich kann nicht weg von hier.«

»Ja.«

»Geh mal und guck, ob draußen vor dem Bahnhof ein Taxi steht. Ich bleib solange dran.«

»Ja. Bis gleich.« Kris legte den Hörer auf den Zahlkasten.

»Ich soll nachsehen, ob draußen ein Taxi steht«, sagte sie zu dem Stationsvorsteher, der

11

einige Schritte entfernt stand und sie beobachtete.

»Um diese Zeit«, sagte er kopfschüttelnd.

Der Platz vor dem Bahnhof war von wenigen Straßenlampen schwach beleuchtet. Kris sah einen kleinen Wagen dort stehen, mit durchgerostetem Blech unter der Tür und einem verbeulten Kotflügel. Dieses Auto gehörte wahrscheinlich dem Stationsvorsteher, denn es war das einzige Auto, das auf dem Platz stand. Kris wollte sich schon umdrehen und zurücklaufen, als plötzlich ein Motor zu brummen begann. Es war ein dumpfes Geräusch, das von einer Stelle kam, wo das Licht der Straßenlampen nicht hinreichte. Kris spähte über den Platz und da sah sie im Dunkeln etwas glänzen, einen Lichtreflex auf einem Metallstück oder vielleicht die Krümmung einer Windschutzscheibe. Und dann gingen die Scheinwerfer an und Kris wurde vom grellen Licht eines Autos geblendet.

Ihr erster Gedanke galt Sid. War sie doch gekommen? Sich mit ihrem Auto in der Finsternis der Nacht verstecken, das war typisch für sie. Mit einem Ruck drehte Kris dem Scheinwerfer den Rücken zu und ging auf die Eingangstür zu. Durch die Scheiben sah sie im Wartesaal den Stationsvorsteher stehen. Aber die Scheiben reflektierten auch das Scheinwerferlicht. Und während Kris auf die Tür zuging, sah sie, wie sich die Lichter langsam zu bewegen begannen, und sie hörte das leise Dröhnen des Motors lauter werden und hinter ihr im bläulich kalten Licht der

Straßenlampen glitt dunkel ein Auto über den Platz und am Haupteingang des Bahnhofes vorbei, und als es schon fast vorüber war, sah Kris den Stationsvorsteher mit herumfuchtelnden Händen herbeistürzen und sie drehte sich um und sah, dass das Auto einen kleinen Leuchtkasten mit der Aufschrift TAXI auf dem Dach hatte.

»Taxi!«, rief sie und lief wieder auf den Platz hinaus und hinter dem Taxi drein. »Taxi!«

Der Stationsvorsteher kam aus dem Bahnhof gerannt.

»Taxi!«, rief auch er hinter der großen dunklen Limousine her, die sich langsam entfernte, dem Anfang der Straße entgegen, die vom Bahnhof durch Wakefield zum Freeway hinausführte, der die kleine Stadt in einer Entfernung von drei Meilen passierte.

»Taxi!«, rief Kris noch einmal, als sie stehen blieb und dem Auto nachschaute. Und da wurde es plötzlich langsamer und schließlich hielt es und der Motor brummte wieder leise. Der Stationsvorsteher kam heran.

»Das ist Dolan Boyd mit dem alten Bullfrog«, sagte er.

Kris starrte das Auto an, das dort auf dem Platz stand, mit roten Heckleuchten und ohne Stoßstange, matt lackiert, denn nur das Glas der Heckscheibe glänzte und sonst nichts. Wie ein Monster sah dieser alte Pontiac aus, ein Monster, das im Dunkeln nach einem Opfer suchte. Die Rückfahrtleuchte ging an. Der Pontiac erzitterte, rollte rückwärts über den Platz auf Kris und den Stationsvorsteher zu und Kris spürte, wie ihr Herz schneller zu schlagen begann.

»Dolan Boyd«, hörte sie sich leise in das dröhnende Motorengeräusch hinein sagen. »Wer ist Dolan Boyd?«

»Der Bruder von Jake Boyd, Miss. Jake The Snake Boyd.«

Kris versuchte sich zu erinnern, ob sie den Namen mit irgendjemandem, den sie kannte, in Verbindung bringen konnte. Nein, sie hatte weder von Dolan Boyd noch von Jake »The Snake« Boyd jemals gehört.

Er hielt vor ihnen. Das Geräusch des Motors ließ die schwüle Nachtluft erzittern. Die Fahrertür ging auf. Hinter dem Steuer saß ein dunkelhäutiger Junge, von dem Kris im ersten Moment nur das Weiß der Augen und die Zähne sehen konnte.

»Taxi?«, fragte er.

»Ja«, stieß Kris hervor. »Jawohl! Ich brauch ein Taxi, das mich zur Dentry Farm bringt.«

Der Junge wandte sich ab. Mit der Faust schlug er gegen die Innendecke des Pontiacs. Eine kleine Leuchte über der vorderen Sitzbanklehne ging an, beleuchtete ihn von oben, seinen beinahe kahl geschorenen Kopf und die Narbe hoch auf seiner Stirn, fast wie ein Scheitel. Er musterte Kris kurz.

»Kein Gepäck, Miss?«, fragte er.

»Doch. Auf dem . . . ich . . . ich habe es auf dem Bahnsteig zurückgelassen. Warten Sie bitte hier!« Sie drehte sich um und lief davon, durch den Wartesaal und zum Telefon.

»Onkel James!«

»He, ich dachte schon, du hast dich zu Fuß auf den Weg gemacht, Kris.«

»Nein. Ich . . . ich komme mit dem Taxi.«

»Gut. Das geht in Ordnung. Ich warte auf dich.«

»Das brauchst du nicht. Die Fahrt dauert bestimmt eine Stunde auf dieser Holperstraße.«

»Vom Crossroad Store bis zum Stony Creek Lake ist die Straße frisch geteert, Kris.«

»Trotzdem, du brauchst nicht auf mich zu warten. Ich weiß ja, wo ich reinkomme, und mein Zimmer finde ich ganz bestimmt noch.«

»Dann sehen wir uns morgen irgendwann.«

»Wecke mich, wenn du aufstehst.«

»Um sechs?«

»Ja. Wir frühstücken zusammen.«

»Okay, Mädchen. Ich wecke dich.«

»Gut. Bis morgen.«

»Bis morgen.«

Kris hörte ihn noch murmeln, dass morgen eigentlich schon heute sei, aber sie sagte nichts mehr und hängte ein. Als sie sich vom Telefon wegdrehte, um zu ihrem Gepäck zu gehen, stand dort der Fahrer des Taxis. Er war ein hagerer, nicht sehr großer Junge, der eine fadenscheinige Blue Jeans und ein schwarzes T-Shirt mit der Aufschrift MISSISSIPPI trug. Ohne sie zu beachten, hob er mühelos ihren schweren Koffer auf, hängte sich den Sportsack über die Schulter und ging den Bahnsteig entlang, vorbei an dem alten Mann mit seinem kleinen Hund, um den Bahnhof herum und nach vorn zum Platz, wo mit laufendem Motor sein Taxi stand. Er verstaute den Koffer und den Sportsack im Kofferraum, knallte ihn zu und öffnete die Tür hinten links. Kris fiel auf, dass der Pontiac rundum voller Beulen war, sogar auf dem Dach waren welche, und dass seine Lackierung nicht etwa gespritzt war, sondern aus einer matten, mit dem Pinsel aufgestrichenen Farbschicht bestand. Parkbankgrün.

Bevor Kris einstieg, sah sie sich noch einmal nach dem Stationsvorsteher um. Er stand beim Eingang, etwas verloren, so als wäre er es und nicht sie, die nicht abgeholt worden war. Sie stieg ein. Der Sitz hinten war so weich, dass sie beinahe darin versank. Im Licht der Innenleuchte sah sie, dass der Pontiac mit stabil aussehenden Überrollbügeln aus dickem Stahlrohr versehen war. Außerdem fehlten der Himmel und die Türverschalungen.

Der Junge machte die hintere Tür zu, stieg selbst ein und schaltete den Zähler ein.

»Dentry Farm am Stony Creek?«, fragte er, während er den ersten Gang einlegte und langsam anfuhr.

»Genau«, sagte Kris. »Weißt du, wo das ist?«

Langsam fuhr der Pontiac über den Platz und dann die Straße hinunter durch die stille Stadt.

»Ich bin hier aufgewachsen«, sagte der Junge nach längerem Schweigen.

»Ich auch«, sagte Kris.

Das Taxi hielt an der Hauptkreuzung. Die Ampel stand auf Rot.

»Wo bist du zur Schule gegangen?«, fragte Kris.

»Hier.«

»Hier, in Wakefield?«

Er schwieg.

»Pembroke Jr. High und Highschool?«, fragte sie ihn.

Die Ampel wurde grün. Er fuhr an. Das Motorengeräusch im Pontiac dröhnte in Kris' Ohren. Sie konnte sich nicht erinnern, bei einem anderen Auto jemals ein ähnliches dumpfes Geräusch gehört zu haben.

»Was hast du vorn drin, unter der Haube?«, fragte sie.

»Vier vierzig«, sagte er. »V acht.«

»Pembroke High, die haben wir in meinem Freshman-Jahr geschlagen. Einundzwanzig zu sechs. Das hat es vorher und nachher nie gegeben.«

Er sagte nichts.

»Wann war deine Graduation?«

»Ich bin frühzeitig von der Schule gegangen«, sagte er.

»Hast du Football gespielt? Oder Basketball?«

»Basketball. Football auch.«

»Pembroke High war immer besser als wir. Im Basketball sowieso.«

17

»Ich bin nicht auf die Pembroke Highschool gegangen«, sagte er.

»Nicht?«

»Nein. Ich bin auf die Rowan-Schule gegangen.«

»Auf die Rowan-Schule in Springtown?«

»Ja.«

»Das ist doch nur eine Grundschule.«

»Ich war nie auf der Highschool.«

»Oh.«

»Ja.«

Sie schwiegen. Sie schwiegen, bis sie aus der Stadt heraus waren und sich auf dem Freeway-Zubringer befanden. Schilder glitten vorbei. Eine Meile bis zur Interstate 55.

»Es gibt berühmte Leute, die nie auf der Highschool waren.«

»Ja?«

»Ja.«

»Wer?«

»Ich weiß im Moment auch nicht, wer.« Kris lachte und lehnte sich zurück. »Einstein«, sagte sie. Die Federn der Rücklehne stachen ihr in den Rücken. »Dieses Auto war nicht immer ein Taxi, nicht?«

»Nein.«

»Der Stationsvorsteher sagte, dass es Bullfrog heißt.«

»Ja.«

»Mein Name ist Kris. Kris Dentry. Und du bist Dolan Boyd, nicht wahr?«

Er schwieg.

»Du wunderst dich vielleicht, wieso ich das weiß?«

»Der Stationsvorsteher hat es Ihnen gesagt, Miss.«

»Erraten.« Sie lachte. Er lachte nicht. Die Auffahrtrampe hinunter beschleunigte er. Der Motor wurde kaum lauter, begann aber zu grollen. Kris blickte nach links. Auf der Innenspur fuhren große Überlandlaster. Dolan Boyd steuerte seinen Pontiac in eine der Lücken, glitt hinüber auf die mittlere Spur und jagte an den Lastern vorbei.

»Meine Eltern sind weggezogen, als ich dreizehn Jahre alt war«, sagte Kris. Sie wusste auch nicht, warum sie ihm das alles sagte. Ihr Leben ging ihn eigentlich nichts an. Außerdem war er ein Schwarzer. »Lass dich nur nicht mit den Schwarzen ein«, hatte ihr ihre Mutter in letzter Zeit so häufig gesagt, dass Kris jedes Mal das Gesicht ihrer Mutter sah, wenn sie mit einem Schwarzen redete. Dieses blasse, hagere Gesicht mit den warnenden Augen und dem schmalen Mund, dessen Lippen sie mit dem Stift übermalte, so dass sie dicker erschienen, als sie es waren. »Unsere Gesellschaft ist nicht so tolerant, wie es auf den ersten Blick scheint. Es hat sich zwar in den letzten Jahren vieles geändert, einiges zum Guten, und anderes wiederum lässt einen zumindest rätseln, aber Mischehen, die werden noch immer nicht einfach als eine Normalität hingenommen, Kristine. Darüber solltest du dir im Klaren sein.«

Mischehen. Kris beugte sich vor und stützte sich auf der Rückenlehne der vorderen Sitzbank auf.

»Was hältst du von Mischehen, Dolan?«

»Mischehen?«

»Ja. Glaubst du, dass unsere Gesellschaft für Mischehen bereit ist oder nicht?«

Er sagte nichts. Kris warf einen Blick auf den Tacho. Mit 80 fuhr er über der erlaubten Höchstgeschwindigkeitsgrenze. Sie wollte das Seitenfenster herunterlassen, aber der Drehhebel ließ sich nicht bewegen. Als sie mehr Kraft anwendete, brach der Plastikknauf ab. Erst wollte sie ihn einfach aus der Hand auf den Boden fallen lassen, ohne ihm etwas zu sagen, aber dann sah sie das Weiße seiner Augen im Rückspiegel.

»Ich halte nichts von Mischehen«, sagte er.

»Ich habe hier hinten etwas kaputtgemacht«, sagte sie. »Ich habe versucht, das Fenster aufzumachen, und dabei ist der Knauf am Fensterhebel abgebrochen.«

»Mein Onkel Jeff heiratete eine Weiße«, sagte Dolan. »Er ist mit seiner Frau weggezogen. Nach Pittsburgh. Dort war es nicht besser.«

»Wann wurde die Ehe geschieden?«

»Onkel Jeff wollte nicht aufgeben. Er liebte seine Frau und die Kinder. Und seine Frau liebte ihn und die Kinder.«

»Was ist geschehen?«

»Nichts.«

»Nichts?«

»Onkel Jeff starb vor einem Jahr.«

»Das tut mir Leid.«

Dolan gab ihr keine Antwort. Schweigend fuhren sie auf dem Freeway nach Süden bis dort, wo die 330 einmündete. Dolan bremste den Pontiac auf der Auffahrtrampe, die zur Brücke hochführte, langsam ab. Am Stoppschild hielt er kurz an, schwenkte nach links ab, über die Brücke und auf die Überlandstraße nach Osten. Er fuhr jetzt langsamer. Dunkelheit umfing den Pontiac wie eine schwarze Decke. Hier und dort leuchtete ein Licht in der Nacht, eine Lampe vor einem Haus, halb verdeckt von den Bäumen und vom Gestrüpp, das zu beiden Seiten der Straße schwarz aufragte. Drei Rehe tauchten im Scheinwerferlicht auf, sprangen in langen Sätzen über die Straße und über einen Wassergraben auf eine schmale Lücke im Gestrüpp zu. Später kam ihnen ein Auto entgegen.

»Sumpffieber«, sagte Dolan Boyd plötzlich. »Onkel Jeff verlor seinen Job in Pittsburgh. Er war Stahlarbeiter. Als das Geld ausging, trampte er nach Atlantic City. Eine Zeit lang war er dort Taxifahrer. Vierzehn Stunden jeden Tag. Minimallohn. Keine Krankenversicherung. Keine Arbeitslosenversicherung. Kein Urlaubsgeld. Vor drei Jahren kehrte er mit seiner Familie hierher zurück. Dann wurde er krank. Sumpffieber. Die meisten Leute sterben nicht davon.«

»Das tut mir Leid«, sagte Kris.

»Das braucht dir nicht Leid zu tun. Ich glaube, er wollte sowieso sterben.«

Kris sagte nichts.

»Das ist das Schlimme«, sagte Dolan, »dass manche Leute sterben und manche nicht.«

»Alle sterben einmal«, sagte Kris.

»Ich kenn welche, die sterben nie«, sagte Dolan.

Woher der Pick-up Truck gekommen war, konnte Kris zuerst nicht sagen. Eigentlich erinnerte sie sich an überhaupt nichts mehr, als sie im Krankenhaus aufwachte. Erst später, als sie wieder über die geistige Kraft verfügte, sich auf jene Nacht zu konzentrieren, kamen ihr nach und nach einige schreckliche Bilder in den Sinn. Sie sah, wie Dolan Boyd vom Scheinwerferlicht eines herannahenden Fahrzeugs geblendet wurde. Sie sah sein Gesicht im Rückspiegel, hell angestrahlt, seine Augen zu schmalen Schlitzen zusammengekniffen. Sie selbst wurde geblendet und sie versuchte, ihre Augen mit einer vorgehaltenen Hand zu schützen. Das Fahrzeug, das ihnen entgegenkam, heulte aus der Nacht heraus hinter seinem eigenen Licht her so dicht am Pontiac vorbei, dass Dolan bis zum Asphaltrand ausweichen musste. Die rechten Räder des Pontiac rissen die Grasnarbe auf. Er geriet ins Schleudern. Kris hörte Dolan »Jesus!« rufen und für einen Augenblick glaubte sie, der Pontiac würde über die Böschung hinwegschlittern und in den Schlammgraben fallen, der sich rechts der Straße entlangzog. Irgendwie gelang es Dolan aber, mit dem Steuer zu korrigieren und den Pontiac unter seine Kontrolle zu bringen.

»Das war knapp«, stieß Kris hervor, als die Gefahr abgewendet war. »Wir hätten uns leicht an der Böschung überschlagen können.«

»Das muss ein Betrunkener gewesen sein«, sagte Dolan. Er schien völlig gelassen. Das Zählwerk klickte beim Umschalten. Es hatte schon über zwanzig Dollar drauf.

»Hast du von Onkel Jeff gelernt, wie man ein Taxi fährt?«

»Nein. Bullfrog ist eigentlich kein Taxi.«

»Was ist Bullfrog denn, wenn es kein Taxi ist?«

»Der Rennwagen meines Bruders.«

»The Snake?«

»Jake.«

»Dein Bruder fährt Rennen?«

»Nicht mehr.«

»Aber er ist welche gefahren?«

»Ja. Stockcar-Rennen. Er war gut. Einer der besten.«

»Und warum fährt er nicht mehr?«

»Das ist eine lange Geschichte.«

»Erzähl sie mir!«

»Es ist eine lange Geschichte.«

»Erzähl sie mir trotzdem.«

»Er hatte unter den weißen Jungs wenig Freunde, weil er oft ein Rennen gewann, das ein weißer Fahrer hätte gewinnen sollen.«

»Ist dein Bruder etwa auch tot?«

»Nein. Er ist halb tot. Von der Hüfte abwärts. Querschnittsgelähmt nennt man das.«

»Was ist passiert?«

»In einer Nacht auf dem Weg vom Crossroad Store nach Grinders Hollow, wo unser Haus steht, schoß jemand auf ihn. Eine Kugel traf ihn von schräg hinten in den Rücken; durch das Türblech und die Sitzlehne in den Rücken.«

»Das ist entsetzlich. Weiß man, wer geschossen hat?«

»Billy Rowan hat geschossen.«

»Billy Rowan. Vom Autohaus Rowan?«

»General Motors und Nissan«, sagte Dolan.

»Ich ging mit ihm in die Schule.«

»Jetzt ist er im Knast. Sechs Jahre. Was sind sechs Jahre gegen ein Leben im Rollstuhl? Ich hätte ihm lebenslänglich gegeben, aber Hopkins war sein Anwalt. Sie haben die Gerichtsverhandlung in eine andere County verlegt und aus den Forderungen des Staatsanwaltes auf lebenslänglich wurde eine sechsjährige Haft mit Anrechnung der Untersuchungshaft. Billy kommt wahrscheinlich schon nach drei Jahren aus dem Knast, obwohl er öffentlich geschworen hat, uns heimzuzahlen, was wir –« Dolan brach jäh ab. Er blickte durchs Seitenfenster in den Außenrückspiegel. »Da kommt einer ohne Licht ran«, sagte er.

Kris blickte durchs Heckfenster zurück. Es war ein Pick-up Truck, der in rasender Geschwindigkeit von hinten auf sie zuschoß, auf die Gegenfahrbahn auswich und unter lautem Gehupe zum Überholen ansetzte. Dolan steuerte den Pontiac hart an den Straßenrand heran. »Heute sind nur noch Verrückte unterwegs«, hörte ihn Kris in das Hupgeheul hineinrufen. Im nächsten Moment gab es einen Knall. Der Pontiac änderte plötzlich die Richtung. Kris wurde von der Rückbank gerissen und prallte hart gegen die rechte hintere Tür, dann gegen das Dach und gegen die Lehne. Glas zersprang. Blech verbog sich kreischend. Kris merkte nicht, wie die linke hintere Tür aufsprang, für einen Moment sperrangelweit offen stand und dann unter der Wucht, mit dem der Pontiac auf ihr landete, völlig zerdrückt in den Rahmen hineingepresst wurde.

Ohne dass sie es gemerkt hatte, war sie in dem Augenblick, in dem die hintere rechte Tür aufgeworfen worden war, aus dem sich überschlagenden Taxi geschleudert worden. Sie kam zu sich, als sie im Gras lag. Sie versuchte sich zu bewegen, aber es gelang ihr nicht. Sie spürte keine Schmerzen, aber sie war wie gelähmt. Schattenhafte Gestalten liefen an ihr vorbei. Der scharfe Geruch von Benzin stieg ihr in die Nase. Sie hörte Stimmen. Worte, die keinen Zusammenhang ergaben. Stimmen, die wie aus einer tiefen Gruft kamen. Flammen zuckten durch die Nacht, loderten an der Böschung hoch, die zu einem tiefen Graben abfiel. Die Gestalten kamen zurück, liefen an ihr vorbei.

Nur eine verharrte kurz bei ihr, beugte sich über sie.

»Lieber Gott«, hörte sie eine Stimme flüstern.

Als sie das nächste Mal aus der Ohnmacht erwachte, war sie allein. Jetzt konnte sie einen Arm und den Kopf bewegen. Im Mund hatte sie den Geschmack von Blut.

Die Nacht war hell von den Flammen, die im dicken Qualm aus dem Wrack des Pontiac loderten. Glutschleier trieben über Kris hinweg und über die leere Straße. Kris vernahm eine innere Stimme, die ihr befahl, aufzustehen und sich in Sicherheit zu bringen. Sie versuchte es, aber sie fiel ins Gras zurück. Sie konnte kaum atmen. Stählerne Klammern schienen ihr den Brustkorb zusammenzudrücken. Beim Wrack zerplatzte irgendetwas in der Hitze des Feuers. Funken hoben sich in die Glutwolken. Jäh schoß ein merkwürdiger Gedanke durch ihren Kopf. Die Kleider im Kofferraum. Das schöne schwarze Seidensakko, das ihr ihre Mutter zum Geburtstag geschenkt hatte. Eine Sekunde nur dachte sie daran, dann begann sie zu kriechen. Sie kroch durch das Gras und an der Böschung hoch zum Straßenrand. Dort verließen sie ihre Kräfte. Sie lag da und starrte zum brennenden Wrack hinunter. Sie hörte, wie das Feuer den Pontiac verzehrte, sah, wie sich der Reifengummi in glühenden Klumpen von den Rädern löste.

Irgendwann vernahm sie ganz leise eine Sirene. Das Heulen wurde erst lauter und dann leiser und leiser, bis es schließlich verstummte. Das berstende Krachen, mit dem der Benzintank des Pontiac explodierte, hörte sie nicht mehr.

2

Das Erste, was sie wahrnahm, als sie aus der Ohnmacht erwachte, waren die beiden Plastikbeutel, die über ihr im blassen Licht einer Neonleuchte hingen. Von beiden führten dünne durchsichtige Schläuche zu ihr herunter. Der größere Beutel war halb voll mit einer klaren Flüssigkeit, die in langen, gleichmäßigen Abständen in einen Schlauch hineintropfte. Sie folgte dem Schlauch mit den Augen bis hinunter zur Beuge ihres rechten Armes. Dort ragte das Ende einer Nadel unter dem Rand eines Heftverbandes hervor. Der andere Schlauch führte ebenfalls zu dieser Stelle.

Das Nächste, was sie wahrnahm, waren die Schmerzen. Sie spürte sie, konnte aber nicht feststellen, woher sie kamen. Sie waren überall in ihr; ein Durcheinander von Schmerzen, dumpf und stechend zugleich, drückend und reißend.

Es dauerte eine Weile, bis sie wusste, wo sie sich befand. Sie konnte an sich heruntersehen. Sie lag, lang ausgestreckt, in einem Krankenhausbett, mit Chromgeländer an beiden Seiten. Die Beutel über ihr hinten an einem Halter. An der weißen Decke befand sich die Neonleuchte.

Die Rückenlehne des Bettes war schräg aufgestellt. Sie konnte einen Schrank sehen und einen Stuhl in der Nische zwischen dem Schrank und dem Waschbecken. Auf einer Ablage befanden sich ein paar Dinge, die nicht ihr gehörten. Aber auf dem Stuhl saß Charlie, ihr alter Teddy, der nur noch ein Auge hatte und ein Fell, als wäre er an der Räude erkrankt.

Kris' Nase war so ausgetrocknet, dass sie schmerzte. Dieses Gefühl konnte sie kaum ertragen. Langsam hob sie die linke Hand. Sie war verbunden. Am Arm entdeckte sie dunkle Blutspuren und ein hellblaues Plastikband, auf dem ihr Name stand und ein Datum. Weiter oben am Arm befanden sich zwei breite gepolsterte Plastikbänder, von denen irgendwelche Kabel und Schläuche wegführten. Kris berührte ihre Nase, berührte die dünnen Schläuche, die über ihrem Mund in beide Nasenlöcher führten.

An der anderen Hand spürte sie etwas Hartes. Sie öffnete die Hand. Da lag ein kleiner Druckknopfschalter. Sie drückte auf den Knopf. Nichts geschah. Dann drückte sie noch einmal. Und wartete.

Am Geländer auf der linken Bettseite hing ein großer Sack aus festem durchsichtigem Plastik. Ein Schlauch führte von ihm weg unter das Bettlaken, mit dem sie zugedeckt war.

Die Tür ging auf. Verschwommen sah sie eine Gestalt zum Bett kommen. Jemand berührte sie sanft an der Schulter.

»Kristine.«

Kris schluckte. Ihre Kehle war genau wie die Nase furchtbar trocken.

»Ja«, flüsterte sie. Die Gestalt nahm klare Formen an. Bekam ein Gesicht. Ein helles Gesicht mit großen dunklen Augen und einem dunkelrot leuchtenden Mund.

»Ich bin Susan, deine Krankenschwester«, sagte der Mund.

»Wo . . . wo bin ich hier?«, hörte sich Kris fragen.

»Im St. Joseph Hospital von Wakefield«, sagte die Krankenschwester. »Ich weiß nicht, ob du dich erinnern kannst, aber du hattest einen schweren Unfall. Einen Autounfall.«

»Meine . . . meine Nase ist . . .«

»Du kriegst Sauerstoff durch die Nase, Kris. Deshalb verspürst du dieses unangenehme Gefühl. Ich werde dir Tee bringen lassen. Hast du Schmerzen?«

»Ja.«

Die Krankenschwester nickte. »Eine dumme Frage, nicht wahr? Natürlich hast du Schmerzen. Die werden auch nicht so schnell weggehen. Aber wenn es zu schlimm wird, drück auf diesen Knopf hier. Damit kontrollierst du das Morphium in diesem kleinen Beutel dort oben.« Sie zeigte auf den kleineren der beiden Beutel, die über Kris vom Chromhalter hingen. »Du wirst gleich wieder einschlafen, Kris. Und wenn du das nächste Mal aufwachst, geht es dir schon etwas besser.«

»Wie . . . wie kommt Charlie hierher?«

30

»Charlie? Ach so, dein Teddy. Deine Mutter hat ihn hergebracht.«

»Meine Mutter?«

»Ja. Sie ist seit zwei Tagen hier. Fast die ganze Zeit hat sie an deinem Bett verbracht. Dr. Stuart hat sie zurück ins Hotel geschickt, damit sie einmal richtig schlafen kann. Aber sie wird bestimmt schon bald wieder hier sein, um nach dir zu sehen.«

»Wie geht es mir denn?«

»Nicht sehr gut, Kris. Dr. Stuart wird dir alles erklären. Du hast gebrochene Rippen und einen perforierten Lungenflügel. Deshalb musst du dich mit dem Oberkörper vorsichtig bewegen. Dieser Schlauch hier saugt die Flüssigkeit ab, die sich zwischen deinem Rippenfell und der Lunge bildet.« Die Schwester zeigte auf einen braunen Schlauch, der zu einem kleinen Kasten mit metallenen Armaturen führte und von dort zu einem Kontrollkasten an der Wand. »Dort ist eine kleine Pumpe eingebaut, die du hören wirst, wenn es hier wieder still ist.«

»Und wie lange werde ich . . . werde ich hier bleiben müssen?«, fragte Kris mühsam.

»Das kann ich dir nicht sagen, Kris. Ein paar Tage werden es schon sein. Eine Woche vielleicht. Oder zwei. Das kommt darauf an, wie schnell deine Lunge heilt. Ich werde jetzt dafür sorgen, dass du deinen Tee kriegst. Außerdem soll ich Dr. Stuart Bescheid geben, sobald du aufwachst.«

Die Krankenschwester berührte Kris sanft an

der Schulter, drehte sich um und verließ das Zimmer.

Es wurde still. So still, dass Kris das Geräusch der Pumpe vernahm, ein leises Schlürfen, das manchmal schwächer wurde und manchmal ein bisschen lauter.

Sie lag still da.

Das schreckliche Gefühl in ihrer Nase brachte sie beinahe um den Verstand. Sie versuchte sich an das zu erinnern, was geschehen war. Dabei fiel ihr Dolan ein. An seinen Familiennamen konnte sie sich nicht mehr erinnern. Dolan. Sie dachte an ihn und dabei schlief sie ein.

»Kris!«

Die Stimme ihrer Mutter drang tief in ihr Bewusstsein. Kris öffnete die Augen und blickte in das Gesicht ihrer Mutter, die sich über sie gebeugt hatte.

»Kris, mein Kind«, flüsterte ihre Mutter mit tränenerstickter Stimme. »Oh, du lieber Gott, jetzt bist du endlich aufgewacht.« Sie nahm Kris' Kopf zwischen ihre schmalen kühlen Hände und drückte ihr die Lippen auf die Stirn. Als sie sich aufrichtete, liefen ihr Tränen über das Gesicht und Kris konnte nicht verhindern, dass auch ihr die Tränen kamen, und so weinten sie beide und hielten sich einander an der Hand und ihre Mutter küsste ihre Hand und drückte sie gegen ihre Brust. »Du hast großes Glück gehabt, Kris«, sagte sie. »Großes Glück.«

»Ist . . . ist Vater auch hier?«, fragte Kris leise.

»Nein. Es war ihm unmöglich, die Termine abzusagen. Aber er wird Freitagabend herkommen und übers Wochenende bleiben, mein Schatz.« Mrs Dentry nahm ein Taschentuch aus ihrer Tasche und wischte sich behutsam die Tränen von den leicht gepuderten Wangen. Dann betrachtete sie sich in einem kleinen Taschenspiegel. »Du meine Güte, wie seh ich nur aus«, rief sie leise. »Ein Wunder, dass ich dich nicht erschreckt habe, als du aufgewacht bist!«

»Ich bin schon einmal aufgewacht«, sagte Kris.

»Ja. Das wurde mir leider zu spät mitgeteilt. Das Personal hier ist nicht das zuverlässigste, mein Kind. Ich wünschte, wir könnten dich zurück nach Atlanta fliegen, aber das lässt dieser Dr. Stuart nicht zu, obwohl ich meine, dass dir bei uns bessere Pflege zukommen würde als in diesem Nest hier.«

»Wakefield ist eine Stadt, Mom«, sagte Kris und lächelte dabei schwach. »Du brauchst dir keine Sorgen zu machen. Ich glaube, ich bin hier gut aufgehoben.«

»Nun, sobald Dr. Stuart es erlaubt, werden wir dich nach Hause bringen. Dein Vater hat schon alles in die Wege geleitet. Wir werden dich von hier per Helikopter nach Atlanta fliegen und dort in unserem Hospital unterbringen, unter der Obhut von Dr. Morton natürlich, der einer der führenden Traumaspezialisten des Landes ist. Dieser Dr. Stuart ist mir nämlich suspekt, Kris. Er ist hier in der Gegend für seine Fernseh-

33

sendung ›Munter und gesund‹ bekannt und vor allem durch seine altherkömmlichen Heilmethoden, die er von irgendwelchen Kopfjägern im Amazonas gelernt haben will.«

Während sie redete, schminkte sie sich mit routinierter Leichtigkeit, ihre Augen abwechselnd auf den kleinen runden Taschenspiegel und auf Kris gerichtet.

»Sag mir, mein Kind, wie groß sind deine Schmerzen?«

»Ich glaube, es geht mir besser, Mom.«

»Das ist ausgezeichnet, mein Kind.«

»Nur die Nase, die ist furchtbar ausgetrocknet. Ich wünschte, man könnte die Schläuche entfernen.«

»Das ist Sauerstoff. Dein rechter Lungenflügel ist von deiner gebrochenen Rippe durchbohrt worden. Die Lunge fällt sozusagen in sich zusammen, solange die Wunde sich nicht geschlossen hat. Das ist wie bei einem Reifen. Erst wenn man ihn geflickt hat, kann man ihn wieder aufpumpen.«

Kris spürte ein Würgen in der Kehle.

»Mom, ich glaube, ich muss mich übergeben«, stieß sie hervor.

Ihre Mutter hielt inne und blickte sie am Spiegel vorbei an.

»Bist du sicher, Kris?«

Kris nickte. Da ließ ihre Mutter das Schminkzeug und den Spiegel in der Tasche verschwinden. Sie klingelte nach der Schwester, die nach wenigen Sekunden ins Zimmer kam.

»Meine Tochter glaubt, dass sie sich übergeben muss«, sagte Mrs Dentry mit einem vorwurfsvollen Unterton in ihrer Stimme. Die Krankenschwester, es war nicht Susan, sondern eine Schwarze, holte eine Plastikschale unter dem Bett hervor und hielt sie Kris unters Kinn.

»Du brauchst es nicht zurückzuhalten, Kleines«, sagte die Krankenschwester beruhigend. »Wenn du dich erbrochen hast, wirst du dich gleich besser fühlen. Außerdem werde ich dir ein Mittel geben, das . . .«

Kris gab dem Brechreiz nach und spuckte schleimiges Zeug in die Schale. Ihre Augen begannen zu tränen und ihr Magen krampfte sich zusammen. Sie spürte, dass sie noch einmal erbrechen musste. In diesem Moment tauchte in der Tür ein hagerer, groß gewachsener Mann auf, der das schulterlange graussträhnige Haar in der Mitte gescheitelt und hinten zu einem Pferdeschwanz gebunden hatte. Er trug einen grünen Arztkittel mit kurzen Ärmeln. An beiden Armen konnte Kris unter den dunklen Haaren Tätowierungen erkennen.

Der Mann kam ins Zimmer.

»Was ist los, Schwester Ruth?«, fragte er mit einer dunklen, festen Stimme.

»Ihr Magen«, sagte die Schwester. »Sie muss sich erbrechen.«

»Und da fällt Ihnen nichts anderes ein, als ihr die Schale unters Kinn zu halten?« Der Mann trat an das Bett heran. Er beachtete Kris' Mutter mit keinem Blick. »Gegen solchen Brechreiz gibt es ein einfaches, aber ausgezeichnetes Mittel, Ruth. Tun Sie ein bisschen Tee in die Mundtasche hinter der Unterlippe des Patienten. Das wirkt sofort.«

Kris erbrach sich noch einmal. Die Krankenschwester wischte ihr den Mund ab und Kris ließ den Oberkörper langsam zurückgleiten, bis er auf den Kissen zur Ruhe kam. Der hagere Mann trat an das Fußende des Bettes, studierte kurz den Krankenbericht, den ihm die Krankenschwester reichte, nahm die Brille von seiner Nase und sah Kris an.

»Ich bin Dr. Stuart«, sagte er. »Bis jetzt hast du dich ausgezeichnet gehalten, Kris. Ich glaube, in einer Woche bist du so weit hergestellt, dass du den Transport nach Atlanta wagen kannst, den deine Eltern für dich vorgesehen haben.«

»Es muss mich ziemlich schlimm erwischt haben, Dr. Stuart«, sagte Kris und blickte dabei in die blauen Augen des Arztes.

»Du hattest Glück, dass du diesen schrecklichen Unfall überlebt hast, mein Kind«, sagte Mrs Dentry. »Das stimmt doch, nicht wahr, Doktor?«

»Es hat anfänglich nicht sehr gut ausgesehen, Kris«, pflichtete Dr. Stuart ihrer Mutter bei. »Es war ein Glück, dass man das Feuer vom Crossroad Store aus gesehen hat. Die Hunde dort haben wie verrückt gebellt und Mr Haumesser und seine Frau sind aufgewacht und haben sofort die Polizei angerufen. Ich glaube, es hat eine halbe

Stunde gedauert, bis man dich hier eingeliefert hat, Kris.«

»Und Dolan?«

»Dolan?« Ihre Mutter hob die rechte Augenbraue. Dabei bildete sich über ihrer Nasenwurzel eine tiefe, Kris vertraute Kerbe.

»Der Fahrer«, sagte Kris.

»Man hat ihn wenig später auch vom Unfallort entfernt«, sagte Dr. Stuart.

»Wie geht es ihm?«

»Es geht ihm entsprechend.« Dr. Stuart kam um das Bett herum. »Es gibt mehrere Leute, die schon die ganze Zeit darauf warten, dass du aufwachst und ihnen erzählen kannst, was auf der Fahrt von Wakefield nach Springtown vorgefallen ist, Kris.«

»Das . . . das weiß ich selbst nicht mehr so genau«, sagte Kris. »Es ging alles so schnell. Von einer Sekunde auf die andere lag ich im Gras und das Taxi lag auf dem Dach und brannte und ich kroch auf die Straße zurück. Was danach geschah, weiß ich nicht mehr.«

»Sheriff Sutro wird dir diesbezüglich einige Fragen stellen müssen, Kris. Er wartet draußen. Glaubst du, dass du kräftig genug bist, ihm zu sagen, wie es zu diesem tragischen Unglück kommen konnte?«

Kris blickte ihre Mutter an.

»Du wirst dem Sheriff die Wahrheit sagen müssen, mein Kind«, sagte sie. Und so, wie sie es sagte, klang es, als ob von Kris' Erinnerung Leben und Tod eines Menschen abhängen würden.

37

»Wo ist Dolan?«, fragte sie deshalb voller Angst, dass es ihm schlechter ginge als ihr. »Ist er auch hier, in diesem Spital?«

»Nein. Wir haben ihn nicht hier untergebracht«, sagte Dr. Stuart.

Nicht hier untergebracht. Kris spürte plötzlich, wie ein furchtbarer Verdacht in ihr aufstieg. Sie blickte Dr. Stuart an, dann ihre Mutter. Dann die Krankenschwester. Die senkte den Kopf. Ihre Mutter seufzte. Dr. Stuart nahm ihre Hand.

»Es ist alles in Ordnung, Kris«, sagte er und drückte ihre Hand.

»Er . . . er ist nicht tot, nicht?«, stieß sie leise hervor.

»Nein«, sagte Dr. Stuart. »Er ist nicht tot.«

»Aber er ist lebensgefährlich verletzt, nicht wahr?«

»Wir mussten ihn in ein Traumazentrum in Memphis fliegen, Kris.«

»Und was bedeutet das, Dr. Stuart?«

»Das bedeutet, dass er um sein Leben ringt.«

Kris spürte, wie ihr die Kehle eng wurde. Ihre Augen begannen zu brennen. Sie schloss die Lider und im Dunkeln sah sie ihn, wie sie ihn kurz vor dem Unfall gesehen hatte, den Kopf leicht zur Seite gedreht, sie im Rückspiegel anblickend. Er erzählte von Billy Rowan, der für den Schuss, der Dolans Bruder gelähmt hatte, im Gefängnis seine Strafe absaß. Und dann drehte er den Kopf auf die andere Seite und sie hörte ihn etwas sagen, aber sie konnte sich jetzt nicht mehr erinnern, was er sagte und warum er den

38

Kopf zur Seite gedreht hatte, und sie konnte sich an nichts anderes mehr erinnern als an die Flammen, die im schwarzen Rauch hochzüngelten, an den brennenden Gummi der Reifen und daran, dass sie sich zu bewegen begann und zur Straße hochkroch und dort liegen blieb, weil sie keine Luft mehr bekam und die Kräfte sie verlassen hatten.

Sie hörte die Sirene.

Dann nichts mehr.

Der Sheriff war ein klotzig aussehender Mann mit kurz geschnittenem Haar, das vorne über seiner Stirn aufgerichtet stand. Auf seinem braunen Uniformhemd blinkte der Sheriffstern und an seinem schwarzen Gürtel hing ein Futteral, aus dem der Griff eines Revolvers ragte.

»Hello, Kid«, sagte der Sheriff mit einem kurzen Lächeln.

»Hi«, sagte Kris.

»Ich bin Sheriff Blake Sutro«, stellte er sich vor. Er nahm ein Notizbuch und einen Kugelschreiber aus der Brusttasche seines Hemdes, setzte sich auf einen Stuhl und machte sich zum Schreiben bereit, indem er das eine Bein über das andere legte, so dass ihm der Oberschenkel als Schreibunterlage dienen konnte.

Er blickte auf, lächelte erneut.

»Dr. Stuart hat dir gesagt, warum ich hier bin, nicht wahr?«

»Ja.«

»Also, dann erzähl mir mal, wie es geschah,

dass der junge Boyd die Herrschaft über sein Taxi verlor.«

Kris holte tief Luft. Sie versuchte sich zu konzentrieren, aber dabei merkte sie, dass sich in ihrer Erinnerung eine Gedächtnislücke aufgetan hatte. Sie erinnerte sich an alles, was auf der Fahrt vom Bahnhof in Wakefield bis zur Unglücksstelle geschehen war, sogar an unbedeutende Einzelheiten wie die Farbe des Fenstergriffknaufes, den sie abgebrochen hatte, als sie versuchte, das hintere Seitenfenster zu öffnen. Sie erinnerte sich auch an alles, was nach dem Unfall geschehen war, und dann wieder an den Moment, als sie zum ersten Mal aus der Ohnmacht erwacht war. Der Zeitpunkt des Unfalls war die Lücke, die ihre Erinnerung wie eine tiefe schwarze Kluft gespalten hatte.

»Ich weiß nicht, wie der Unfall geschah«, sagte sie, nachdem sie verzweifelt versucht hatte, in diese schwarze Kluft hineinzusehen und wenigstens den Schimmer eines Lichtes zu erkennen.

»Das heißt, dass du dich nicht erinnern kannst, was genau geschehen ist?«

»Ja.«

»Du kannst dich nicht erinnern, dass der junge Boyd versucht hat, dich zu betätscheln?«, fragte der Sheriff und klickte dabei mit seinem Kugelschreiber.

»Betätscheln?«, fragte Kris ungläubig zurück.

Der Sheriff wiegte den Kopf, überlegte sich ein anderes Wort.

»Anbändeln«, sagte er schließlich. »Daran
kannst du dich nicht mehr erinnern, Kid? Dass
er mit dir anbändeln wollte?«

Kris schüttelte den Kopf.

»Das . . . das ist falsch«, sagte sie. »Nein, Dolan war . . .«

»Mit Dolan meinst du doch den jungen Boyd,
nicht wahr? Den Fahrer!«

»Ja. Dolan –«

»Der Fahrer, Kid!«, unterbrach sie der Sheriff.

Kris spürte, wie sich ihr Magen verkrampfte.
Schnell langte sie nach einem kleinen Stück eines
Teebeutels, den ihr die Krankenschwester auf
den kleinen Beistelltisch gelegt hatte. Sie nahm
ihn in den Mund, bis er vom Speichel aufgeweicht war und sie ihn mit der Zunge in die Tasche hinter der Unterlippe schieben konnte. Der
Brechreiz begann sofort nachzulassen.

»Sheriff, der Unfall ist nicht dadurch verur-
sacht worden, dass Dolan Boyd, der Fahrer, mit
mir anbändeln wollte. Wir haben zwar auf der
Fahrt miteinander geredet, aber Dolan Boyd hat
sich dabei die ganze Zeit auf das Fahren kon-
zentriert und auf nichts sonst.«

»Wo bist du gesessen, Kid?«

»Hinten.«

»Bist du sicher?«

»Hundertprozentig.«

»Wie erklärst du dir dann, dass du dir das Gesicht an der Oberkante des Armaturenbrettes
aufgeschlagen hast, Kid?«

»Mein Gesicht?«

41

Der Sheriff deutete mit dem Kugelschreiber an sein Kinn. »Prellung, Kid. Die Schmerzmittel für deine anderen Verletzungen lassen dich davon wohl nicht viel spüren.« Sheriff Sutro erhob sich vom Stuhl und öffnete die Schranktür. An der Innenseite war ein Spiegel befestigt. Der Sheriff richtete die Schranktür so, dass Kris sich vom Bett aus im Spiegel sehen konnte. Sie erschrak, als sie ihr verschwollenes und dunkel verfärbtes Kinn sah. Ihr Gesicht war blass und eingefallen, mit dunklen Augenhöhlen und blassen Lippen. Das rotblonde Haar hing ihr in Strähnen vom Kopf.

Der Sheriff machte den Schrank zu.

»Nun?«, sagte er.

»Ich weiß nicht«, sagte Kris hilflos. »Ich weiß nicht, wie Sie darauf kommen, dass ich mein Kinn am Armaturenbrett angeschlagen habe. Ich weiß nur, dass ich auf dem hinteren Sitz saß, schräg hinter Dolan.«

Der Sheriff setzte sich nun wieder auf den Stuhl. Er schrieb in sein Notizbuch.

»Auf der Fahrt«, sagte er, ohne aufzublicken, »auf der Fahrt, Kid, hat er es da schon einmal versucht? Ich meine, ist er dir zu nahe gekommen? Hat versucht, dir unter den Rock zu fassen oder –«

»Sheriff Sutro, ich habe Blue Jeans getragen!«, unterbrach Kris den Sheriff heftig. Jetzt blickte er auf, runzelte die Stirn.

»In die Bluse?«

Kris schüttelte den Kopf. »Nichts dergleichen

ist geschehen, Sheriff. Ich weiß nicht, warum Sie sich so viel Mühe geben, mir etwas einreden zu wollen.«

»Wir kennen den jungen Boyd, Kid!«, sagte der Sheriff. »Wir kennen diese ganze Sippschaft, die sich dort draußen in Grinders Hollow eingenistet hat. Es gibt zwar nicht einen einzigen Unfallzeugen außer dir, Kid, und du kannst dich an scheißwenig erinnern, aber der Unfallhergang ist mir ziemlich klar. Ich habe mir die Stelle angesehen, Kid. Schnurgerade Straße. Selbst wenn ihm ein Reh vor die Karre gelaufen wäre, hätte er genug Platz gehabt, ein schnelles Ausweichmanöver durchzuführen. Nein, der junge Boyd ist ganz einfach von der Straße abgekommen, wie es bei Fahrern üblich ist, die am Steuer einschlafen oder denen die Zigarette herunterfällt, so dass sie sich niederbeugen müssen, um mit einer Hand den Boden abzutasten oder die brennende Hose zu löschen. So was kommt häufiger vor, als man glauben mag. Da der junge Boyd jedoch nicht rauchte, kann er entweder nur am Steuer eingeschlafen sein oder er hat sich durch seinen Fahrgast, bei dem es sich um ein junges, hübsches und vor allem weißes Mädchen handelte, ablenken lassen.«

Der Sheriff machte das Notizbuch zu und steckte es in die Brusttasche seines Hemdes zurück. Den Kugelschreiber behielt er in der Hand, klickte ihn in schneller Folge und ging zur Tür. »Dies erklärt alles«, sagte er und

43

wandte sich zu Kris um. »Keine Bremsspur. Kein Zeichen dafür, dass er ins Schleudern geraten ist. Nichts. Er muss einfach von der Straße abgekommen sein, mit zwei Rädern über den Straßenrand hinaus, auf den Geröll-streifen und dann aufs Gras, und als er mit dem Vorderrad gegen den ersten größeren Steinbrocken fuhr, merkte er, was los war, und er versuchte zu korrigieren, übersteuerte dabei, geriet mit seiner Karre ins Schleudern und überrollte ihn schließlich an der Böschung. Ihr habt beide Glück gehabt. Keine zwanzig Yards weiter und er wäre in die Bäume hineinge-knallt, und das, glaube ich, hättet ihr nicht überlebt.«

Jetzt steckte Sheriff Sutro den Kugelschreiber in dieselbe Hemdtasche, in der schon sein No-tizbuch steckte.

»Überleg dir die ganze Sache noch einmal, Kid. Vielleicht siehst du bald klarer. Es würde alles ungemein erleichtern, wenn du bezeugen könntest, dass es sich um einen selbst verschul-deten Unfall handelt. Ohne Fremdeinwirkung.«

»Und . . . und wenn es doch ein Reh war, das ihm vor das Taxi gelaufen ist, Sheriff?«, wandte Kris schwach ein.

»Es war kein Reh, Kid«, sagte der Sheriff. »Wetten, dass er seine dreckigen Niggerfinger zwischen deinen Beinen hatte.«

Mit diesen Worten und mit einem harten Lä-cheln verließ er das Zimmer. Kris lag wie er-schlagen in ihren Kissen, unfähig, einen klaren

Gedanken zu fassen. Ein Reh!, hämmerte es in ihr. Ein Reh musste es gewesen sein. Was denn sonst? Deshalb hatte Dolan plötzlich den Kopf zum Seitenfenster gewandt.

Sie wollte Sheriff Sutro zurückrufen und ihm sagen, dass sie sich jetzt wieder zu erinnern vermochte und dass sie das Reh mit eigenen Augen gesehen hatte, aber das Stück des Flures, das sie durch die offene Tür sehen konnte, war leer. Sie hörte nicht einmal mehr seine Schritte.

Später kam ihre Mutter herein.

»Mein armes Mädchen«, sagte sie. »Du siehst ganz verstört aus.« Sie nahm Charlie vom Stuhl und brachte ihn zum Bett. »Hier, er will dich umarmen, Kris.«

Kris nahm Charlie an sich und hielt ihn sachte gegen ihre Brust.

»Hast du dem Sheriff alles gesagt, was er wissen wollte?«, fragte Mrs Dentry.

»Nein«, sagte Kris müde. »Ich konnte mich nicht an den Unfall erinnern, Mom. Aber das, was Sheriff Sutro sich ausgedacht hat, das ist nicht die Wahrheit!«

Ihre Mutter zog die Augenbraue hoch.

»Kris, ich verstehe nicht, was du damit sagen willst.«

»Ich will damit sagen, dass Dolan mich nicht . . . nicht betätschelt hat, Mom.«

»Nicht . . . betätschelt?«

»So hat sich der Sheriff ausgedrückt. Angefasst, Mom. Du weißt schon. Der Sheriff ist davon überzeugt, dass Dolan sich von mir hat ablenken lassen und dass er dadurch die Herrschaft über sein Fahrzeug verlor.«

»Da . . . da muss ich mich gleich einmal setzen, Kris«, sagte ihre Mutter. Sie zog den Stuhl ans Bett heran, auf dem Charlie vorhin gesessen hatte. Mit einem schwachen Seufzer ließ sie sich darauf nieder. Sie wich Kris' Blick aus, fummelte an ihrer Schlangenledertasche herum, die ihr Mr Dentry von einer Geschäftsreise als Geschenk mitgebracht hatte.

»Es muss ein Reh gewesen sein, Mutter«, sagte Kris. »Ein Reh muss ihm vor das Taxi gelaufen sein.«

»Ein Reh? Hast du es denn gesehen?«

»Nein. Vielleicht habe ich es gesehen. Vielleicht nicht. Ich weiß es nicht mehr.« Kris war den Tränen nahe.

»Wenn du es nicht sicher weißt, wie kannst du dann sagen, dass es ein Reh war?«

»Ich bin eben nicht sicher. Aber was kann es denn sonst gewesen sein? Ich kann mich erinnern, dass Dolan den Kopf drehte und zum Seitenfenster hinausblickte. Und ich weiß, dass er etwas gesagt hat, und dann weiß ich nichts mehr.«

»Du weißt nicht mehr, was der Fahrer gesagt hat?«

»Nein. Ich weiß nur, dass er etwas gesagt hat. Es war mehr ein Ausruf, glaube ich. Als hätte er plötzlich das Reh gesehen.«

»Aber es war kein Reh«, sagte Mrs Dentry

bestimmt. Der Tonfall ihrer Stimme erschreckte Kris.

»Wer sagt das?«, flüsterte sie.

»Alle sagen das! Die Experten sagen das! Keine Bremsspur, Kris! Tut mir Leid, aber das wäre immerhin etwas gewesen. Eine Bremsspur hätte darauf hindeuten können, dass er von einer Sekunde auf die andere auf eine Gefahr reagieren musste, auf die er nicht vorbereitet war. Ein Reh. Oder irgendetwas anderes. Ein entgegenkommendes Fahrzeug vielleicht.«

»Warum fragt man ihn nicht selbst? Warum fragt man ihn nicht, ob es ein Reh gewesen ist?«

»Er ist nicht imstande, eine Frage zu beantworten, mein Kind.«

»Was ist ihm geschehen, Mom?«

»Lieber Gott, stell mir keine solchen Fragen. Du musst jetzt an dich denken, damit du schnell wieder gesund wirst.«

»Mutter!«

Sie blickten sich an. Ihre Mutter senkte die Lider.

»Wie steht es um ihn, Mutter? Sag mir bitte die Wahrheit.«

»Er befindet sich in der Intensivstation, Kris. Soviel ich weiß, steht es schlecht um ihn.«

»Wird . . . wird er sterben?«

»Es besteht eine kleine Hoffnung, dass er die Verletzungen überleben wird, Kris.«

Kris schwieg. Ein Kloß steckte ihr in der Kehle, den sie nicht hinunterschlucken konnte. Sie blickte zu den beiden Beuteln hoch, die über ihr hingen. Der größere war leer. Der kleinere enthielt das Morphium, das ihre Schmerzen linderte.

Es war still im Zimmer und draußen auf dem Flur. Nur das Geräusch, mit dem die Pumpe die Flüssigkeit von ihrer Lunge absaugte, war zu hören. Irgendwo ertönte eine Autohupe. Kris schrak zusammen und die Bewegung versetzte sie in einen jähen Schmerzkrampf. Ihre Mutter sprang vom Stuhl und klingelte nach der Krankenschwester. Kris drückte den Knopf, mit dem sie sich mehr Morphium zuführen konnte. Nach kurzer Zeit ließen die Schmerzen ein wenig nach. In ihrem Kopf dröhnte jetzt ein Geräusch, das ihr langsam vertraut wurde. Es klang wie der große V 8 von Bullfrog. Und dann die Hupe. Gesichter, nicht mehr als helle Flecken. Lachende Gesichter. Ein ausgestreckter Arm und eine Hand mit einer Bierdose, von der Schaumflocken flogen. Das Heulen der Hupe, in dem das Motorengeräusch unterging. Der Knall. Quietschende Reifen. Bremslichter in der Nacht. Dann nichts mehr. Nichts mehr.

Die Krankenschwester beugte sich über Kris und wischte ihr den Schweiß vom Gesicht. Ihre Mutter starrte sie an.

»Ich will den Sheriff sprechen«, stieß Kris leise hervor.

»Ich glaube, du brauchst jetzt erst einmal ein bisschen Ruhe«, sagte Mrs Dentry.

»Ich will den Sheriff sprechen, Mutter!«, presste Kris mühsam hervor. Sie griff nach den

Schläuchen, die in ihre Nase hineinführten, und zerrte an ihnen. Die Schwester packte ihre Arme. Mrs Dentry rief nach Dr. Stuart. Ein Krankenpfleger stürzte ins Zimmer. Die Schwester hielt Kris an den Schultern fest und drückte sie mit sanfter Gewalt in die Kissen zurück. Kris konnte auf einmal nicht mehr richtig atmen. Der Krankenpfleger lief hinaus. Als er zurückkam, hatte er eine Spritze in der Hand. Kris versuchte sich aufzubäumen, aber die Schwester war stärker als sie. Der Krankenpfleger hämmerte ihr die Spritze von der Seite in den Hintern. Kris' Widerstand erlahmte. Sie merkte, wie sie von einer bleiernen Müdigkeit übermannt wurde. Vergeblich versuchte sie, sich dagegen zu wehren und wach zu bleiben.

»Kris, es wird Wochen dauern, bis du wiederhergestellt bist, wenn du uns keine Chance gibst«, drang Dr. Stuarts Stimme sanft an ihr Ohr.

Kris sah ihn unter halb geschlossenen Lidern hervor an. Schwester Susan beugte sich zu ihr herunter, langte unter das Laken und entfernte das Fieberthermometer.

»Leicht erhöht«, sagte sie und markierte die Fieberkurve.

»Ich möchte den Sheriff sprechen«, flüsterte Kris.

»Sheriff Sutro hat dich bereits vernommen, Kris«, sagte Dr. Stuart.

»Ich kann mich jetzt wieder erinnern«, drängte Kris mühsam. »Ich . . . weiß jetzt wieder, was geschehen ist.«

»Was ist denn geschehen, Kris?«, fragte Dr. Stuart ruhig.

»Es war kein Reh.«

»Es war kein Reh?«

»Ja. Es war nicht ein Reh, dem er ausweichen musste.«

»Was war es dann?«

»Es war ein Auto.«

Dr. Stuart kniff die Augen etwas zusammen.

»Es war ein Auto, sagst du?«

»Ja. Ich habe es gesehen. Es war ein Auto, das von hinten an uns heranfuhr und uns dann hupend überholte. Ohne Licht, Dr. Stuart.«

Schwester Susan wechselte einen Blick mit dem Arzt.

»Bist du sicher, dass du ein Auto gesehen hast, Kris?«, fragte er sie.

»Ja. Ich kann mich jetzt wieder erinnern. Es war ein Auto. Ohne Licht. Ein Pick-up Truck. Dolan sah ihn im Außenspiegel auftauchen. ›Heute sind nur Verrückte unterwegs‹, rief er. Ja, genau, das rief er. Ich konnte ihn fast nicht verstehen, wegen der Hupe. Und dann geschah es. Sie haben uns gerammt. Von der Seite. Sie fuhren gegen Bullfrogs linken vorderen Kotflügel. Dolan versuchte ihnen auszuweichen, aber das schaffte er nicht mehr. Er verlor die Herrschaft über das Taxi.«

Dr. Stuart und die Schwester blickten sich

lange schweigend an. Dann trat Dr. Stuart einen Schritt näher heran.

»Hast du die Insassen gesehen, Kris? Den Fahrer des Pick-up?«

»Gesichter sah ich«, sagte Kris. »Helle Gesichter. Eine Hand mit einer Bierdose. Die Bierdose flog gegen das Seitenfenster. Ja, ich erinnere mich. Sie flog gegen das Seitenfenster und bespritzte es mit Bierschaum. Das war das Letzte, was ich sah.«

Dr. Stuart richtete sich auf. Er sah die kleinen Teebeutelstückchen auf dem Rolltischchen liegen, nahm eines davon auf und betrachtete es.

»Was ist denn das, Susan?«, fragte der Arzt die Schwester.

»Der Tee. Gegen die Übelkeit und das Erbrechen.«

Dr. Stuart schüttelte den Kopf. »Und wie war die Wirkung?«

»Gut«, sagte Schwester Susan schnell. Kris nickte leicht.

»Noch besser ist es, wenn man die Teekrümel einfach aus dem Beutel nimmt und in den Mund legt. Ohne das Papier. So wurde es früher gemacht, bevor es Beutel gab.«

»Jawohl, Doktor«, sagte die Krankenschwester und zwinkerte dabei mit einem Auge Kris zu.

»Nun, dann werde ich versuchen, Sheriff Sutro zu erreichen«, sagte Dr. Stuart. »Du bist sicher, dass das stimmt, was du uns erzählt hast, Kris?«

»Warum sollte ich lügen?«

Dr. Stuart lächelte.

»Du könntest Dolan Boyd schützen wollen.«

Kris schüttelte den Kopf.

»Es ist die Wahrheit, Doktor. Dolan ist nicht schuld an dem Unfall.«

»Davon wirst du zuerst einmal Sheriff Sutro überzeugen müssen und danach wohl die ganze Einwohnerschaft von Wakefield und Springtown.«

»Ich werde ihnen allen sagen, was tatsächlich geschehen ist, Dr. Stuart. Und später, wenn Dolan wieder gesund ist, wird er ihnen die Wahrheit bestätigen können.«

Dr. Stuart öffnete den Mund, um ihr eine Antwort zu geben, aber er schloss ihn wieder, ohne ein Wort zu sagen. Erst bei der Tür drehte er sich noch einmal um.

»Lass die Schläuche in Ruhe, Mädchen!«, sagte er. »Ich hasse nichts mehr, als wenn meine Arbeit mit Füßen getreten wird. Dann sehne ich mich jedes Mal in den Dschungel zurück, wo die meisten Menschen menschlicher sind als hier in unserer zivilisierten Gesellschaft.«

»Den Dschungel, gibt's den überhaupt noch?«, fragte Kris zurück.

Das Telefon klingelte. Mrs Dentry hob ab.

»Howard! Ja, Howard, ich weiß, dass du es schon mehrere Male versucht hast. Ja, ich gebe sie dir. Moment.«

Mrs Dentry reichte Kris den Hörer.

52

»Kris!«

Als sie die Stimme ihres Vaters hörte, füllten sich ihre Augen mit Tränen.

»Dad«, stieß sie hervor. »Dad.«

»Kris!« Er lachte. »Kris, mein Mädchen!«

Kris lachte und weinte.

»Dad!«

»Ja.«

»Dad, wie geht es dir?«

»Mir? Wie geht es dir, Kris? Sag mir, dass es dir gut geht.«

»Es geht mir gut.«

»Mutter sagte mir, dass du überall Schläuche stecken hast.«

»Überall, Dad. Mit einem Lungenflügel stimmt etwas nicht.«

»Ich weiß. Du hast Glück gehabt, mein Mädchen. Glück und Pech, natürlich. Dieser Fahrer, stimmt es, was man mir gesagt hat? Stimmt es, dass er anfing, dich zu belästigen, und dabei die Herrschaft über das Taxi verlor?«

»Wer sagt das?«

»Ich habe mit James gesprochen. Er sagt, dass der Fahrer ein junger Schwarzer ist.«

»Ja. Er heißt Dolan Boyd.«

»Verdammt, ich werde veranlassen, dass er vor Gericht kommt, Kris! Und zwar nicht nur wegen Fahrlässigkeit am Steuer. Er wird sich für alles zu verantworten haben, und wenn es stimmt, dass er dich belästigt hat, wird er im Knast bleiben, bis er grau ist! Dafür garantiere ich dir!«

»Dad.«

»Ja?«

»Er hat mich nicht belästigt.«

»Er hat was? – Moment mal, die Verbindung ist nicht sehr gut. Ich rufe dich aus dem Flugzeug an. Wir fliegen von Washington nach Atlanta zurück, Bill und ich.«

»Er hat mich nicht belästigt, Dad!«

»Nicht?«

»Nein. Wir haben uns auf der Fahrt unterhalten. Er ist ein anständiger Junge.«

»Das ist nicht gut, was ich über ihn gehört habe, Kris. Er soll von Grinders Hollow sein. Von einer Schwarzensiedlung dort, in der Biegung des Coon Creek. Die Familie hat einen schlechten Ruf.«

»Das ist wegen seines Bruders, der es vor einigen Jahren wagte, einige lokale Stockcar-Rennen zu gewinnen, Dad.«

»Wer sagt das?«

»Dolan.«

»Der Fahrer?«

»Er heißt Dolan, Dad.«

»Kris!«

»Ja.«

»Sei vorsichtig mit deinen Aussagen.«

»Inwiefern?«

»Sag ihnen nichts, was du ihnen nicht unbedingt sagen musst.«

»Dad, sie wollen Dolan für den Unfall verantwortlich machen. Selbstverschulden. Sheriff Sutro hat sich kein Blatt vor den Mund genom-

men, als er hier war, um mir Fragen zu stellen.
Aber es stimmt nicht, was er sich ausgedacht hat.
Es stimmt nicht, dass ich auf dem vorderen Sitz
saß, neben Dolan, und dass mich Dolan angefasst hat.«

»Hast du ihm das gesagt?«

»Ja. Aber ich konnte mich lange nicht erinnern, was wirklich geschah.«

»Und jetzt, kannst du dich jetzt erinnern?«

»Ja. Wir wurden von einem Pick-up Truck gerammt und von der Straße gestoßen.«

Sie hörte ihren Vater tief einatmen.

»Hast du das dem Sheriff gesagt?«

»Noch nicht. Aber ich glaube, er ist auf dem
Weg hierher.«

»Kris, ich glaube, du solltest mit allen Aussagen warten, bis ich in Wakefield bin.«

»Warum denn? Es ist die Wahrheit, die ich –«

»Kris! Sei vernünftig, verdammt noch mal!
Denk an die Geier von den Versicherungen!
Warte, bis ich dort bin. Das ist morgen Abend.
Vielleicht schon später Nachmittag. Ich werde
mich mit Sutro unterhalten. Ich kenne ihn von
früher. Wir haben im selben Highschool-Team
gespielt. Er in der Verteidigung. Ich als . . .«

»Quarterback. Ich weiß, Dad. Aber ich sehe
nicht ein, was das bewirken soll, wenn ich mit
meiner Aussage warte. Dolan liegt in Memphis
in einem Traumazentrum auf der Intensivstation. Ich will nicht, dass sie ihm in diesem Zu-
stand die Schuld aufladen. Das wäre nicht
fair.«

Ihr Vater schwieg.

»Dad?«

»Ja?«

»Warum sagst du nichts?«

»Was soll ich sagen?«

»Sag mir, was ich tun soll!«

»Du hast Recht, Kris. Es ist nicht fair, dem Jungen die Schuld aufzuladen, ohne dass er sich zur Wehr setzen kann.«

»Dann sag ich Sutro also, was geschehen ist?«

»Ja.«

»Dad. Ich liebe dich.«

»Ich dich auch, mein Mädchen. Morgen sehen wir uns. Ich kann es nicht erwarten.«

»Ich auch nicht.«

»Bis morgen, mein Mädchen.«

»Bis morgen.«

»Gib mir deine Mutter.«

»Ja. Ich liebe dich, Dad.«

»Ich liebe dich auch!«

Kris liefen noch immer die Tränen über die Wangen, als sie ihrer Mutter den Hörer reichte. Ihre Mutter lauschte einige Sekunden lang. Dann zog sie die Brauen hoch und schüttelte den Kopf. »Moment mal, Howard, du weißt, dass ich für die Meinung deines Bruders James nie viel übrig hatte, aber dieses Mal muss ich ihm Recht geben.«

Wieder hörte sie einige Sekunden zu.

»Vertrauen! Mit Vertrauen hat das wohl wenig zu tun, Howard! Sie ist ziemlich durcheinander. Zuerst weiß sie von nichts und dann will sie plötzlich sogar die Gesichter gesehen haben. Ich kann unmöglich . . .« Sie hörte plötzlich auf zu reden, nahm den Hörer vom Ohr und legte ihn auf die Gabel. »Die Verbindung wurde·unterbrochen«, sagte sie. »Dein Vater hat vom Flugzeug aus angerufen.«

Kris blickte ihre Mutter an.

»Du glaubst mir nicht, nicht wahr, Mom?«

Ihre Mutter wich ihrem Blick aus.

»Ich halte es für klüger, wenn du bei deiner ersten Aussage bleiben würdest, Kris.«

»Aus welchem Grund denn?«

»Weil dann alles stimmt.«

»Das verstehe ich nicht.«

»Weil dann alles seine Richtigkeit hat. So wie es die Leute hier wollen. Ein Schwarzer hat dich in seinem Taxi in einer schwülen Sommernacht von Wakefield nach Springtown gefahren und unterwegs ist er seinen Trieben nicht mehr Herr geworden und dadurch verschuldete er einen schweren Unfall.«

»Du solltest Bücher schreiben, Mom.«

»Kris! Ich erbitte mir mehr Respekt.«

Kris presste die Lippen zusammen. Ihre Mutter ging zum Fenster und fummelte an den Vorhängen herum.

»Mom.«

»Ja?«

»War Sidney eigentlich schon einmal hier?«

»Nein. Nicht dass ich wüsste.«

»Sie hatte versprochen, mich vom Bahnhof abzuholen.«

»Ja. Ich weiß. Sie hat sich von ihrem Vater deswegen einiges anhören müssen.«

»Warum kam sie nicht zum Bahnhof?«

»Sie sagt, sie hätte eine Panne gehabt. Ein Wasserschlauch am Radiator sei geplatzt. Freunde mussten ihr Auto abschleppen. Ich glaube, sie macht sich selbst die schlimmsten Vorwürfe und bringt es deshalb nicht über sich, dich hier im Spital zu besuchen.«

»Ich werde sie anrufen«, sagte Kris. »Es ist nicht ihre Schuld, dass es zu dem Unglück gekommen ist. Weißt du, was ich glaube, Mom? Ich glaube, dass es etwas damit zu tun hat, dass Dolan ein Schwarzer ist. Es saßen Weiße in diesem Pick-up, Mom. Und sie waren bestimmt betrunken. Einer warf eine Bierdose gegen die Seitenscheibe von Bullfrog.«

»Bullfrog?«

»Das Taxi. Ein Pontiac, mit dem Dolans Bruder Rennen gefahren ist, bis man ihn mit einer heimtückischen Kugel lahm schoß.«

Mrs Dentry blickte ihre Tochter voller Argwohn an.

»Du weißt viel über diesen Dolan Boyd und seine Familie, Kris.«

»Mom, ich habe dir gesagt, dass wir uns auf der Fahrt unterhalten haben. Er erzählte mir von seinem Bruder Jake.«

»Und du? Was hast du ihm erzählt?«

Kris spürte, wie Trotz in ihr aufstieg.

»Ich habe ihm gesagt, wer ich bin, Mutter!«

»Und?«

»Nichts und.«

»Hast du ihm gesagt, dass du einige Wochen hier bleiben wirst?«

»Ja. Und dann habe ich ihn gefragt, was er von Mischehen hält.«

Ihre Mutter schnappte nach Luft und dabei bemerkte Kris, wie sie unter dem Make-up dunkle Flecken auf den Wangen bekam. Irgendwie freute sich Kris ein bisschen darüber.

Der Sheriff musste in einer Hamburgerbude gesessen haben. Er roch nach Pommes-Öl. Kris wurde auf Anhieb hungrig.

»Glauben Sie, dass man es mir erlauben würde, einen Big Mac zu verdrücken?«, fragte sie den Sheriff. »Mit Pommes und einer eiskalten Cola?«

»Dagegen hätte wohl niemand etwas einzuwenden«, brummte der Sheriff mit todernstem Gesicht. »Aber zuerst wollen wir uns einmal darüber unterhalten, warum du plötzlich deine Erinnerung wieder gefunden hast, nicht wahr?«

»So was soll ganz natürlich sein, Sheriff«, sagte Mrs Dentry. »Oder wollen Sie etwa sagen, dass Sie die Ehrlichkeit meiner Tochter in Zweifel ziehen wollen?«

Sheriff Sutro runzelte die Stirn, holte tief Luft und nahm den Kugelschreiber aus der Hemdtasche, nicht jedoch den Notizblock. Er begann sogleich, den Kugelschreiber mit seinem dicken Daumen zu traktieren. Klick ... klick ... klick ...

»Mrs Dentry, meine Pflicht als Sheriff dieser County ist es unter anderem, so lange niemandem zu trauen, bis ich die ganze Wahrheit kenne. Das ist nicht nur in diesem Fall, bei dem es sich um einen mehr oder weniger folgenschweren Verkehrsunfall handelt, so, sondern auch bei Familienstreitigkeiten und ernsteren Auseinandersetzungen, bei denen häufig unsere Gesetze sozusagen verhöhnt werden. Aus reinem Eigeninteresse, versteht sich.«

»Bei diesem Unglücksfall handelt es sich zweifelsohne nicht um ein Verbrechen, Sheriff Sutro.«

»Das ist es, was wir aufklären wollen, nicht wahr, Mrs Dentry? Natürlich wäre ich auch glücklich, wenn es sich hier nur um eine reine Routinearbeit handeln würde, aber es scheint mir, dass ihre Tochter etwas anderes im Sinn hat.«

»Gar nichts habe ich im Sinn, als Ihnen die Wahrheit zu sagen, Sheriff!«, sagte Kris heftig. Dabei spürte sie sofort die Schmerzen im Brustkorb und im Rücken. Sie presste einen Moment lang die Lippen zusammen. Ihre Mutter sah, dass ihr der Schweiß ausgebrochen war. Sie stand auf und wischte ihr die Stirn ab.

»Ein schwüler Tag heute«, sagte Sheriff Sutro, dessen Hemd unter den Achselhöhlen dunkel war vom Schweiß. »Es soll ein langer, schwüler Sommer werden, sagen die Wetterexperten.«

Klick … klick … klick …

»Ich weiß jetzt, wie der Unfall geschah«, sagte Kris mit gepresster Stimme.

»Du weißt, wie der Unfall geschah?« Sheriff Sutro runzelte die Stirn. »Wir wissen alle, wie der Unfall geschah. Der junge Boyd fuhr von der Straße, versuchte gegenzusteuern, übersteuerte und stellte seine alte Karre quer, so dass sie sich zu überschlagen begann. Das wissen wir, weil wir uns die Unglücksstelle ganz genau angesehen haben, meine Liebe.«

»Kris. Das genügt, Sheriff. Kris ist mein Name.«

Der Sheriff lächelte.

»Dann will ich dir jetzt noch einmal die Frage stellen, wie es kommt, dass du noch vor wenigen Stunden überhaupt nichts gewusst haben willst und jetzt plötzlich haargenau weißt, was geschehen ist?«

»Diese Frage sollten Sie Dr. Stuart stellen, Sheriff. Ich habe keinerlei medizinische Ausbildung genossen, weil ich nämlich noch auf die Highschool gehe und später Biologie studieren will und nicht Medizin.«

Der Sheriff hörte mit dem Klicken auf.

»Was geschah deiner Meinung nach in jener Nacht, als das Taxi von Dolan Boyd von der Straße abkam?«

»Wir wurden gerammt!«

»Gerammt?«

»Jawohl! Und zwar von einem Pick-up Truck, der ohne Licht von hinten an uns ranfuhr, dann zum Überholen ansetzte und uns schließlich von der Seite rammte.«

Klick ... klick ... klick ...

Der Sheriff starrte sie an. Sie wich seinem Blick nicht aus.

»Das willst du gesehen haben?«

»Das ist es, was ich gesehen habe, Sheriff!«

»Einen Pick-up Truck?«

»Ja.«

»Ohne Licht?«

»Ja.«

»Farbe?«

»Bitte?«

»Welche Farbe hatte er?«

»Welche Farbe? Nun ... das kann ich Ihnen nicht sagen, Sheriff. Es war dunkel draußen. Es war Nacht! Ich wurde erst auf den Pick-up Truck aufmerksam, als er dicht hinter uns war.«

»Marke?«

Kris schüttelte den Kopf. »Ich kenne mich mit Autos nicht aus, Sheriff.«

»Ich dachte, es war ein Pick-up Truck und nicht ein Auto?«

»Ist ein Pick-up Truck kein Auto?«

»Ein Pick-up Truck ist ein Kleinlastwagen mit offener Ladebrücke.«

»Für mich ist das auch ein Auto. Für mich ist alles ein Auto, was vier Räder und einen Motor hat.«

»Ein Traktor also auch?«

Kris schwieg und nahm die Unterlippe zwischen die Zähne. Der Sheriff blickte sie an, während er klickte. Das Geräusch machte Kris beinahe wahnsinnig.

»Ein Traktor also auch?«, wiederholte der Sheriff seine Frage.

»Nein, natürlich nicht.«

»Na also.«

»Was soll das heißen, Sheriff Sutro? Dieses NA ALSO?«

»Nichts, Mrs Dentry. Ich wollte mich nur vergewissern, ob Ihre Tochter momentan überhaupt in der Lage ist, klar zu denken. Verstehen Sie mich recht, Ma'am, aber Ihre Tochter steht noch immer unter Schock. Das habe ich mir von Dr. Stuart sagen lassen.«

»Ich bin absolut fähig, Ihnen den Unfallhergang zu erklären, Sheriff«, schnappte Kris.

»Dann wollen wir doch weitermachen, nicht wahr? Du hast einen Pick-up Truck gesehen, von dem du weder die Farbe noch die Marke weißt, weil es in jener Nacht zu dunkel war, um überhaupt etwas zu erkennen.«

»Nein, das habe ich nicht gesagt. Ich kann mich erinnern, dass der Mond schien.«

»Dann war es also nicht dunkel?«

»Dunkel schon, aber nicht so dunkel, wie wenn kein Mond scheint.«

»Nicht finster?«

»Ja.«

»Und was hast du sonst noch gesehen?«

»Gesichter.«

»Gesichter von wem?«

»Von den Leuten, die im Pick-up saßen.«

»Gesichter von Leuten?«

»Ja. Weiße Gesichter.«

»Gesichter von Weißen?«

»Ja.«

»Hast du vielleicht eines dieser Gesichter erkannt?«

»Nein. Wie Sie wissen, bin ich eben erst hier angekommen.«

»Aber du bist hier aufgewachsen?«

»Nur bis ich dreizehn Jahre alt war.«

»Wie viele Gesichter waren es?«

»Keine Ahnung. Drei oder vier. Vielleicht sogar fünf. Es ging alles ganz schnell. Der Pick-up Truck fuhr seitlich an uns ran und da sah ich die Gesichter und ich sah einen Arm und eine Hand, die eine Bierdose hielt, und dann flog die Bierdose durch die Luft und prallte gegen das Seitenfenster und dann wurden wir gerammt.«

»Du hast also nicht ein einziges Gesicht klar und deutlich sehen können?«

»Nein.«

»Wie konntest du dann sehen, dass Weiße im Pick-up Truck saßen?«

»Es waren weiße Gesichter. Helle Flecken, die –«

»Helle Flecken!«, fiel Sheriff Sutro ihr scharf ins Wort. »Helle Flecken sind noch lange keine weißen Gesichter, Kris Dentry! Helle Flecken sind helle Flecken; Gesichter von hellhäutigen Schwarzen, zum Beispiel, oder von Chinesen oder von Mexikanern oder was weiß ich. Helle Flecken sind auf gar keinen Fall zuerst einmal und dann nur weiße Gesichter, es sei denn, jemand hätte sich in den Kopf gesetzt, einem ganz gewöhnlichen Autounfall einen rassistischen Anstrich zu verpassen. Ich würde –«

»Sheriff, jetzt ist es aber genug!«, unterbrach Mrs Dentry ihn heftig. »Was glauben Sie eigentlich, wer wir sind? Mein Mann ist nicht nur einer der bekanntesten Strafverteidiger in diesem Lande, wir sind auch unbescholtene Bürger und eine rechtschaffene Familie! Ich warne Sie, Sheriff! Mein Mann wird Sie zur Rechenschaft ziehen, wenn Sie sich nicht ab sofort einen anderen Tonfall zulegen, wenn Sie von meiner Tochter Auskünfte bezüglich dieses Unfalls haben wollen.«

Sheriff Sutro hob wie zur Abwehr die linke Hand.

»Mrs Dentry, ich bin keineswegs darauf aus, mich mit Ihrem Mann, den ich persönlich von früher in guter Erinnerung habe, anzulegen. Vielmehr geht es mir darum, hier nicht ein Problem entstehen zu lassen, das es gar nicht gibt.«

»Ein Rassenproblem vielleicht?«, fragte Kris mit leisem Spott in der Stimme. »Davon hat diese Stadt ja einige, nicht wahr, Sheriff? Es ist noch gar nicht so lange her, seit Dolan Boyds Bruder Jake der heimtückisch abgefeuerten Kugel eines Weißen zum Opfer gefallen ist.«

Die Augen des Sheriffs wurden hart.

»Diese Stadt hatte ihren Anteil an Problemen, das gebe ich zu. Aber sie hat sie jetzt fest im Griff. Seit einigen Jahren ist hier Ruhe. Keine Zwischenfälle mehr. Nichts, worüber man in der Zeitung schreiben oder im Fernsehen berichten müsste. Diese kleine Stadt ist eine stille anständige Stadt geworden, Mrs Dentry. Mit lauter unbescholtenen Bürgern und rechtschaffenen Familien. Meine Pflicht ist es, dafür zu sorgen, dass dies auch in Zukunft so bleibt!«

»Keine beneidenswerte Aufgabe, Sheriff«, sagte Mrs Dentry einlenkend. »Ich kann auch verstehen, dass Sie vorsichtig sein wollen. Ich bin auch der Meinung, dass sich meine Tochter alles noch einmal in Ruhe überlegen soll, bevor sie weitere Auskünfte gibt. Nicht wahr, Kris, es wäre doch jammerschade, wenn sich später herausstellen würde, dass du dich geirrt hast?«

Kris blickte ihre Mutter an und lächelte ein müdes, ungläubiges Lächeln.

»Ich weiß, was ich gesehen habe, Mutter«, sagte sie. »Da gibt es nichts mehr zu überlegen.«

»Dann wird man dich zur gegebenen Zeit dazu auffordern, offiziell und unseren Gesetzen entsprechend, eine Aussage zu machen«, sagte der Sheriff.

»Dazu bin ich jederzeit bereit, Sheriff!«

Sheriff Sutro nickte. Ein letztes Mal klickte sein Kugelschreiber, bevor er ihn einsteckte.

»Ich werde mich melden«, sagte er. Und ohne ein weiteres Wort zu verlieren, drehte er sich um und verließ das Zimmer. Kris schloss die Augen. Sie war plötzlich müde. Ihre Mutter beugte sich über sie und legte ihr die Hand auf die Stirn. »Ich glaube, du hast Fieber«, sagte sie. Dann rief sie nach der Krankenschwester.

Onkel James kam zu Besuch. Er brachte einen Strauß Blumen, den er im Blumenladen des Krankenhauses gekauft hatte. Die Blumen waren eiskalt und verbreiteten einen Duft, der sich mit dem Geruch von Mrs Dentrys Parfüm nicht richtig vertrug. Auf jeden Fall schien er Onkel James' Nase zu irritieren. Er musste dreimal hintereinander niesen, als er auf dem Stuhl Platz genommen hatte.

Onkel James war ein groß gewachsener, unglaublich drahtiger Mann mit einem langen dünnen Hals, einem langen dünnen Gesicht, langen dünnen Armen und noch längeren, leicht nach außen gekrümmten Beinen, die in verwaschenen Blue Jeans steckten. Er trug Cowboystiefel, ein kariertes Hemd und eine Weste aus braunem Kuhleder. Trotz des Aromas, das sich im Zimmer ausgebreitet hatte, der Duft der Blumen, Mrs Dentrys Parfüm, Sheriff Sutros McDonald's-Geruch, den Kris eigentlich am angenehmsten empfand, roch sie den Alkohol in Onkel James' Atem und den Zigarettenrauch, der in seinen Kleidern hing.

»Na, Mädchen, du siehst schon so munter aus, dass wir uns nächstes Wochenende vielleicht zusammen das große Rennen ansehen können«, sagte Onkel James. »Wann lassen sie dich denn hier raus?«

»Das kommt darauf an, wie schnell meine Lunge heilt«, erklärte Kris.

»Du musst bis zum Rennen gesund werden, Kris. Einige von Sids Freunden fahren mit.«

»Und wie geht es Sid?«, fragte Kris.

Onkel James' Gesicht wurde ernst. Beinahe traurig.

»Es geht Sid nicht sehr gut«, sagte Mrs Dentry.

»Das tut mir Leid, Onkel James«, sagte Kris.

Der große hagere Mann atmete tief ein und aus. Dabei sah er an Kris vorbei in Richtung des Fensters.

»Sid war nie hier, nicht?«

»Nein.« Kris schüttelte den Kopf.

»Das habe ich mir gedacht. Ich glaube, sie schafft das nicht, Kris. Sie hat den Mut nicht, verstehst du? Und außerdem würde es ihr zu sehr weh tun. Sie ist nicht mehr das Mädchen, das du gekannt hast.«

»Ich würde sie trotzdem gerne sehen, Onkel James.«

»Sie kommt her, wenn sie es will, Kris.«

»Sag ihr bitte, dass ich nach ihr gefragt habe und dass ich sie sehen möchte.«

»Ich weiß nicht, ob das etwas bewirken wird. Ich weiß nicht einmal, ob ich sie in nächster Zeit sehen werde.«

»Warum? Ist sie denn nicht mehr auf der Farm zu Hause?«

»Ab und zu kommt sie heim. Meistens, wenn sie am Ende ist. Dann kommt sie nach Hause und verkriecht sich in ihrem Zimmer. Aber sie redet nicht mit mir. Sie isst kaum etwas. Nachts geistert sie im Haus herum, blass und dünn wie ein Skelett.«

68

»Sid ist magersüchtig, Kris«, sagte Mrs Dentry.

»Magersüchtig?«

»Man weiß nicht genau, was los ist mit ihr«, sagte Onkel James. »Sid war am Anfang bei verschiedenen Ärzten. Sie isst zwar, aber es ist viel zu wenig. Du erschrickst, wenn du sie siehst.«

»Sie treibt sich rum«, sagte Mrs Dentry. »Mit falschen Freunden.«

»Gesindel«, sagte Onkel James. »Aufhängen sollte man sie alle. Großstadtgesindel. Treibt sich in den finstersten Kneipen rum mit ihnen.«

»Und ihre alten Freunde hier in der Gegend, mit denen sie aufgewachsen ist?«

»Die sieht sie nur noch selten. Deshalb dachte ich, dass es gut wäre, wenn sie diesen Sommer, wenigstens für ein paar Wochen, unter deinen Einfluss gerät. Aber ich glaube, ich habe da die Rechnung ohne den Wirt gemacht. Sie vergaß einfach, dich vom Bahnhof abzuholen, Kris.«

»Ich dachte, sie hatte eine Panne mit ihrem Auto.«

Onkel James wiegte den Kopf. »Das kann sein. Es kann aber auch nicht sein. Man weiß nie, woran man mit ihr ist. Auf jeden Fall war sie nicht am Bahnhof, und das überrascht mich nicht.«

»Zum Glück war Dolan mit seinem Taxi noch dort«, sagte Kris, ohne darüber nachzudenken, was sie da überhaupt sagte. Sie sah, wie Onkel James' Gesichtsausdruck sich veränderte. Er warf Mrs Dentry einen Blick zu. Mrs Dentry hob als Zeichen ihrer Hilflosigkeit die Schultern.

»Ich weiß nicht, ob dir das jemand gesagt hat, Kris, aber dieser Dolan Boyd hat hier in der Gegend keinen besonders guten Ruf.«

»Das hat man mir gesagt, Onkel James.«

»Ich hörte, dass er dich belästigt hat.«

»Das stimmt nicht.«

»Nun, sogar die Zeitung schreibt es.«

»Die Zeitung? Was steht in der Zeitung? Mutter, warum hast du mir das nicht gesagt?«

»Du sollst dich nicht aufregen. Das könnte Folgen haben.«

»Folgen! Mutter, ich will die Zeitung sehen.«

»Es war die Zeitung von vorgestern. Ein Tag nach dem Unfall. Ich glaube nicht, dass ich sie aufgehoben habe.«

»Jemand wird sie ganz bestimmt aufgehoben haben.«

»Ich habe sie aufgehoben«, sagte Onkel James. »Sie liegt daheim neben dem Fernseher auf der Ablage. Wenn du nach Hause kommst, kriegst du sie.«

»Nein!« Kris richtete sich trotz der Schmerzen auf. »Ich will diese Zeitung noch heute sehen! Mutter, ich bitte dich. Es ist wichtig, dass Dolan Boyds Ruf nicht zerstört wird. Er hat mich nicht belästigt. Er hat mich nicht angefasst! Wir haben uns auf der Fahrt unterhalten und Dolan Boyd hat sich wie ein Gentleman benommen!«

»Und wie kam es dann, dass er die Herrschaft über seine Karre verlor, Kris?«

»Man hat uns gerammt, Onkel James.« Kris erzählte ihm, an was sie sich erinnerte. Onkel James hörte ihr aufmerksam zu und dabei zog sich seine Stirn mehr und mehr in Falten. Als Kris fertig war, kratzte er sich am Hinterkopf.

»Hast du das alles dem Sheriff gesagt?«, fragte er nach einer Weile.

»Ja.«

»Und?«

»Er glaubt mir nicht.«

Onkel James nickte.

»Du weißt, dass du dabei bist, eine Büchse voller Würmer aufzumachen, nicht wahr, Kris?«

»Ich weiß nicht, was du damit meinst, Onkel James.«

Onkel James sah Mrs Dentry an. Dann erhob er sich von seinem Schemel und trat an das Fußende des Bettes.

»Kris, niemand hat etwas davon, wenn deine Geschichte eine andere ist als die, die man bereits kennt.«

»Dass mich Dolan belästigt hat und es dabei zum Unfall kam?«

»Genau.«

»Aber das ist nicht das, was wirklich geschehen ist, Onkel James.«

»Das mag sein, Kris, aber für uns alle wäre es besser, wenn du bei deiner ersten Geschichte bleiben würdest.«

»Meiner ersten Geschichte? Es gibt keine

erste Geschichte, Onkel James. Ich habe nie gesagt, dass Dolan mich belästigt hat. Steht das etwa auch in der Zeitung? Dass ich das gesagt habe?«

Onkel James schwieg.

»Mutter!«

»Ja?«

»Steht das etwa auch in der Zeitung?«

»Nun, es steht drin, dass alles dafür spricht, dass du von Dolan Boyd belästigt worden bist.«

Kris sank in die Kissen zurück. Sie wusste, dass sie von ihrer Mutter nicht ganz die Wahrheit zu hören bekam. Und sie wusste, dass Onkel James auf der Seite von Sheriff Sutro stand, und der wiederum glaubte, irgendwelche rechtschaffenen Bürger kraft seines Amtes schützen zu müssen. Rechtschaffene Bürger! Kris spürte, wie ihr übel wurde.

Onkel James erhob sich.

»Ich habe noch eine geschäftliche Verabredung«, sagte er. »He, Mädchen, lass den Kopf nicht hängen. Bald hast du das Schlimmste überstanden.« Er kam zur Bettseite und berührte sie an der Schulter. Sie zuckte beinahe zusammen.

»Wir sehen uns bald zu Hause, Kid. Oder spätestens beim Rennen.« Mrs Dentry ging mit ihm hinaus. Kris hörte, wie sie draußen auf dem Flur leise miteinander redeten.

3

Dr. Stuart hatte irgendwo eine Zeitung von vorgestern aufgetrieben mit dem Bericht über den Unfall.

»Wenn du ihn liest und dich dabei aufregst, kann das Folgen haben, Kris«, warnte er.

Kris versprach, sich nicht aufregen zu lassen, als sie jedoch den Bericht gelesen hatte, war ihr, als wäre sie von einem Dampfhammer getroffen worden. In der Zeitung stand nämlich, dass sie von Dolan Boyd nicht nur belästigt worden war, sondern, dass sie sich gegen seine Tätlichkeiten zur Wehr gesetzt hätte. Dabei sei es zu dem Unfall gekommen.

Kris legte die Zeitung weg und machte den Fernseher an. Es lief ein alter Schinken mit Elvis Presley als Halbblut. Ein Western, den Kris schon drei- oder viermal stückweise gesehen hatte. Sie starrte in die Röhre, ohne das Schwarzweiß-Bild oder auch nur den Ton in sich aufzunehmen. Es war Abend. Donnerstagabend. Morgen Abend würde ihr Vater nach Wakefield kommen. Sie konnte es kaum mehr erwarten. Noch nie im Leben hatte sie sich ohne ihn hilfloser und verlorener gefühlt. Dass ihre Mutter da war, machte für sie die Situation auch nicht besser. Sie kannte die Einstellung ihrer

Mutter gegenüber Schwarzen. Ihre Mutter war in Atlanta aufgewachsen, in einer Familie, die sich Schwarze als Bedienstete hielt; als Kindermädchen, Küchenmädchen, Gärtner und Chauffeure. Kris selbst hatte ein schwarzes Kindermädchen gehabt, und obwohl ein Geschäftspartner ihres Vaters ein Schwarzer war, hatte die Familie privat eigentlich keinen Kontakt zu Schwarzen. Kris wusste jedoch, dass ihr Vater ihr beistehen würde, ganz gleich, wer sich ihr in den Weg stellte, denn ihr Vater war ein Mann, dem, wenn auch nicht unbedingt das Recht, so doch die Gerechtigkeit über alles ging. Dies hatte er in vielen Gerichtsprozessen bewiesen.

Kris war in ihren Gedanken derart mit ihrem Vater beschäftigt, dass sie die Gestalt nicht bemerkte, die plötzlich auftauchte und vor dem Zimmer zögernd stehen blieb. Erst als sie das leise Räuspern vernahm, wandte Kris den Kopf und sah die Frau, die dort im Neonlicht stand, in einem blauen, klein geblümten Kleid, das vorne bis zum Hals hoch zugeknöpft war. Auf dem Kopf trug die Frau einen kleinen dunklen Hut, der mit einer Hutnadel an ihrem Haar festgemacht war.

Die Frau stand regungslos im Flur und blickte durch die offene Tür in das Zimmer hinein. Ihre Hände hielten vor ihrem Schoß eine kleine Makrameetasche und ein weißes Taschentuch.

Kris blickte die Frau an, blickte in das dunkle verweinte Gesicht und wusste sofort, wen sie vor sich hatte.

»Mrs Boyd«, sagte Kris leise. »Bitte kommen Sie herein.«

Die Frau nickte und Kris sah, wie sie sich einen kleinen Ruck gab, bevor sie den Mut fasste, das Krankenzimmer zu betreten.

»Bitte setzen Sie sich«, forderte Kris die Frau auf.

Die Frau blieb stehen.

»Ich bleibe nicht lange«, sagte sie leise. »Ich bin in die Stadt gekommen, um meinen Sohn nach Hause zu holen, Miss Dentry.«

»Oh, dann geht es ihm schon besser«, freute sich Kris. »Jetzt fällt mir wirklich ein Stein vom Herzen, Mrs Boyd. Ich dachte nämlich, dass Dolan ... dass Ihr Sohn bei dem Unglück schwer verletzt wurde und in Memphis im Spital liegt.«

Mrs Boyd blickte Kris mit verständnislosen Augen an.

»Hat man Ihnen nicht gesagt, dass mein Sohn ...«

Sie brach ab und ihre dunklen Augen füllten sich mit Tränen. Sie wandte sich beschämt ab, konnte aber ein leises Schluchzen nicht unterdrücken. Kris lag still in ihren Kissen. Sie konnte nichts für Dolans Mutter tun. Sie konnte nicht einmal aufstehen und sie umarmen und sie fand auch keine Worte des Zuspruchs, die ihren Schmerz hätten lindern können.

Nach einiger Zeit gewann Mrs Boyd die Fassung wieder. Sie wischte sich die Tränen von den Wangen und lächelte.

»Es stimmt nicht, was man sich in der Stadt erzählt, nicht wahr, Miss Dentry?«

Kris schüttelte den Kopf.

»Nein, es stimmt nicht, Mrs Boyd. Haben Sie Ihren Sohn nicht gefragt?«

»Nein. Das hätte ich gern getan, aber es war zu spät, Miss Dentry.«

»Zu spät?« Kris richtete sich etwas auf. »Sagen Sie mir, was ihm geschehen ist. Ich wurde aus dem Taxi geworfen, aber Dolan habe ich nirgendwo gesehen. Was ist mit ihm? Warum kann er Ihnen nicht sagen, was geschehen ist, Mrs Boyd?«

Mrs Boyd holte tief Luft. Sie kam näher an das Bett heran und sie nahm Kris' rechte Hand in ihre Hand und hielt sie fest.

»Mein Sohn Dolan konnte das Auto nicht verlassen, Miss Dentry«, sagte sie leise. »Er ist bei dem Unfall ums Leben gekommen.«

Kris starrte die Frau ungläubig an.

»Dolan ist tot?«, flüsterte sie.

»Ja.« Dolans Mutter nickte.

»Aber ... aber das Auto ist ... verbrannt«, stieß Kris stockend hervor.

»Dolan war hinter dem Steuerrad eingeklemmt, Miss Dentry«, sagte die Frau. »Als die Ambulanz die Unfallstelle erreichte, war es zu spät.«

Kris spürte, wie sich in ihr alles verkrampfte, und es war ihr, als würde sie sich nur durch einen Schrei von einer Umklammerung befreien können, die sie beinahe erdrückte. Sie öffnete den

Mund, aber ihre Kehle war wie zugeschnürt. Mrs Boyd beugte sich zu ihr herunter und legte einen Arm um Kris und Kris legte ihren Kopf gegen die Schulter der Frau und ein gequältes Schluchzen entrang sich ihr, bevor sie in Tränen ausbrach.

Mrs Boyd strich Kris sanft über das Haar, während sich Kris an ihrer Schulter ausweinte. Irgendwann kam Dr. Stuart auf seiner Abendvisite vorbei. Mrs Boyd saß auf dem Stuhl und hielt Kris' Hand fest. Kris schlief. Dr. Stuart blickte Kris an und dann Mrs Boyd. Ohne ein Wort zu sagen, verließ er das Krankenzimmer.

Am nächsten Tag, kurz vor Mittag, wurde Dolan Boyd oder das, was von ihm übrig geblieben war, auf dem kleinen Friedhof der Cricket-Hill-Kapelle in der Nähe von Grinders Hollow beerdigt. Auf diesem Friedhof befanden sich nur Gräber von Schwarzen, einige stammten aus der Zeit des Bürgerkrieges, und niemand wusste mehr, wer unter den unmarkierten und mit Unkraut überwachsenen Hügeln begraben lag.

An diesem Morgen redete Kris kein Wort. Vergeblich versuchte ihre Mutter, sie in ein Gespräch zu verwickeln. Auch Dr. Stuart gelang es nicht, Kris zum Reden zu bringen. Kris lag wie geistesabwesend in ihren Kissen. Sie rührte weder das Frühstück noch das Mittagessen an.

Mrs Dentry verließ darauf das Krankenhaus, nahm ein Taxi, das sie zum nächsten McDonald's brachte, und kehrte mit einem Big Mac, Pommes und einer eiskalten Cola zurück.

»Kris, du musst etwas essen«, sagte ihre Mutter, als Kris keine Anstalten machte, den Hamburger oder die Pommes anzurühren. »Iss wenigstens die Pommes. Du siehst schon halb verhungert aus.«

Kurze Zeit später erschien Sheriff Sutro mit einem Mann von der Versicherung. Der Mann von der Versicherung sagte, dass Dolan Boyd mit der Prämienzahlung in Rückstand geraten sei und die Versicherung es sich deshalb überlegen müsse, ob sie für die gesamten Krankenhauskosten aufkommen wolle.

Mrs Dentry geriet in Rage und nannte den Mann und seine Versicherungsgesellschaft eine Bande übelster Verbrecher. Der Mann verließ das Krankenzimmer mit der Drohung, dass sich ein Anwalt der Gesellschaft mit Mrs Dentry in Verbindung setzen würde.

Kris beteiligte sich nicht an der Auseinandersetzung. Als Sheriff Sutro sie jedoch fragte, ob sie sich alles noch einmal überlegt hatte, blickte sie auf. Sie sah ihn nur an, ohne etwas zu sagen, und er wich ihrem Blick aus, drehte sich um und ging so schnell aus dem Zimmer, dass er nicht einmal mehr dazu kam, mit seinem Kugelschreiber zu klicken.

Mr Howard Dentry von der Anwaltsfirma Dentry, Busby und Williams erreichte Wakefield einige Minuten vor fünf Uhr. Das kleine

Privatflugzeug landete mit einigen Hüpfern auf dem Rollfeld vor der Stadt. Vom Flugplatz aus nahm Howard Dentry ein Taxi, das ihn sofort zum St. Josephs Hospital brachte. Es überraschte ihn nicht, dass dort, in der Empfangshalle, Sheriff Blake Sutro auf ihn wartete. Er hatte am Nachmittag kurz mit Sutro telefoniert und Sutro hatte ihm gesagt, dass er, noch bevor er zu seiner Tochter ging, ein paar Worte mit ihm zu wechseln hätte. Nun erhob sich Sutro von seinem Sessel am Fenster, wo er lustlos in einem Gesundheitsmagazin geblättert hatte, und sein erster Griff galt, Mr Dentry hatte es nicht anders erwartet, dem Kugelschreiber.

»Du wolltest mich sprechen, Blake«, sagte Mr Dentry, der es kaum mehr erwarten konnte, seine Tochter zu sehen.

Sutro ließ den Kugelschreiber stecken.

»Kurz, Howard. Damit du weißt, was hier vor sich geht.«

»Ich glaube, ich weiß, was hier vor sich geht, Blake. Meine Tochter hat mich telefonisch aufgeklärt und ich habe auch mit Gloria gesprochen. Du hast einen Autounfall an der Hand und alles könnte so einfach sein, wenn der Unfall so passiert wäre, wie du dir ihn ausgedacht hast. Nun liegt dort oben –«, Mr Dentry deutete in die Richtung des Aufzugs, »– meine Tochter Kris und spielt nicht so richtig mit, nicht wahr? Sie kennt die Wahrheit, Blake. Sie weiß, wie der Unfall passiert ist, und das passt dir nicht in deinen Kram, weil du fürchtest, dass es einigen

79

Leuten hier, in dieser County, an den Kragen gehen könnte, wenn sich herausstellt, dass der Unfall kein gewöhnlicher Unfall war, sondern ein vorsätzlich ausgeführter Mordanschlag. So, und jetzt lasse ich dich reden, mein Freund. Fass dich bitte kurz. Ich will Kris nicht länger warten lassen.«

Sheriff Blake Sutro hatte sich ruhig und aufmerksam angehört, was ihm Howard Dentry zu sagen hatte. Der Ausdruck seines Gesichts blieb so undurchsichtig, als säße er seinem alten Jugendfreund am Pokertisch gegenüber. Erst als Howard Dentry zu Ende gesprochen hatte, verzog sich sein Mund zu einem Lächeln, wobei einer seiner Goldzähne kurz aufblitzte.

»Deine Tochter hat den Dickschädel von dir, Howard«, sagte er.

»Stimmt, Blake. Zum Glück hat sie von mir nicht die dicken Ohrläppchen geerbt und das eckige Kinn.«

Das Lächeln verschwand aus Sheriff Sutros Gesicht.

»Ich habe mir die Unfallstelle noch einmal angesehen, Howard«, sagte er ernst. »Würde es stimmen, was deine Tochter erzählt, sollten auf der Straße zumindest Reifenspuren zu entdecken sein, vielleicht aber auch Scheinwerferglas oder Blinkerglas vom Taxi oder von dem Pick-up Truck, den deine Tochter gesehen haben will. Tatsache ist, dass die Straße dort so sauber wie dein Hemd ist. Und wenn du mir nicht glaubst, kannst du dich morgen selbst vergewissern.«

»Das werde ich ganz bestimmt tun, Blake, ohne dass ich dir schlampige Arbeit unterstellen will. Ich kenne dich lange genug.«

»Dann solltest du auch wissen, dass ich mich von niemandem kaufen lasse, Howard. Wenn es stimmt, was deine Tochter gesehen haben will, werde ich der Sache nachgehen, so wie es die Pflicht von mir verlangt.«

»Daran zweifle ich nicht, Blake. Aber nehmen wir einmal an, es stimmt, was Kris zu Protokoll gegeben hat.«

»Ich habe nichts schriftlich festgehalten, Howard. Ein offizielles Protokoll gibt es also noch nicht.«

»Warum nicht?«

»Weil ich ihr eine Chance geben wollte, noch einmal über alles nachzudenken. Außerdem wusste ich, dass du heute hier sein wirst. Jetzt kannst du dabei sein, wenn sie ihre Aussage macht.«

»Das ist fair«, sagte Mr Dentry. »Danke! Nun will ich dir eine Frage stellen, mein Freund.«

»Schieß los!«

»Wer hat es deiner Meinung nach auf die Boyds abgesehen, Blake?«

Sheriff Sutro schüttelte den Kopf.

»Diese Frage kann ich dir nicht beantworten, Howard.«

»Warum nicht?«

»Weil ich mindestens drei oder vier Dutzend Leute kenne, die auf dieses Niggerpack nicht gut zu sprechen sind.«

»Leute, die dem Klan angehören, Blake?«

»Leute, denen die Boyds irgendeinmal irgendwie in die Quere gekommen sind.«

»Klanleute?«, bohrte Mr Dentry weiter.

»Mann, ich habe dir gesagt, dass ich das nicht weiß, verdammt. Offiziell gibt es hier den Ku-Klux-Klan nicht mehr, seit Jake Boyd von einem Heckenschützen getroffen wurde.«

»Offiziell mag es den Klan zwar nicht mehr geben, aber du und ich, wir wissen beide, dass er im Geheimen nach wie vor existiert. Gehörst du nicht selbst dazu, Blake?«

Jetzt wurde Sheriff Sutros Gesicht finster.

»Sei vorsichtig mit deiner Fragerei, Howard!«, warnte er. »Du kannst nicht einfach hierher kommen und irgendwelche Leute beschuldigen. Du weißt, wie das hier ist. Die Leute lassen sich ungern von Außenstehenden in ihre Angelegenheiten reinreden. Das war schon früher so, als du einer von uns gewesen bist. Jetzt ist das nicht anders. Wenn du hier rumgehst und Leute beschuldigst, kann ich nicht für deine Sicherheit garantieren.«

»Ich beschuldige niemanden. Ich wollte nur wissen, ob du nicht selbst zum Klan gehörst, Blake, und ob du es dir notfalls wirklich leisten könntest, deine Pflicht zu tun. Die Antwort kannst du dir nun sparen.«

»Dann will ich dir wenigstens einen wohl gemeinten Rat geben, Howard. Rede mit deiner Tochter! Sag ihr, dass diese Stadt sie als Opfer eines Unfalls in ihr Herz geschlossen hat. Bei einer Spendenaktion des Lions Club sind über dreihundert Dollar gestiftet worden. Mit diesem Geld will die Stadt deiner Tochter ein Geschenk machen. Es liegt nun bei ihr, Wakefield mit guten Erinnerungen zu verlassen und einmal als Freund wieder hierher zurückzukehren. Es liegt bei ihr, wie es von nun an weitergeht, Howard. An ihrer Stelle würde ich mir haargenau überlegen, ob es sich lohnt, aus diesem Unfall ein Verbrechen zu machen, für das es außer deiner Tochter nicht einen einzigen Zeugen gibt.«

»Und doch gibt es Zeugen«, widersprach Mr Dentry. »Die Leute im Pick-up. Sie sind die Täter und die Zeugen, nicht wahr?«

Mit diesen Worten ließ Kris' Vater den Sheriff stehen. Er ging zum Anmeldepult und fragte dort nach dem Zimmer seiner Tochter. Zweiter Stock, gab man ihm zur Auskunft, Zimmer 233.

Mr Dentry ging zur Aufzugtür, drückte auf den Knopf und wartete. Dabei sah er sich nach Sheriff Sutro um. Der Sheriff war dabei, das Spital durch die Drehtür zu verlassen. Draußen war es jetzt schon dunkel.

Der Aufzug hielt im ersten Stock. Die Tür ging auf und Dr. Stuart kam herein. Ein kurzer Blick genügte dem Arzt, den elegant gekleideten Mann als Kris' Vater zu erkennen.

»Ihre Tochter wird Ihnen zwar noch nicht um den Hals fallen können, aber sie ist schon wieder so weit hergestellt, dass sie uns nächste Woche wahrscheinlich verlassen kann.«

83

»Dr. Stuart, der Urwalddoktor«, sagte Mr Dentry und die beiden Männer gaben sich die Hand. »Ich bin froh, dass meine Tochter das Glück hatte, in Ihre Obhut zu kommen. Ich habe viel von Ihnen gehört, obwohl ich leider nie die Gelegenheit hatte, mir Ihre viel besprochene Fernsehsendung anzusehen. Sagen Sie, wie geht es Kris wirklich? Werden ihr die Verletzungen später Schwierigkeiten machen?«

Dr. Stuart schüttelte den Kopf. »Das glaube ich nicht, Mr Dentry. Genau kann man das natürlich nie sagen, trotz aller Erfahrungen nicht. Die Lunge heilt vorzüglich. Auch die Rippen sind kein Problem. Sie hatte eine schlimme Gehirnerschütterung, aber auch diese scheint sie gut überwunden zu haben. Bis jetzt lassen sich keine Folgeschäden feststellen.«

»Ich habe mich kurz mit Blake Sutro, dem Sheriff, unterhalten. Glauben Sie, Dr. Stuart, dass Kris Grund hätte, den Unfallhergang zu verfälschen?«

»Nein, das glaube ich nicht. Außerdem ist sie vollkommen klar im Kopf, was während der ersten paar Tage nicht der Fall war.«

»Dann glauben Sie, dass sie die Wahrheit sagt?«

»Warum fragen Sie mich, Mr Dentry? Sie kennen Ihre Tochter besser als jeder andere hier.«

»Sie lügt nicht!«

Dr. Stuart lächelte.

Der Lift rüttelte und hielt an. Die Tür ging auf.

84

»Wir sehen uns später, Mr Dentry. Wenn Sie mich sprechen wollen, lassen Sie mich rufen.«

»Danke, Dr. Stuart.«

Während sich der Arzt in die andere Richtung entfernte, ging Mr Dentry eilig an offenen und geschlossenen Zimmertüren vorbei bis zu der Tür, die mit der Nummer 233 versehen war. Sie stand offen. Mr Dentry blieb im Flur stehen, öffnete seinen schwarzen Aktenkoffer und entnahm ihm eine Geschenkschachtel mit einer großen königsblauen Schleife. Er rückte die Schleife etwas zurecht, fuhr sich mit der Hand über das straff nach hinten gekämmte Haar und betrat das Zimmer.

»Dad!«

»Kris!«

Sie umarmten sich und hielten einander fest und Kris ließ ihren Tränen freien Lauf und weinte ihrem Vater in den Nadelstreifenanzug. Ihr Vater strich ihr mit der Hand sanft über das Haar und sie spürte seine Bartstoppeln an ihrem Ohr und er flüsterte ganz leise ihren Namen. »Kris«, flüsterte er, »wenn ich jetzt auch noch losheule, gibt's hier gleich eine Überschwemmung.«

Er ließ sie los und sie lachte und weinte und wischte sich mit dem Taschentuch das Gesicht ab.

»Die Zeit wollte nicht vergehen, Dad«, sagte sie. »Ich glaube, ich habe eine Ewigkeit auf dich gewartet.«

»Eine Ewigkeit plus mindestens fünf Minuten, die ich unten von Sheriff Sutro aufgehalten worden bin. Hier, das habe ich dir aus Washington mitgebracht.« Er gab ihr die kleine Schachtel und Kris öffnete sie vorsichtig. Sie enthielt eine Swatch-Uhr.

»Deine Mutter sagte mir, dass deine Uhr beim Unfall kaputtging«, sagte ihr Vater. »Komm, ich mache sie dir an den Arm.«

Sie gab ihm einen Kuss, während er ihr die Uhr anlegte.

»Was wollte Sheriff Sutro von dir, Dad?«, fragte sie, als ihr Vater auf dem Stuhl neben dem Bett Platz genommen hatte.

»Er wollte mir klarmachen, dass es besser wäre, alles so zu belassen, wie es ist.«

»Ich könnte nicht mit dieser Lüge leben, Dad. Du weißt, dass Dolan beim Unfall ums Leben gekommen ist?«

»Ja. Das hat mir deine Mutter gesagt.«

»Mir hat niemand etwas gesagt. Drei Tage lang wurde ich angelogen. Erst gestern erfuhr ich es. Von Dolans Mutter. Sie kam hierher. Sie wollte die Wahrheit wissen, obwohl es für sie eigentlich keinen Unterschied mehr macht. Ihr Sohn ist tot. Man hat ihn heute begraben, Dad, und ich konnte nicht einmal dabei sein.«

»Kris, du brauchst dir keine Vorwürfe zu machen, hörst du? Für nichts. Siehst du, das sind die Wunden, die am langsamsten heilen. Ich habe mit Dr. Stuart gesprochen. Er meint, dass deine übrigen Verletzungen kein Problem sind.

Aber wenn du dir Vorwürfe machst, dann kann dir das ein Leben lang anhängen.«

»Ich mache mir keine Vorwürfe, Dad. Ich wünschte nur, dass mich Sid abgeholt hätte. Oder dass ich mich für die eine Nacht in einem Hotel in Wakefield einquartiert hätte.«

»Ist Sid noch immer nicht vorbeigekommen?«

Kris schüttelte den Kopf. »Sie lässt sich auch zu Hause auf der Farm nicht blicken. Onkel James weiß nicht, wo sie ist. Vielleicht in Memphis. Dort hat sie Freunde.«

»Wo ist deine Mutter?«

»Verschwunden.«

»Verschwunden?«

»Ja. Wir haben uns leider gestritten.«

Mr Dentry runzelte die Stirn.

»Worüber habt ihr euch denn gestritten?«

»Wir haben über Mischehen geredet, Dad.«

»Über Mischehen?«

»Ja. Mutter meint, es wäre eine Katastrophe, einen Schwarzen zu heiraten.«

»Eine Katastrophe vielleicht nicht gerade«, lachte Mr Dentry, »aber zumindest ein Unglück wäre es allemal, Kris.«

»Dad.«

»Ja.«

»Es hört nicht auf, nicht?«

»Was?«

»Das Gegeneinandersein.«

»Das Gegeneinandersein?«

»Der Rassismus.«

Ihr Vater holte tief Luft.

»Es hat sich vieles geändert, Kris. Es ist nicht mehr wie in den sechziger Jahren. Trotzdem glaube ich nicht, dass das Gegeneinandersein aufgehört hat zu existieren. Nicht hier in Wakefield oder in Springtown und auch nicht anderswo, ganz gleich, wo auf dieser Welt.«

»Dolans Mutter hat mir gesagt, dass der Klan geschworen hat, sich für Billy Rowans Haftstrafe an ihr und ihrer ganzen Familie zu rächen. Deshalb ist sie ganz sicher, dass es Leute vom Klan waren, die den Unfall verschuldet haben.«

»Wie kann Mrs Boyd so sicher sein, Kris?«

»Das weiß ich nicht. Sie hat mir erzählt, was nach der Urteilsverkündung, als Billy Rowan zu sechs Jahren Gefängnis verurteilt wurde, geschah.«

»Was geschah, Kris?«

»In der folgenden Nacht brannte vor dem Wohnhaus der Boyds ein Kreuz, Dad. Und im Lichtschein sah Mrs Boyd ganz deutlich die Klanleute in ihren weißen Kapuzenmänteln. Sie liefen davon, als Dolan mit der Schrotflinte aus dem Haus stürzte. Am Morgen entdeckte Mrs Boyd an einem Verandapfosten einen Zettel, auf den jemand eine Drohung geschrieben hatte. Die folgenden Nächte wachten die Boyds und es geschah nichts. Ihre Aufmerksamkeit ließ mehr und mehr nach. Drei Wochen später legte jemand Feuer. Das Wohnhaus der Boyds brannte vollständig nieder und es war ein Wunder, dass niemand in den Flammen ums Leben kam.«

»Man hat natürlich nie herausgefunden, wer den Brand gelegt hat?«

»Nein. Auch nicht, wer Spike, den Neufundländer, getötet hat. Eines Tages fand Dolan ihn unten am Creek. Jemand hatte ihn vergiftet.«

»Billy Rowans Vater war früher ein Mitglied des Klans«, sagte Mr Dentry. »Und dessen Vater war einer der Nachtfalken, als mein Vater und mein Großvater dazugehörten. Kris, hast du dir einmal überlegt, ob es irgendetwas gibt, was du vergessen haben könntest? Vom Unfall, meine ich. Irgendetwas, was du gesehen hast? Oder gehört? Sheriff Sutro behauptet, dass es dort draußen an der Unfallstelle keine Spuren gibt. Keine Reifenspuren, wie sie zum Beispiel bei einem scharfen Bremsmanöver zustande kommen. Versuch dich zu erinnern, ob Dolan Boyd sein Taxi scharf abgebremst hat, so dass die Räder blockierten. Oder ob das Taxi sich noch auf dem Asphalt befand, als er ins Schleudern geriet. In beiden Fällen müsste es dann Spuren hinterlassen haben.«

»Es ging alles so schnell, Dad«, sagte Kris mutlos. »Ich kann mich nur noch an das erinnern, was ich Sheriff Sutro gesagt habe. An den Pick-up Truck und an die Gesichter und die Bierdose und daran, dass uns der Pick-up gerammt hat. Und ich erinnere mich an die Hupe. Irgendjemand im Pick-up muss die ganze Zeit auf die Hupe gedrückt haben.«

»Beim Zusammenprall, hast du da vielleicht Glas splittern gehört?«

Kris schüttelte den Kopf.

»Ich habe dir alles gesagt, was ich weiß, Dad. Das Einzige, was mir noch eingefallen ist, ist der Knauf am Fensterdrehgriff.«

»Was ist mit ihm?«

»Einige Minuten, bevor wir gerammt wurden, versuchte ich das hintere Seitenfenster zu öffnen. Der Drehgriff ließ sich nicht bewegen und da versuchte ich es mit Kraft und dabei brach der Plastikknauf.«

»Hat das deiner Meinung nach etwas mit dem Unfall zu tun, Kris?«

»Nein. Eigentlich nicht. Es beweist nur, dass ich hinten saß und nicht vorn.«

»Du bist hinten gesessen?«

»Ja. Direkt hinter Dolan, ein bisschen zur Mitte hin. Ich sagte ihm, dass ich den Knauf abgebrochen habe.«

»Und was hat dir Dolan Boyd darauf geantwortet?«

»Das weiß ich nicht mehr. Nichts, glaube ich. Ich glaube, ich hatte den Knauf noch in der Hand, als der Unfall geschah.«

»Und nach dem Unfall? An was kannst du dich erinnern?«

»An das Feuer. Ich war allein. Kein Geräusch war zu hören außer dem Fauchen der Flammen. Es klang wie der Ofen auf der Farm, wenn man ihn aufmacht und frische Holzscheite hineinschiebt.«

»Und die Hupe?«

»Keine Hupe mehr. Nichts.«

»Das Taxi brannte lichterloh?«

»Ja.«

»Ist irgendwer hergekommen? Die Polizei? Der Sheriff? Die Leute von der Ambulanz?«

»Ich bin zum Straßenrand gekrochen. Daran kann ich mich erinnern. Ich kroch zum Straßenrand hoch, weil ich sonst in der Hitze des Feuers und im Rauch gestorben wäre.«

»Und danach. An was kannst du dich danach erinnern?«

»An die Explosion. Und an die Sirene.«

»Die Explosion des Benzintanks?«

»Das weiß ich nicht. Ich hörte nur den Knall. Und dann vernahm ich leise die Sirene und das nächste Mal, als ich zu mir kam, lag ich im Krankenhaus.«

Mr Dentry nickte und Kris sah ihm an, dass er angestrengt nachdachte. Sie studierte das Gesicht ihres Vaters. Sie mochte dieses Gesicht, in dem ihr jede Falte, jedes noch so kleine Mal vertraut war. Ihr Vater war ein stolzer Mann, das sah man ihm an. Ein Sieger. Aber nur wer ihn so kannte wie sie sah in seinem Gesicht auch die Spuren verlorener Kämpfe, die er in den Gerichtssälen des Landes ausgefochten hatte. Er hatte Niederlagen erlitten, aber besiegt worden war er nie. Kris war stolz auf ihn. Auf seinen Ruf, dass er für die Gerechtigkeit eintrat und oft Fälle annahm, die andere Anwälte nicht einmal mit der Feuerzange anfassten.

»Dad.«

»Ja, Kris.«

»Hilfst du mir?«

Er lachte auf. »Natürlich helfe ich dir, Kris. Alex wird mein Arbeitspensum übernehmen. Ich werde so lange hier bleiben, bis diese Sache in Ordnung gebracht ist, und das wird hoffentlich in ein paar Tagen geschehen.«

»Das glaube ich nicht, Dad. Ich glaube, dass die Leute hier alles daransetzen werden, die Wahrheit nicht ans Tageslicht kommen zu lassen.«

»Ich hoffe, dass du nicht Recht hast, Kris.«

Sie blickte ihn überrascht an.

»Seit wann glaubst du an das Gute im Menschen, Dad?«

»Die Welt ist nicht so schlecht, wie es uns die Zeitungen und das Fernsehen einreden wollen. Es gibt überall Menschen, die viel Gutes tun. Nur berichtet niemand darüber, Kris. Wer Gutes tut, macht keine Schlagzeilen. Deshalb hat es manchmal den Anschein, als ob diese Welt an ihrem Ende angelangt wäre.«

»Für Dolan war das so, Dad!«

»Das stimmt allerdings«, pflichtete er ihr bei. »Ich weiß nicht, ob Dolan Boyds Tod am Ende Sinn machen wird oder nicht. Bitte versteh mich nicht falsch, Kris. Ich weiß, dass Mrs Boyd der Sohn durch nichts ersetzt werden kann. Für sie und ihre Familie ist es ein entsetzlicher Verlust. Aber manchmal glaube ich, dass solche Tragödien zum Leben gehören. Nicht nur für die

Boyds. Für uns alle. Damit wir nicht völlig durchdrehen. Damit wir immer wieder aufs Neue erkennen, dass dieses Leben für jeden von uns ein Geschenk ist.«

»Jemand hat Dolan dieses Geschenk weggenommen, Dad. Jemand dort draußen läuft als rechtschaffener Bürger von Wakefield oder vielleicht von Springtown durch die Gegend. Wir werden herausfinden, wer das ist, nicht wahr, Dad?« Kris griff nach seiner Hand und hielt sie fest. »Und wenn meine Vermutung stimmt, dass es der Ku-Klux-Klan ist, der sich an den Boyds gerächt hat, dann werde ich mit allen Mitteln versuchen, den Klan zu vernichten!«

»Es gibt keinen Klan mehr, Kris«, sagte ihr Vater.

»Das sagst du.«

Er lächelte. »Es gibt wenigstens offiziell keinen Klan mehr, Kris. Nicht hier in Wakefield und auch nicht in Springtown.«

»Es gibt ihn, Dad! Ich weiß es und Sheriff Sutro weiß es. Billy Rowans Vater ist einer der Anführer. Viele Geschäftsleute gehören dazu oder zumindest unterstützen sie ihn. Deshalb hat sich Sheriff Sutro seine Geschichte ausgedacht. Er hat Angst, bei den nächsten Sheriffswahlen unterzugehen.«

»Wer hat dir das gesagt, Kris? Mit wem hast du über die Lokalpolitik diskutiert?«

»Dr. Stuart weiß Bescheid, Dad.«

»Dr. Stuart, der Urwaldarzt!«

»Mach dich nicht lustig über ihn, Dad. Er

weiß, was hier in Wakefield und auch in Springtown abgeht.«

»Ich mache mich keineswegs lustig über ihn,
Kris. Und dass er weiß, was hier . . .« Ihr Vater
stockte und fuhr dann fort ». . . was hier abgeht,
das bezweifle ich nicht. Ich bin froh um jeden
Verbündeten, Kris, denn eines steht fest, wir
sind vorläufig hier absolut in der Minderzahl.«

Mr Dentry erhob sich, beugte sich zu ihr herunter und gab ihr einen Kuss.

»Ich versuche jetzt mal, deine Mutter aufzu-
stöbern. Es ist für uns beide besser, wenn wir sie
auf unserer Seite haben, glaub es mir.«

Kris nickte.

»Manchmal geht sie mir schon gehörig auf die
Nerven, wenn sie von den Schwarzen redet, als
wären sie Menschen zweiter Klasse, Dad.«

»Bevor wir jedoch leichtfertig ein Urteil über
sie fällen, sollten wir ihre Erziehung in Betracht
ziehen, nicht wahr, Liebling? Deine Mutter ist in
einer anderen Zeit und unter anderen Bedingun-
gen aufgewachsen. So einfach, wie du meinst,
kann keiner aus seiner Haut raus. Dabei glaube
ich, dass deine Mutter eigentlich nichts anderes
als Angst um dich hat, Kris. Sie will dich unbedingt davor bewahren, zukunftsentscheidende
Fehler zu machen.«

»Und sich in einen Schwarzen zu verlieben,
das ist ihrer Meinung nach ein zukunftsent-
scheidender Fehler, Dad?«

»Ja.«

»Und du? Wie denkst du darüber?«

Er blickte sie an und sein Gesicht war ernst, ernster, als sie es von ihm zu sehen gewohnt war.

»Ich weiß, ehrlich gestanden, nicht, was ich dir sagen soll, Kris. Ich habe überhaupt noch nie darüber nachgedacht, dass so etwas in unserer Familie geschehen könnte. Ich müsste mich vielleicht einmal mit Bill Williams darüber unterhalten. Er hat selbst Kinder in deinem Alter.« Mr Dentry verzog sein Gesicht. »Du hast dich doch nicht etwa in einen Schwarzen verliebt, ohne mir etwas davon zu sagen, Kris?«

»Nein, Dad. Dazu kam es nicht mehr.«

»Dolan?«, fragte ihr Vater verständnislos.

Sie senkte den Kopf.

»Ihr habt euch doch überhaupt nicht gekannt, Kris. Ich meine, wie lange dauerte die Fahrt denn vom Stationsgebäude bis zur Unfallstelle? Zwanzig Minuten vielleicht.«

Kris hob den Kopf. »Wie war das noch einmal mit dir und Mom, Dad? Ihr habt euch in einem Stadtbus zum ersten Mal gesehen, nicht wahr?«

»Das stimmt.« Er lachte. »Liebe auf den ersten Blick nennt man das, glaube ich.«

»Das war es, Dad«, sagte Kris. »Das war es wohl.«

Am nächsten Tag erhielt Kris Besuch. Eine Abordnung der Stadtverwaltung mit einem Strauß herrlicher Schnittblumen. *Wakefield und seine Bürger wünschen Ihnen, Miss Dentry, baldige Genesung*, hieß es auf der Karte, die das Wahrzeichen von Wakefield zeigte, das Denkmal des

Bürgerkriegsgenerals Robert E. Lee. Außerdem erhielt Kris eine Eintrittskarte zum großen Stockcar-Rennen und einen Gutschein über 300 $ vom besten Modehaus der Stadt. »Ein Ansporn, schnell gesund zu werden«, sagte der stellvertretende Bürgermeister.

Später kam der Stationsvorsteher, Mr Bacon, der seine kleine Tochter Lorie mitbrachte und seinen Sohn Brian, der die ganze Zeit im Krankenzimmer damit verbrachte, einen zertretenen Kaugummi von der Sohle seines Schuhs abzukratzen.

»Hätte ich gewusst, was ich jetzt weiß, hätte ich Sie natürlich nicht mit Dolan Boyd fahren lassen, Miss Dentry«, sagte Mr Bacon. »Es tut mir schrecklich Leid, dass es zu diesem Unfall gekommen ist.«

»Es ist keineswegs Ihre Schuld, Mr Bacon«, versicherte ihm Kris. »Wie hätten Sie denn wissen können, dass jemand versuchen würde, Dolans Taxi von der Straße zu stoßen.«

Mr Bacon war natürlich fassungslos, denn er hatte die Zeitung gelesen.

»Miss Dentry, Sie wollen doch damit nicht etwa sagen, dass es nicht durch... durch eine Unaufmerksamkeit von Dolan zu diesem schrecklichen Unglück gekommen ist.«

»Genau dies will ich Ihnen sagen, Mr Bacon. Ganz gleich, was Sie in der Zeitung gelesen und auf der Straße gehört haben, Dolan Boyd trifft genauso wenig Schuld an diesem Unfall wie Sie.«

Mr Bacon wirkte eine Zeit lang ganz verstört. Schließlich, als seine Tochter nach Schokoladeneis zu schreien begann, verabschiedete er sich hastig und flüchtete aus dem Zimmer, in dem ihm eine bedrohliche Wahrheit begegnet war.

Mr Dentry fuhr mit dem Mietwagen von der Straße in die Einmündung eines schmalen Feldweges, der zum Wassergraben führte und dort endete. Links und rechts des Feldweges erhob sich Gestrüpp, das dicht mit einem Gewirr von blättrigem Rankengewächs behangen war. Unten im Graben stand rotbraunes Wasser, bedeckt von grünlichen Algenschleiern, und jenseits des Grabens war ein dichter Wald von Sumpfzypressen, dunkel und wenig einladend. Ein Fischreiher flog aus dem Schatten der Bäume heraus in die Morgensonne, flog über die Überlandstraße und über die Felder auf der anderen Seite, wo das Sumpfgebiet mit Entwässerungsgräben trockengelegt worden war.

Mr Dentry studierte noch einmal den Plan, den ihm Sheriff Sutro gezeichnet hatte. Demnach befand sich die Unglücksstelle etwa hundert Yards von der Einmündung des Feldweges entfernt in einer leichten, kaum erkennbaren Linkskurve, die mit einer durchgehenden Sicherheitslinie und Überholverbotsschildern markiert war. Mr Dentry stieg aus, steckte den Zettel in die Brusttasche seines weißen Hemdes, lockerte den Schlips und ging die wenigen Schritte den Weg zurück bis zur Straße.

Er wartete bei der Einmündung, bis ein großer Viehtransporter vorbei war, dann ging er den Straßenrand entlang, den Blick nach vorn auf den mit Teerflicken bedeckten Asphalt gerichtet. Er wollte nichts, nicht einmal das kleinste und noch so unscheinbarste Zeichen übersehen, das etwas mit dem Unfall zu tun hätte haben können. Dabei war er sich bewusst, dass Sheriff Sutro und die Leute von der Highway Police mit mehreren Spurensicherungsexperten ihre Routinearbeit verrichtet und dabei möglicherweise aus Unachtsamkeit Spuren zerstört hatten. Was er von dieser Privatsuche erwartete, wusste Mr Dentry selbst nicht so genau, aber irgendwie wurde er das Gefühl nicht los, dass er hier auf Anhaltspunkte oder sogar auf Beweise stoßen würde, dass Dolan Boyd den Unfall nicht selbst verschuldet hatte.

Da seine ganze Aufmerksamkeit dem Asphalt galt, bemerkte er den Pick-up Truck nicht, der auf der anderen Straßenseite stand, mit den zwei rechten Rädern auf der Böschung und den zwei linken auf der Straße. Der Pick-up war ein alter GMC von undefinierbarer Farbe, rundum vom Rost zerfressen und ohne Kühlerhaube. Der linke Außenspiegel hing an einem Draht herunter und die Winschutzscheibe hatte mehrere Sprünge.

Mr Dentry wurde erst auf den Pick-up Truck aufmerksam, als ein kleiner Hund zu japsen anfing. Er verharrte im Schritt, blickte auf und über die Straße zu dem Pick-up hinüber, von dessen Ladepritsche aus mehrere Augenpaare scheu auf ihn gerichtet waren.

In der Fahrerkabine des Pick-ups befand sich niemand. Hinten auf der Ladepritsche saßen jedoch drei Kinder, von denen er über der niederen Seitenwand nur die Köpfe sehen konnte. Eines der Kinder hielt einen kleinen Hund an sich gedrückt. Der Hund, ein Welpe mit rostrotem Fell, versuchte sich im Bellen, aber mehr als ein paar japsende Laute brachte er nicht zustande.

Mr Dentrys Blick wanderte zur Straßenseite zurück, auf der er sich befand. Etwa dreißig Schritte von ihm entfernt stand ein Mann am Straßenrand. Der Mann trug eine an den Knien geflickte Arbeitslatzhose, klobige Schnürschuhe und eine Schildmütze. Er war ein kräftiger Mann mit einer bläulich-schwarzen Haut und einem von Pockennarben bedeckten Gesicht. An seinem Kinn und den Wangen glitzerten silbrige Bartstoppeln. Er hatte einen Spaten in der Hand.

Nicht weit von ihm und etwa zwanzig Schritte von der Straße entfernt, dort, wo die Böschung zum Graben hinunter aufgewühlt war, kniete eine Gestalt vor einem kleinen weißen Kreuz, an dem ein Kranz Plastikblumen befestigt war.

Mr Dentry ging auf den Mann zu. Der Mann blickte ihm misstrauisch entgegen und seine rechte Hand glitt in seine Latzhose. Ohne sich nach der Gestalt umzuwenden, rief er ihr zu,

99

dass jemand die Straße entlangkomme. Die Gestalt rührte sich nicht. Mr Dentry konnte jetzt deutlich sehen, dass sie die Hände gefaltet hatte.

Der kleine Hund bellte nicht mehr.

Mr Dentry blieb einige Schritte von dem Mann entfernt stehen, nahm sein Taschentuch hervor und wischte sich den Schweiß von der Stirn. Es war ein unangenehm schwüler Morgen, mit einem blaugrauen Himmel. Die Sonne schien blass durch den Dunst, der über dem Sumpfland lag.

»Morgen«, sagte Mr Dentry und steckte das Taschentuch ein. »Mein Name ist Dentry. Ich bin der Vater von Kris Dentry.«

Der Mann blickte ihn an.

»Ich bin hier, um mir die Unfallstelle anzusehen«, sagte Mr Dentry. »Wegen der Spuren.«

Der Mann rührte sich nicht. Sein Gesicht blieb maskenhaft starr. Nicht einmal seine Augen bewegten sich.

Mr Dentry blickte zu der Gestalt hinüber, die beim Kreuz im Gras kniete.

»Mrs Boyd?«, fragte er den Mann leise.

Der Mann nickte.

Mr Dentry spürte, wie sein Hemd nass wurde und an einigen Stellen seines Körpers zu kleben begann. Er zog den Schlips noch ein Stück auf und öffnete die obersten zwei Hemdknöpfe, während er die Frau anblickte und dann den Mann.

Der Mann, der sich die ganze Zeit nicht vom Fleck gerührt hatte, bewegte sich plötzlich. Er ging auf die Straße zum Pick-up Truck, verstaute den Spaten auf der Ladebrücke, stieg ein und setzte sich hinter das Lenkrad. Mr Dentry sah, wie er sich eine Zigarette anzündete. Er blickte dabei geradeaus durch die zersprungene Windschutzscheibe.

Die Frau erhob sich. Jetzt sah sie Mr Dentry. Sie kam auf ihn zu, sorgfältig darauf achtend, dass sie auf dem unebenen Boden, der beim Herausziehen des verbrannten Wracks durchgeackert worden war, nicht stolperte.

»Mrs Boyd?«

»Ja, bitte?« Sie blickte ihm in die Augen.

»Mrs Boyd, ich bin Kris' Vater, Howard Dentry.«

Mr Dentry streckte die Hand aus. »Meine Tochter hat mir von Ihrem Sohn erzählt. Mein aufrichtiges Beileid, Mrs Boyd.«

»Danke, Mr Dentry.« Die Frau machte keine Anstalten, die dargebotene Hand zu ergreifen. Ihr Gesicht verriet nicht, was in diesem Moment in ihr vorging.

»Mrs Boyd, wenn ich irgendetwas für Sie und Ihre Familie tun kann, bitte rufen Sie die Dentry Farm am Stony Creek an und hinterlassen Sie eine Nachricht. Oder das Bradley Motel in Wakefield, wo meine Frau und ich für einige Tage wohnen werden.«

Mrs Boyd nickte. Auf ihrer Stirn glitzerten winzige Schweißperlen.

»Es tut mir Leid, dass Ihre Tochter das erleben musste, Mr Dentry«, sagte sie. »Der Anschlag galt meinem Sohn. Ihre Tochter hatte nur das Unglück, in seiner Nähe zu sein.«

»Ihre Cousine hätte sie von der Bahnstation abholen sollen, Mrs Boyd. Aber Sie brauchen sich keine Vorwürfe zu machen. Kris wird die Verletzungen überstehen.«

»Sie hat Ihnen gesagt, dass mein Sohn unschuldig ist, nicht wahr?«

»Ja.«

»Mein Sohn war ein anständiger Junge, Mr Dentry. Seit sein älterer Bruder gelähmt wurde, hat er unsere Familie versorgt. Er und Marvin dort.« Sie deutete mit einer Kopfbewegung zum Pick-up Truck hinüber. »Ich habe noch vier Kinder, Mr Dentry. Drei sind dort drüben. Larry, Harry und Carrie. Jake ist zu Hause. Marvin fährt uns in die Stadt. Dort treffen wir uns mit anderen Leuten aus Grinders Hollow. Wir werden uns auf die Treppe des Stadthauses setzen und ein Banner hochhalten.«

»Ein Banner, Mrs Boyd?«

»Ja. Reverend Neal hat es für uns geschrieben. ›Dolan Boyd war ein Gentleman‹ steht darauf.«

»Die meisten Leute werden dieses Banner wohl zu übersehen wissen, Mrs Boyd.«

Mrs Boyd lächelte.

»Einige werden es sehen, Mr Dentry. Einige werden es ganz bestimmt sehen.« Sie glättete ihren Rock, blickte zu ihm auf und ging davon. Er sah ihr nach, wie sie die Straße überquerte, eine kleine Frau, die sich Mühe gab, aufrecht zu gehen und sich von der Last, die sie trug,

nicht beugen zu lassen. Der Mann hinter dem
Steuer drehte den Zündschlüssel. Der Motor
lief nicht gleich an. Erst als Mrs Boyd neben
ihm saß, begann er zu laufen. Aus dem Auspuff
quoll eine Rauchwolke, als der Pick-up langsam anfuhr und schneller wurde. Beim Schalten
vom ersten in den zweiten Gang krächzte das
Getriebe. Das Mädchen, das hinten saß,
winkte. Howard Dentry hob die Hand und
winkte zurück.

Eine Chevi-Limousine hielt am Straßenrand.
Weiß und brandneu. Hinten hing das provisori-
sche Nummernschild eines Autohändlers. Vier
Männer saßen im Chevy. Zwei vorn und zwei
hinten. Einer war Sheriff Sutro. Hinter dem
Steuer saß Mr Ronald Rowan, Billy Rowans Vater. Er trug einen Cowboyhut. An seinem linken
Handgelenk glitzerte eine Rolex.
    Alle vier Türen der Limousine gingen beinahe
gleichzeitig auf. Vier Männer stiegen aus, drei
davon gleichzeitig, als ob sie es einstudiert und
vorher geübt hätten, und der vierte, Sheriff Sutro, einen Augenblick später, weil er nämlich
beim Aussteigen zögerte. Vermutlich, dachte
Mr Dentry, überlegte sich Blake Sutro, ob er
sich als Gesetzesvertreter überhaupt hier und in
dieser Gesellschaft blicken lassen sollte, aber
jetzt war es zu spät, umzukehren oder sich gar in
der Limousine klein zu machen, denn Mr Dentry hatte ihn längst entdeckt. So stieg auch er aus
und setzte sich eine verspiegelte Sonnenbrille

103

auf, rückte seinen Hut zurecht und kam breitbeinig, als wäre er eben von einem Pferd geklettert, um den Chevy herum. Die Daumen in seinen Gürtel gehakt, an dem ein Revolverfutteral mit seinem Colt hing, blieb er in einigem Abstand von Mr Dentry stehen und blickte zu dem kleinen weißen Kreuz mit dem Kranz aus Plastikblumen hinüber.

Von den anderen drei kannte Mr Dentry nur Billy Rowans Vater Ronald und William »Magnum« Carver, den Waffenschmied von Wakefield. Der Dritte im Bunde war ein junger Mann, dünn und gerade wie ein Zaunpfahl, mit leicht abstehenden Ohren und einem ausgeprägten Adamsapfel über dem engen Hemdkragen.

Sheriff Sutro sah sich um. Nach allen Seiten.

»Ich bin allein, Blake«, sagte Mr Dentry mit einem Lächeln.

Der Sheriff nickte.

»Hast du vielleicht gesehen, wer das Kreuz dort angebracht hat?«

»Keine Ahnung, Blake. Warum ist das wichtig? Verstößt es etwa gegen das Gesetz, eine Unglücksstelle mit einem Kreuz zu markieren?«

»Tatsache ist, dass solche Kreuze Autofahrer abzulenken vermögen, Howard.« Der Sheriff trat über den Straßenrand hinaus. Er trug hochhackige Cowboystiefel, die auf dem unebenen Boden nicht viel taugten. Er ging bis dicht an das Kreuz heran, beugte sich nieder und betrachtete die kleine messinggerahmte Fotografie, die am

Kreuz befestigt war. Nach wenigen Sekunden richtete er sich auf.

»Du kennst Ronald Rowan, nicht wahr, Howard?«

»Wir kennen uns«, sagte Rowan, ein großer wohlbeleibter Mann mit zwei Kinnwülsten unter dem richtigen Kinn und einer breit geschlagenen Boxernase. Rowan sprach aus dem Schatten seines beigeweißen Cowboyhutes heraus. »Blake sagte uns, dass du hier draußen herumstöberst, Howard, und da habe ich gesagt, dass wir die Gelegenheit beim Schopf packen und diesen brandneuen Vorführwagen ausprobieren könnten. Dale hier, Dale Grantham, interessiert sich nämlich für einen neuen Wagen. Übrigens, Dale ist sozusagen ein Berufskollege von dir, Howard.«

»Dale Grantham«, stellte sich der hagere junge Mann vor, zauberte eine Visitenkarte aus seinem Anzug und reichte sie Howard Dentry. »Steueranwalt. Ich habe von Ihnen gehört, Mr Dentry.«

Howard Dentry steckte die Karte in die Hemdentasche. Er blickte Magnum Carver an, einen kleinen rothaarigen Mann mit einem spitzen Wieselgesicht voller Sommersprossen. Carver trug ein Hemd mit seinem Firmenzeichen, einem Fadenkreuz über der Frontalansicht eines Hirschkopfes mit einem mächtigen Schaufelgeweih, auf der Brusttasche. Darunter stand in Blockbuchstaben: WILLIAM »MAGNUM« CARVER, WAKEFIELD, MISSISSIPPI. Carver war überall im Südosten für seine Carver Jagdbüchse bekannt, von der auch Howard Dentry ein Prachtexemplar in seiner Sammlung hatte.

»Howard«, sagte er, »es gibt kaum jemanden hier in dieser County, der daran zweifelt, dass Dolan Boyd den Unfall verschuldet hat. Wenn deine Tochter vernünftig wäre, könnten wir alle fünf, anstatt hier in diesem stechmückenverseuchten Sumpf herumzustehen, beim alten Harris an der Bar hocken und zusammen ein Bier saufen.«

»Seid ihr zu viert hierher gefahren, um mir das zu sagen?«, fragte Mr Dentry zurück.

»Nein. Eigentlich wollten wir dir nur bei der Spurensuche zusehen, Howard«, sagte Rowan, der größte Autohändler in der Gegend und einer der reichsten Männer der County. »Ehrlich gesagt, es ist mir ein Rätsel, was du dir von dieser Suche versprichst. Wir wissen doch alle, was passiert ist. Diese alte vergammelte Karre, an der der letzte Kundendienst wahrscheinlich vor zwanzig Jahren gemacht wurde, kam von der Straße ab, geriet ins Schleudern und überrollte sich ein halbes Dutzend Mal, bis sie schließlich an der Böschung mit den Rädern nach oben liegen blieb und ausbrannte.«

Howard Dentry lächelte.

»Wir wissen, dass das nicht der Wahrheit entspricht, Ron.«

»Und wie wissen wir das?«, fragte der Waffenschmied.

»Wir wissen das, weil meine Tochter den Pick-up Truck gesehen hat, von dem das Taxi gerammt wurde.«

»Deine Tochter hat gar nichts gesehen, Howard«, wandte Mr Rowan ein. »Blake hat ihr Fragen gestellt und sie wusste von nichts. Schon gar nicht von einem Pick-up. Es ist deshalb anzunehmen, dass ihre Erinnerung nicht eine tatsächliche Erinnerung ist, sondern die Erinnerung an einen Alptraum.«

Dale Gantham nickte, als hätte ihn jemand nach seiner Meinung gefragt.

»Ich habe bei qualifizierten Freunden im medizinischen Bereich Erkundigungen eingeholt«, erklärte er. »Im Schock ist es leicht möglich, dass solche Alpträume später als tatsächliche Geschehnisse gesehen werden. Sozusagen wie Luftspiegelungen des Unterbewusstseins. Die Opfer sind dann felsenfest davon überzeugt, dass sie erlebt haben, was sich eigentlich nur während ihrer Bewusstlosigkeit abspielte.«

»Einleuchtend, nicht wahr?«, sagte Carver. »Oder siehst du vielleicht hier die geringsten Anhaltspunkte dafür, dass es sich bei dem Unfall nicht um Selbstverschulden handelte, sondern um einen Zusammenstoß zweier Fahrzeuge?«

»Um ein Verbrechen«, präzisierte Mr Rowan.

Sheriff Sutro kam heran. Er hielt das Bild von Dolan Boyd in den Händen.

»Es braucht ja nicht unbedingt wahr zu sein, dass Dolan Boyd versuchte, deine Tochter zu belästigen«, sagte er. »Es kann auch sein, dass er einfach zu schnell fuhr und seine Karre nicht mehr beherrschen konnte. Es kann auch sein, dass ihm tatsächlich ein Reh vor die Karre gelaufen ist, Howard.«

»Ein Reh mit einer eingebauten Hupe?«, gab Mr Dentry mit beißendem Spott zurück. »Ein Reh, das mit schwarzer Farbe lackiert ist und auf der rechten vorderen Seite eine kaputte Blinksignalleuchte hat?« Howard Dentry ging an den Männern vorbei und blieb an einer ganz bestimmten Stelle der Straße stehen. »Blake, ich weiß nicht, wer hier versucht hat, alle Spuren zu beseitigen, aber wer immer es auch war, man hat dilettantische Arbeit geleistet.«

»Wovon redest du, Howard?«, fragte der Sheriff, misstrauisch geworden, zurück.

»Komm her und sieh es dir selbst an, Blake«, forderte ihn Mr Dentry auf.

Der Sheriff wechselte einen Blick mit Mr Rowan. Der Autohändler hob seine breiten Schultern und blickte dabei den Steueranwalt an, dessen Adamsapfel hinter dem engen Hemdkragen verschwinden wollte.

Magnum Carver war der Erste, der sich vom Fleck rührte. Er kam auf Howard Dentry zu, richtete den Blick auf den Asphalt und entdeckte die Spalte im Teer, die an mehreren Stellen fast fingerbreit war. In der Spalte glitzerten orangefarbene Glassplitter, von denen die größten nicht einmal so groß wie der kleine Fingernagel an Magnum Carvers Hand waren.

Auch die anderen kamen nun herbei und allen fielen die Glassplitter sofort auf. Howard Dentry hörte, wie Ron Rowan den Atem durch die Nase ausstieß. Er bückte sich, klaubte einen der Splitter aus der Spalte und hielt ihn in das blasse Licht der Sonne.

»Plexiglas von einer Blinksignalleuchte«, stellte er fachmännisch fest.

»Die von allen möglichen Autos stammen können«, sagte Dale Grantham schnell. »Ford, Chevy, Japaner, Buick. Es soll hier sogar einige BMWs geben.« Er lachte.

»Zu bestimmen, welche Blinkleuchten mit einem solchen Plexiglas ausgestattet sind, dürfte für einen Experten nicht schwierig sein«, sagte Mr Dentry. »Es gibt leider nirgendwo ein größeres Stück davon. Jemand hat sich nach dem Unfall die Mühe gemacht, die Splitter aufzulesen.«

»Niemand kann sagen, wie lange diese Splitter schon in dieser Spalte liegen, Howard«, sagte Magnum Carver. Er kauerte sich nieder und inspizierte die Spalte. »Blinklichtleuchten gehen ab und zu kaputt.«

»Ausgerechnet an dieser Stelle, Bill?« Mr Dentry lächelte. »Ich bin sicher, dass bei der Highway Police leicht festzustellen ist, wann sich hier der letzte Unfall ereignet hat.«

»Der letzte Unfall hat sich hier am letzten Montag ereignet«, sagte Sheriff Sutro trocken. »Diese Plexiglassplitter stammen von diesem Unfall, da besteht kein Zweifel. Und da solche

Blinklichtleuchten nicht mir nichts, dir nichts zerspringen, sind diese Splitter der erste Anhaltspunkt dafür, dass Kris Dentry mir doch die Wahrheit gesagt haben könnte.«

»Es gibt noch andere Anhaltspunkte, Blake«, sagte Howard Dentry. Er beugte sich nieder und zeigte mit dem Finger auf ein paar kleine schwarze Lacksplitter, die sich ebenfalls in der Spalte verfangen hatten. »An diesen Lacksplittern klebt noch die graue Grundierfarbe«, sagte Mr Dentry und hob vorsichtig einen davon auf.

Die vier Männer starrten den Lacksplitter an, dann einander. Mr Dentry sah ihren Gesichtern an, dass jeder von ihnen in seiner Erinnerung nach einem schwarzen Pick-up Truck forschte, und Magnum Carver war der erste, der fündig wurde.

»Mein Sohn Butch fährt einen schwarzen Pick-up Truck«, sagte er. »Einen Ford, F 100« Er erhob sich langsam und starrte durch Howard Dentry hindurch in die Ferne. »Am Montagabend fuhr Butch nach Memphis ins Kino. Ich war noch in der Werkstatt, als er zurückkehrte. Zwei Uhr in der Nacht muss es gewesen sein. Kurz vor zwei, glaube ich.« Plötzlich war der kleine rothaarige Mann ziemlich nervös. Er ließ sich den Lacksplitter geben und studierte ihn. »Kann schon sein, dass der vom Pick-up meines Sohnes stammt«, sagte er.

»Er kann von jedem anderen schwarz lackierten Auto stammen«, sagte Ron Rowan. »Wir wollen nicht gleich den Teufel an die Wand malen, Magnum. Was denkst du, Blake, wie viele schwarze Autos gibt es in den beiden Counties?«

»Einige hundert bestimmt«, sagte der Sheriff.

»Na bitte«, sagte der Autohändler. »Was habe ich gesagt. Einige hundert. Vielleicht sogar mehr als tausend. Da wäre es schon ein Zufall, wenn dieser Farbsplitter von der Karre deines Sohnes stammt.«

»Ich würde jetzt gern nach Hause fahren«, sagte Magnum Carver.

Der Steueranwalt lächelte.

»Diese Splitter besagen noch gar nichts«, sagte er.

Niemand gab ihm eine Antwort.

Sheriff Sutro sagte, dass er die Leute von der Spurensicherung noch einmal herkommen lassen würde. Auf jeden Fall aber wollte er schon mal einige der Plexiglas- und der Farbsplitter mitnehmen. Er tat sie sorgfältig in sein Taschentuch.

Es stellte sich noch am selben Nachmittag heraus, dass weder die Lack- noch die Plexiglassplitter vom Pick-up Truck von Butch Carver stammen konnten, denn der F-100, der vor einem halben Jahrhundert makellos lackiert worden war, stand ohne den kleinsten Fehler im Schuppenanbau des Carver-Hauses. Blake Sutro rief Howard Dentry im Bradley Motel an und teilte ihm dies mit: »Butch Carvers Pick-up

Truck war es nicht, Howard. Du kannst dich selbst vergewissern, wenn du willst.«

»Schon gut, Blake. Ich habe eigentlich nichts anderes erwartet«, sagte Howard Dentry.

»Was nun?«, fragte Sutro mit einem lauernden Unterton in der Stimme.

»Ich fahre zur Farm hinaus, Blake. Im Moment weiß ich auch nicht, wie wir diesen schwarzen Pick-up finden könnten.«

»Howard.«

»Ja.«

»Macht es überhaupt wirklich einen Unterschied?«

»Was?«

»Wer den Unfall verschuldet hat. Der Junge ist tot. Aus! Nichts macht ihn lebendig, verstehst du?«

»Trägst du den Stern, Blake?«

»Wie bitte?«

»Ich frage dich, ob du den Stern trägst.«

»Im Augenblick?«

»Ja.«

»Nein.«

»Warum nicht?«

»Jesus, was soll diese Scheißfragerei, Howard?«

»Warum trägst du den Stern nicht, Blake?«

»Jesus, weil ich gerade das Hemd ausgezogen habe, an dem er steckt, Howard. Ich bin nämlich nicht im Büro, sondern in meinem Haus, und wenn's dir nichts ausmacht, geh ich jetzt aufs Klo und les beim Kacken die Zeitung! Okay?«

»In Ordnung, Blake, aber bevor du dein Hemd, an dem der Stern steckt, wieder anziehst, solltest du dir vielleicht einmal überlegen, was er bedeutet.«

»Verdammt, deine Scheißbevormundung kannst du dir sparen, Howard! Ich trage den Stern seit beinahe sechzehn Jahren! Sechzehn Jahre, Howard, und ich brauche mich nicht zu verstecken, verstehst du? Aber dieser Scheißunfall, der ist wie ein Pulverfass. Wenn da jemand Funken schlägt, geht das Ding in die Luft und richtet eine Menge Schaden an! Schau nur mal aus dem Fenster, Howard. Es sind heute mehr Schwarze in der Stadt als sonst. Die meisten kommen aus Grinders Hollow. Das ist, wo die Boyds wohnen. Was meinst du, warum sie so plötzlich alle hier in Wakefield auftauchen, als hätten wir sie zu einem Schweinegulasch eingeladen? Das gibt jede Menge Ärger.«

»Blake, der Junge ist nicht schuld an dem Unfall!«

»Scheiße, Howard!«

Es knackte in der Leitung. Blake Sutro hatte aufgelegt.

An diesem Nachmittag versammelten sich auf den Stufen der Freitreppe, die zum Portal des Stadthauses hochführte, mehr als drei Dutzend Schwarze von Grinders Hollow und Umgebung, die alle in die Stadt gekommen waren, um gegen die Ehrverletzung des jungen Dolan Boyd zu protestieren. Die meisten Bürger von

Wakefield ließen sich durch die stille Kundgebung nicht aus der Fassung bringen, aber gegen vier Uhr am Nachmittag marschierte eine Anzahl junger Männer, die sich in einem der Saloons versammelt hatte, die Main Street hinunter bis zum Denkmal von Robert E. Lee. Dort wurden sie von Sheriff Sutro erst einmal gestellt.

»Was habt ihr Jungs vor?«, fragte er Butch Carver, den älteren der beiden Söhne des Waffenschmiedes, der die Gruppe anführte.

»Wir wollen uns mal die Nigger ansehen, die wie Affen auf der Stadthaustreppe sitzen«, höhnte Butch Carver.

»Wenn ihr Affen sehen wollt, geht in den Zoo!«, antwortete Sheriff Sutro.

»Da sind sie eben nicht, obwohl sie dort hingehören«, sagte E. J. Croft, der Sohn eines Restaurantbesitzers und derzeit der führende Rennfahrer mit der höchsten Punktezahl in den Mississippi-Stockcar-Rennen. »Man müsste eine Verordnung erlassen, dass Nigger innerhalb der Stadtgrenzen nicht von der Leine gelassen werden dürfen, Sheriff.«

»Warum sagt kein Schwein was, wenn die Nigger auf der Stadthaustreppe hocken und demonstrieren? Dagegen gibt es doch ein Gesetz, nicht wahr, Sheriff? Wer demonstrieren will, muss erst mal bei der Stadtverwaltung ein Gesuch stellen. Diese Nigger haben das bestimmt nicht getan.«

»Ich will keinen Ärger, Jungs«, sagte Sheriff

Sutro. »Es genügt schon, dass es zu diesem Unfall kam.«

»Was wollen die überhaupt. Es ist doch alles ziemlich eindeutig. Der Nigger hat dem Mädchen unter den Rock gefasst und dabei die Karre in den Dreck gefahren.«

Butch Carver und seine Freunde ließen den Sheriff stehen und gingen lachend den Weg durch die Grünanlagen entlang bis zum Platz vor dem Stadthaus. Der Platz war leer. Auf der Treppe saßen mehr als zwei Dutzend Schwarze und hielten ein Banner hoch, auf das jemand mit schwarzer Farbe den Satz DOLAN BOYD WAR EIN GENTLEMAN geschrieben hatte. Butch Carver und seine Freunde lümmelten eine Weile auf dem Platz herum, rauchten Zigaretten und belauerten die Schwarzen auf der Treppe. Im Schatten des Stadthauses standen zwei Polizisten in Uniform. Für alle Fälle. Aber Butch Carver und seine Freunde wagten es nicht, gegen die stille Demonstration vorzugehen.

Nach einer Weile, als nichts geschah, verließen sie den Platz vor dem Stadthaus. Sie gingen die Main Street hinunter.

»Ich gebe im Copperhead Saloon eine Runde aus«, sagte Butch Carver.

Und so gingen sie in den Copperhead Saloon und setzten sich nebeneinander an die Bar und Butch Carver bestellte Bier für alle. In den meisten Fernsehern lief ein Autorennen. Einer hatte aber Boxen drauf. Irgendwelche Mexikaner einer niederen Gewichtsklasse vermöbelten sich nach Strich und Faden, bis schließlich einer in die Knie ging. Das konnte man ganz deutlich sehen. Er wurde von einem linken Haken getroffen, kurz und trocken, und seine Knie knickten unter ihm ein und er fiel zuerst auf den Hintern und dann auf den Rücken. Der Ringrichter zählte ihn aus und er lag dort auf der Matte wie ein Toter und der Ringarzt leuchtete ihm mit einer kleinen Taschenlampe ins linke Auge, um zu sehen, was mit ihm los war. In den anderen Fernsehern sah man den Rennwagen von Rusty Wallace die Runden drehen.

Stevie Eck, einer von Butch Carvers Freunden, ein blasser Junge mit schmalen Hängeschultern und einem Riesenpickel auf der Nase, ging zur Jukebox und drückte Sheryl Crows *Run, Baby, Run*. Er stand auf Sheryl Crow und hatte im Gegensatz zu den anderen nichts für Country übrig, aber das, meinte E. J. Croft, war mit ein Grund, warum er seine Pickel nicht loswurde. Natürlich wusste jeder, dass das eine nichts mit dem anderen zu tun hatte, auch Stevie Eck. Deshalb drückte er als zweiten Song grad noch einen von Sheryl Crow, und zwar *Leaving Las Vegas*.

»Mir wird ganz schlecht von dieser Kotzmusik«, sagte Butch Carver und er ging zur Jukebox und drückte Garth Brooks und Alan Jackson und damit Stevie nicht mehr in Versuchung kam, gleich noch zwei von Travis Tritt.

Kris befand sich allein im Zimmer, als das Telefon klingelte. Sie hob ab und erwartete eigentlich, die Stimme ihres Vaters zu hören. Sie wusste, dass er mit ihrer Mutter nach Springtown gefahren war, um sich dort mit James Dentry und einigen ihrer Jugendfreunde zum Abendessen zu treffen. Kris drückte den Hörer an ihr Ohr, aber es meldete sich niemand. Sie vernahm nichts als ein leises rauschendes Geräusch.

»Hallo, Dad, bist du das?«, fragte sie.

Keine Antwort.

»Dad?«

Nichts.

»Ist dort jemand? Hallo, ist dort jemand?«

Es klickte in der Leitung. Am anderen Ende war aufgelegt worden. Kris hielt den Hörer einige Sekunden lang unschlüssig in der Hand, dann legte sie ebenfalls auf.

Sie dachte nicht weiter an den Anruf. Später klingelte das Telefon erneut und sie hob ab. Dieses Mal war es ihr Vater.

»Deine Mutter und Onkel James' neue Freundin haben sich bereits in die Haare gekriegt«, sagte er.

»Warst du auf der Farm, Dad?«

»Ja. Kurz. Und ich habe Sid gesehen.«

»Sid? Wie geht es ihr?«

»Schlecht. Aber das sieht sie selbst nicht so. Ich glaube, sie nimmt irgendwelches Zeug.«

»Crack?«

»Möglich. Ich habe sie nicht gefragt. Sie sagte, dass sie dich besuchen kommt.«

»Wann?«

»Heute. Sie ist vor zwei Stunden weggefahren. War sie nicht bei dir?«

»Nein.« Jetzt fiel Kris der Anruf ein, bei dem niemand etwas gesagt hatte. »Jemand hat angerufen und nichts gesagt, Dad.«

»Falsch verbunden?«

»Kaum. Jemand war dran. Nicht nur eine Sekunde oder so. Fast eine halbe Minute.«

»Das ist allerdings merkwürdig, Kris. Also, ich muss jetzt Schluss machen. Ich sehe gerade, wie mir deine Mutter einen wütenden Blick zuwirft, weil ich sie mit Mira und James allein gelassen habe. Wenn wir später in Wakefield zurück sind, komme ich vielleicht noch auf einen Sprung vorbei.«

»Dr. Stuart hat mir versprochen, dass ich heute Abend zum ersten Mal aufstehen und zwei, drei Schritte machen darf.«

»Da möchte ich aber dabei sein«, sagte Mr Dentry. »Also, Kris, bis später.«

»Bis später, Dad, falls ich dann noch nicht schlafe.«

»Bis später.«

Er legte auf. Sekunden später klingelte das Telefon erneut. Sie hob ab. Es war jemand dran. Sie vernahm ganz leise Atemzüge. Kris spürte, wie sie eine Gänsehaut bekam. Sie legte schnell auf.

Am Abend war ihr der Schlauch, durch den sie bis jetzt ihr Wasser hatte lassen können, ohne auf die Toilette zu gehen oder in eine Schale zu pinkeln, entfernt worden. Kris fühlte sich schon fast wieder wie ein richtiger Mensch, als Dr. Stuart das Zimmer betrat und die Zeremonie überwachte, mit der die Krankenschwester Kris aus dem Bett half. Als Kris auf dem Bettrand saß, wurde ihr so schwindelig, dass sich das ganze Zimmer vor ihren Augen zu drehen begann. Sie saß eine Weile da und hörte Dr. Stuart mit der Krankenschwester reden, aber es klang, als ob sich die beiden weit entfernt befänden, in einem anderen Raum.

»Halte dich an mir fest, Kris«, hörte sie Dr. Stuart, und sie spürte, wie er sie beim Arm nahm und ihr auf die Beine half. Allmählich verlor sie das Schwindelgefühl und ihr Kopf wurde klarer. Sie machte am Arm von Dr. Stuart ein paar kleine Schritte. In ihren Beinen schien überhaupt keine Kraft mehr zu stecken, und als sie das Gewicht etwas verlagerte, spürte sie Schmerzen im rechten Fußgelenk.

Kris stützte sich am Fensterrahmen ab, während sie durch die Scheibe auf die Straße und den Parkplatz hinunterblickte. Auf der Straße fuhr langsam ein Auto vorbei, schwenkte auf den Parkplatz ein und verschwand unter dem Flachdach, das den Eingang zur Notfallstation überspannte und gleichzeitig als ein Helikopterlandeplatz diente. Es war nach neun und dunkel. Straßenlampen warfen Lichtflecken auf die beinahe leeren Parkplatz. Jenseits des Parkplatzes und der Straße befand sich ein Park mit mächtigen alten Zypressen. Zwischen den Bäumen hindurch sah sie die Lichter der Stadt, bunte Neonleuchten und Lampenschein, der aus den Fenstern fiel.

Plötzlich fing ihr Blick einen verbeulten Dodge ein, der am Rand des Parkplatzes im Licht einer Straßenlampe stand. An der Fahrertür war mit heller Farbe die Nummer 32 aufgemalt. Der Dodge hatte keine Stoßstange, dafür aber breite Räder mit dicken Reifen. Mags wurden solche Räder, soviel sie wusste, genannt. Und Big Rubber die dicken Reifen.

Hinter dem Steuer saß jemand, der eine Baseballmütze trug. Er drehte den Kopf, so dass Kris sein Gesicht sehen konnte. Es war ein Junge, kaum älter als sie. Er blickte zu ihrem Fenster hoch, da gab es keinen Zweifel. Ihre Blicke kreuzten sich. Der Kopf des Jungen fuhr sofort herum. Die Schlussleuchten und die Scheinwerfer des Dodge gingen an. Mit einem Ruck fuhr er an und vom Parkplatz auf die Straße hinaus.

Sie sah ihm nach, bis er hinter der nächsten Kurve verschwunden war.

»Nun, ich glaube, das genügt fürs erste Mal«, hörte sie Dr. Stuart sagen. Er führte sie zum Bett zurück. Die Krankenschwester half ihr, sich hinzulegen. Kris fühlte sich gut.

»Wann wird dieser schreckliche Schlauch an meinem Rücken endlich entfernt, Dr. Stuart?«, fragte sie.

»Morgen«, versprach er, während er den Monitor des Absaugegerätes studierte.

»Dr. Stuart, ich würde gern mit Ihnen reden, wenn Sie eine Minute Zeit für mich haben.«

»Natürlich habe ich Zeit für dich, Kris. Schwester Ruth, würden Sie bitte in mein Büro gehen und Bescheid sagen, dass ich etwas später von der Visite zurückkehre.«

Schwester Ruth verließ das Zimmer. Dr. Stuart machte die Tür, die sonst immer offen stand, hinter ihr zu. Er zog den Stuhl ans Bett heran, nahm darauf Platz und sah Kris an.

»Dr. Stuart, ich habe mir alles noch einmal überlegt und ich glaube, dass ich nicht bei meiner Aussage bleiben kann«, sagte Kris und blickte ihm dabei direkt in die Augen. Sie sah ihm an, dass ihn die Worte verblüfften.

»Welche von deinen Aussagen meinst du denn, Kris?«

»Ich habe nur eine gemacht, Dr. Stuart. Als Sheriff Sutro mich beim ersten Mal ausfragte, wusste ich nichts.«

»Und das zweite Mal hast du gelogen?«, fragte Dr. Stuart ungläubig.

Kris schüttelte den Kopf.

»Nein. Ich habe die Wahrheit gesagt. Das wissen Sie doch, nicht wahr?«

»Ich hätte für dich die Hand ins Feuer gelegt, Kris.«

Kris lächelte. »Danke, Dr. Stuart. Ich glaube, außer meinem Vater sind Sie der Einzige, der mir glaubt. Das heißt, diejenigen, die die Wahrheit kennen, wissen natürlich auch, dass ich nicht gelogen habe.«

»Dann lass mich mal den Grund für deinen Entschluss erraten, Kris«, sagte Dr. Stuart. »Du fürchtest um deinen Vater.«

Sie blickte ihn erstaunt an.

»Woher . . . woher wissen Sie das?«

Er lachte, griff nach ihrer Hand und drückte sie.

»Dein Vater ist ein berühmter Strafverteidiger, Kris, und kein Detektiv. Somit bewegt er sich, seit er hier ist und überall herumschnüffelt, auf für ihn gefährlichem Grund. Solche Arbeit sollte er einem Fachmann überlassen.«

»Sheriff Sutro?«

»Ja.«

»Vertrauen Sie ihm, Dr. Stuart?«

Der Arzt wiegte den Kopf. »Das ist schwer zu sagen, Kris. Ich glaube, Sutro ist ein Mann, der seinen eigenen Weg geht.«

»Dabei wird er sich hüten, jenen Leuten auf die Zehen zu treten, die ihn bei seinem Wahlkampf unterstützt haben. Ich weiß nicht, wer seinen Wahlkampf finanziert hat, aber ich könnte mir vorstellen, dass unter ihnen auch jene Männer sind, von denen mein Vater annimmt, dass sie zum Klan gehören.«

»Hat dir dein Vater irgendwelche Namen genannt, Kris?«

»Rowan.«

»Hm.«

»Carver. Croft. Beckwith. Jones.«

122

»Alles alteingesessene Bürger und angesehene Geschäftsleute mit blütenreiner Weste.«

»Mitglieder des Klans. Ihre Namen sind mit ihm verbunden, seit es ihn gibt.«

»Dentry«, sagte Dr. Stuart. »Man hat mir gesagt, dass dein Großvater dazugehörte und dein Urgroßvater gar ein Nachtfalke war.«

»Das stimmt leider.«

»Dann könnte dein Onkel dazugehören, nicht wahr?«

»Ja.«

Dr. Stuart schwieg.

»Wahrscheinlich gehört Onkel James dazu«, sagte Kris.

»Dann kann ich mir nicht vorstellen, dass deinem Vater etwas geschieht.«

»Ich weiß es nicht«, sagte Kris hilflos. »Ich weiß nicht mehr, was ich tun soll. Ich bin hier an dieses Bett gefesselt. Warum lassen Sie mich nicht gehen, Dr. Stuart? Die Schmerzen sind nicht mehr so schlimm, und wenn ich Ihnen verspreche, vorsichtig zu sein, dann kann doch überhaupt nichts passieren.«

»Ein paar Tage musst du dich noch gedulden, Kris«, antwortete Dr. Stuart ernst. »Und dann wirst du ganz, ganz vorsichtig sein müssen. Eine kleine Unachtsamkeit und die inneren Verletzungen können erneut zu bluten anfangen.«

Dr. Stuart erhob sich. Er ging zum Fenster und blickte auf den Parkplatz und auf die Straße hinunter. Kris wollte ihn fragen, ob ihm der Dodge mit der aufgemalten 32 bekannt war, aber sie entschied sich, ihre Beobachtung vorläufig genauso geheim zu halten wie die merkwürdigen Telefonanrufe.

Am nächsten Morgen wurde der Absaugeschlauch endlich entfernt. Schwester Ruth half Kris aus dem Bett und stützte sie, während sie zusammen den Flur entlanggingen. Als Kris müde wurde, brachte Schwester Ruth sie zurück in ihr Zimmer und Kris legte sich erschöpft ins Bett.

Später kam ihre Mutter.

Sie brachte ihr eine Schachtel Pralinen.

»Wo ist Vater?«, fragte Kris.

»Er ist heute Morgen nach Grinders Hollow gefahren, um diese Famile zu besuchen.«

Obwohl sie wusste, dass die Boyds Boyd hießen, brachte sie den Namen nicht über ihre dunkelrot geschminkten Lippen. Sie erzählte von der Farm und dass sie Sid gesehen hätte.

»Sid hat mir versprochen, dich heute zu besuchen.«

»Kaum«, sagte Kris.

Ihre Mutter schüttelte den Kopf.

»Warum denn nicht, Kris? Sie ist ein gutes Mädchen, obwohl sie sich gegen ihren Vater auflehnt. Ich habe lange mit ihr gesprochen. Ich glaube, am liebsten wäre sie mit ihrer Mutter nach Florida gegangen, aber ihre Mutter hat ihr klipp und klar zu verstehen gegeben, dass in ihrem Leben kein Platz mehr für Sid ist.«

»Sie ist ihre Mutter, verdammt!«, fuhr Kris auf.

Ihre Mutter erstickte fast an einer der Pralinen.

»'tschuldige«, sagte Kris leise. »Aber es ist doch wahr! Sie kann doch nicht einfach davonlaufen und ein neues Leben anfangen, als ob vorher nichts gewesen wäre.«

»Vielleicht liegt das weniger an ihr als an den Umständen, nach denen sich nun ihr Leben richtet, Kris. Vielleicht war sie in ihrer Ehe mit Onkel James zu oft verletzt worden. James trinkt zu viel. Sie haben nie zusammengepasst, Kris. Ich glaube, sie hat ihm nie verziehen, dass er sie aus der Stadt auf die Farm hinausgebracht hat.«

»Das wusste sie, dass er ein Farmer ist!«

»Ja. Das wusste sie. Aber am Anfang, da war das alles neu und ein Abenteuer und sie wäre Onkel James wohl überallhin gefolgt. Ich weiß nicht . . .«

Das Telefon klingelte. Kris hatte eine Praline im Mund und so gab sie ihrer Mutter ein Zeichen abzuheben. Mrs Denry nahm den Hörer von der Gabel und meldete sich.

»Hallo. Hallo, hier ist das Zimmer von Kris Dentry im St. Josephs Hospital. Hallo, ist dort jemand? Hallo . . .«

Schon als ihre Mutter das zweite Mal »hallo« sagte, fielen Kris die Telefonate vom Abend zuvor ein, bei denen sich auch niemand gemeldet hatte.

125

»Gib mir mal«, sagte sie schnell zu ihrer Mutter.

»Es ist niemand dran«, sagte Mrs Dentry und wollte den Hörer auflegen. Kris griff schnell nach ihrem Arm und dabei beugte sie sich so ruckartig vor, dass ein stechender Schmerz ihren Rücken durchfuhr. Fast hätte sie aufgeschrien, aber sie stöhnte nur mit zusammengepressten Lippen und nahm ihrer Mutter den Hörer aus der Hand.

»Hallo«, stieß sie hervor, als sie sich in die Kissen zurückgelegt hatte. »Hallo, ich bin Kristine Dentry. Mit wem spreche ich denn?«

Niemand antwortete. Sie hörte ein leises Geräusch, das von einer Maschine kommen mochte oder von einem laufenden Auto, das in der Nähe stand.

»Bitte sagen Sie doch etwas«, sagte Kris. »Sie haben doch gestern schon angerufen und . . .«

Sie brach ab, als sie das Klicken vernahm. Die Leitung war tot. Sie hielt den Hörer einige Sekunden lang gegen ihr Ohr, dann gab sie ihn ihrer Mutter, die sie mit argwöhnischen Augen anblickte.

»Hast du deinem Vater schon gesagt, dass du solche Anrufe kriegst, Kris?«, fragte Mrs Dentry.

»Nein, Mom. Er war heute Morgen nicht hier.«

»Und Dr. Stuart?«

»Auch nicht.«

»Wie oft bist du schon angerufen worden, ohne dass sich jemand gemeldet hat?«

»Einige Male. Es ist, als ob mir jemand etwas sagen möchte, den Mut dazu jedoch nicht aufbringt.«

»Jemand, der dir etwas sagen möchte?«, fragte ihre Mutter konfus.

»Was weiß ich, Mom. Vielleicht hat es etwas mit dem Unfall zu tun. Vielleicht auch nicht.«

»Das musst du deinem Vater sagen, wenn er zurückkommt, Kris! Ich glaube, das ist auch etwas für Sheriff Sutro. Davon geht eine Bedrohung aus, mein Kind. Solche Anrufe sind oft der erste Schritt zum Verbrechen. Nehmen wir einmal an, jemand will dich einschüchtern! Jemand, der sich davor fürchtet, dass du etwas gesehen hast, was ihm gefährlich werden könnte. Sein Gesicht vielleicht, an das du dich wieder erinnern könntest.«

»Ich habe die Gesichter im Pick-up nur als helle Flecken gesehen, Mom.«

»Aber wer weiß denn das außer dir?«

Kris musste ihrer Mutter Recht geben, aber sie wusste auch nicht, was sie gegen diese Anrufe hätte unternehmen können.

»Vielleicht sollte man dein Telefon überwachen«, sagte Mrs Dentry ernst. »Ich werde Dr. Stuart fragen, ob das intern überhaupt möglich ist oder ob das nur über Sheriff Sutro geht oder womöglich über das FBI.«

Mrs Dentry erhob sich.

»Ich komme später noch einmal, Kris. Soll ich dir Mittagessen bringen?«

»Einen Big Mac mit Käse. Und Pommes. Vergiss das Ketchup nicht, Mom.«

»Und eine Cola?«

»Dr. Pepper.«

»Okay. Dr. Pepper.«

Ihre Mutter zwinkerte ihr zu, obwohl das mit ihren angeklebten Augenwimpern leicht ins Auge gehen konnte, und verließ das Zimmer. Kris wartete, bis ihre Mutter außer Sicht- und Hörweite war, dann suchte sie am Rolltischchen nach dem Zettel, auf dem die Telefonnummer der Dentry-Farm stand. Ihr eigenes kleines Notizbuch mit den Telefonnummern war mit all ihren anderen Sachen im Taxi verbrannt.

Sie nahm das Telefon vom Rolltischchen und legte es in ihren Schoß. Da lugte Schwester Ruth herein.

»Alles okay, Kleine?«, fragte sie.

»Alles okay«, sagte Kris. Dann wählte sie die Nummer der Dentry-Farm.

»Sid, bist du das?«

»Ja, ich denke schon.«

»Wie geht's?«

»Okay. Ich lebe.«

»Ich auch.« Kris lachte.

»Glück gehabt, was?«

»Pech.«

»Wieso Pech?«

»Pech, dass das Unglück überhaupt geschah.«

»Ach so. Stimmt natürlich. Glück im Unglück nennt man das wohl.«

»Ja.«

Sie schwiegen.

»He!«

»Ja?«

»Meine Mutter sagte, dass du mich besuchen kommst.«

Keine Antwort.

»Kommst du?«

»Soll ich?«

»Ich dachte, du kommst früher.«

»Ich wollte längst kommen.«

»Wann kommst du?«

»Heute?«

»Okay. Ich bin den ganzen Tag hier.« Kris lachte. Sie wartete auf eine Antwort.

»Sid?«

»Ja?«

»Hat dir Onkel James gesagt, was wirklich geschehen ist?«

»Jemand soll euch von der Straße gerammt haben.«

»Ja.«

»Das erzählt man überall herum.«

»Und?«

»Was und?«

»Was glaubst du?«

»Es kommt wirklich nicht darauf an, was ich glaube.«

»Mir schon, Sid. Mir kommt es darauf an.«

129

»Wenn du sagst, dass man euch von der Straße gerammt hat, dann muss das so gewesen sein.«

»Dann glaubst du mir also?«

»Ja.«

»Dann komm schnell her, Sid. Ich muss dich was Wichtiges fragen.«

»Frag mich am Telefon.«

»Nein, das geht nicht. Aber es ist wirklich wichtig, Sid.«

»Gut, ich fahre in fünf Minuten los.«

»Tschüs.«

»Tschüs.«

»Sid?«

»Ja?«

»Hast du ihn gekannt?«

»Wen meinst du?«

»Dolan Boyd.«

»Ja.«

»Ich meine, hast du ihn gut gekannt?«

»Nein. Aber ich kannte ihn. Er war oft mit seinem Bruder bei den Rennen, aber ich habe nie mit ihm gesprochen. Du weißt ja, wie das hier ist.«

»Glaubst du, dass es Leute vom Klan waren, die uns von der Straße gerammt haben?«

»Vom Klan?«

»Vom Ku-Klux-Klan.«

»Möglich ist das schon.«

»Billy Rowans Vater?«

Kris bekam auf ihre Frage keine Antwort.

»Hast du gehört, was ich gesagt habe, Sid?«

»Ja.«

130

»Und?«

»Verdammt, wie soll ich denn wissen, wer euch von der Straße gerammt hat, Kris!«

Es klickte in der Leitung. Sid hatte aufgelegt. Auf dem Flur erklangen Schritte. Sheriff Sutro erschien in der Tür. Kris war in Gedanken immer noch bei Sid. Sie fürchtete, dass sie Sid mit ihrer Fragerei auf die Nerven gegangen war, und rechnete nicht mehr mit ihrem Besuch.

Sheriff Sutro klopfte gegen den Türrahmen und trat ein.

»Eigentlich wollte mich dein Vater hierher begleiten, Kris«, sagte er. »Er wollte dabei sein, wenn du deine Aussage zu Protokoll gibst.«

»Ich sage nichts ohne meinen Vater, Sheriff Sutro«, sagte Kris und legte den Hörer auf.

»Aber du bleibst bei deiner zweiten Version über den Hergang des Unfalles, nicht wahr?«

Kris presste die Lippen demonstrativ zusammen. Da lachte Sutro auf.

»Verstehe«, sagte er und ließ den Kugelschreiber, den er schon aus der Hemdtasche gezogen hatte, wieder verschwinden.

4

Mr Howard Dentry steuerte den Mietwagen von der asphaltierten Straße auf den löchrigen Platz vor dem Crossroad Store. In einem Gewirr von Schlingpflanzen, von denen die alte Holzhütte überwuchert war, leuchtete eine lilafarbene Neonschrift. An der Bretterwand hing verbeult und voller Rostflecken ein Coca-Cola-Schild, das ein lachendes Frauengesicht zeigte und eine Hand, die eine Colaflasche hielt. Neben der Tür hing eine Tafel, auf die jemand mit zittriger Schrift REGENWÜRMER geschrieben hatte. Fünfundzwanzig Cents das Dutzend.

Der Store hatte einen überdachten Vorbau. Zwei Hunde schliefen auf einer zerrissenen Decke. Neben der Tür stand ein Lehnstuhl, auf dem eine braunweiß gefleckte Katze lag. Irgendwo im Unterholz, hinter dem Store, grunzten Schweine. Die Luft roch nach ihnen.

Mr Dentry betrat den Vorbau. Die Hunde waren aufgewacht. Einer erhob sich und streckte sich gähnend. Sein Fell hing ihm in Fetzen vom Leib. Unter dem linken Auge hatte er eine dicke, bläulich schimmernde Zecke, die sich mit seinem Blut vollgesogen hatte.

Vom Vorbau aus blickte Howard Dentry zur Straßenkreuzung zurück. Ein Auto fuhr auf der

Straße nach Springtown vorbei. Die andere Straße, die nicht asphaltiert war, war leer. Sie führte südwärts nach Grinders Hollow und nordwärts in ein Sumpfgebiet hinaus, das zu den besten Fischgebieten Mississippis zählte.

Die Unglücksstelle befand sich ungefähr eine halbe Meile weit vom Crossroad Store entfernt in der schwachen Linkskurve. Vom Vorbau aus hatte man einen freien Blick über den Platz und die Kreuzung, aber die Straße mit der Unglücksstelle war hinter dichtem rankenbewachsenem Gestrüpp verborgen; wahrscheinlich auch vom kleinen Haus aus, das an den Store angebaut war und in dem Mr und Mrs Haumesser wohnten.

Mr Dentry betrat den Store, in dem ein düsteres Zwielicht herrschte. Sobald die Tür hinter ihm zu war, fühlte er sich in seine Jugendzeit zurückversetzt. Mindestens dreißig Jahre mochte es her sein, seit er zum letzten Mal in diesem Laden gewesen war, und es schien, als hätte sich in ihm in dieser langen Zeit nicht eine Kleinigkeit verändert. Noch immer standen dort auf dem Ladentisch die beiden großen Glasbehälter, von denen einer rote Zuckerstangen und der andere Lakritzenspiralen enthielt. Noch immer waren die Regale so voll gestopft, dass sie zusammenzubrechen drohten. Und noch immer stand in der Ecke der alte Kanonenofen mit seinem schwarzen Rohr, das zur Decke hochführte und durch ein Loch in der Wand nach draußen.

Mr Dentry warf einen Blick auf die Bodenbretter, auf denen er als Junge schon gestanden

hatte, und er blickte zur Wand hinüber, an der
der große Farmkalender hing und alte Fotogra-
fien von Männern, die im Sumpfgebiet große
Katzenwelse gefangen hatten und diese nun
prahlend an den Kiemen hochhielten. Da hatte
einst auch ein Bild von ihm und von James gehangen, aber diese alten Fotos waren längst
durch neuere ersetzt worden, da an der Wand
nicht viel Platz war. Das größte Foto, das dort
hing, und das Einzige, das gerahmt war, zeigte
Ronald Rowan mit seinem Sohn Billy auf einem
weißen Motorboot und beide hielten riesige Fi-
sche hoch, Billy sogar deren zwei.

»Was kann ich für Sie tun?«

Die krächzende Stimme, die aus dem düsteren
Nichts kam, riss Mr Dentry aus seinen Gedanken. Er blickte sich in die Richtung um, aus der
die Stimme gekommen war, und da entdeckte er
Mr Haumesser hinter dem Ladentisch, halb von
der Vitrine verdeckt, in der auf gläsernen Rega-
len billige Uhren und unechter Schmuck ausgestellt waren, jedoch auch jene Gegenstände, die
Mr Haumesser als Pfand gegen offen stehende
Rechnungen einbehalten hatte. Dass sich bei
diesen Dingen nichts von den Rowans befand,
war selbstverständlich.

»Mr Haumesser, Sie werden sich kaum an
mich erinnern, aber ich kam früher häufig in Ihren Laden, meistens auf dem Weg zum Fischen
in die Sümpfe.«

Mr Haumesser schlurfte näher heran. Er erschien Mr Dentry viel kleiner, als er ihn in Erin-

nerung hatte. Außerdem hatte er nur noch ein paar vereinzelte schneeweiße Haare auf seinem kahlen Schädel und sein Gesicht war von einer fleckigen und runzligen Lederhaut überzogen, die beinahe durchsichtig war. Mr Dentry sah ihm an, dass er vergeblich in seinen Erinnerungen herumwühlte. »Dentry«, sagte er deshalb. »Der jüngere. Ich bin . . .«

»Howard Dentry!«, rief der alte Mann aus, und obwohl er von seinen achtzig Lebensjahren mehr als sechzig hier in Mississippi verbracht hatte, war ihm ein starker deutscher Akzent geblieben. Er kam um den Ladentisch herum, blieb vor dem großen Mann stehen und musterte ihn von Kopf bis Fuß durch die Gläser seiner Nickelbrille. »Ja, du bist es«, stellte er schließlich, nicht ohne Erleichterung, fest und er fand in seiner Erinnerung wohl Bilder, die er längst vergessen gehabt hatte. »Du siehst aus wie dein Vater«, sagte er. »An ihn erinnere ich mich besonders gut, hatten wir doch unsere ersten Schweine von der Dentry Farm.«

»Das ist eine Ewigkeit her, Mr Haumesser. Wie geht es Ihnen und Ihrer Frau Gemahlin?«

»Emily? Oh, das Alter setzt ihr zu, Howard. Viel mehr als mir. Die Gicht hat ihre Gelenke verkrüppelt. Besonders in den Händen. Aber Emily ist tapfer. Sie klagt nie, selbst wenn die Schmerzen zu schlimm werden, als dass sie auch nur ein Glas Marmelade vom Regal herunternehmen könnte. Weißt du, mein Junge, wir sind schon sehr alt geworden, Emily und ich, und

135

manchmal wünschen wir beide, dass wir gemeinsam einschlafen und am Morgen nicht wieder aufwachen würden. Aber so, wie man es sich wünscht, geschieht es leider nicht.« Mr Haumesser schlurfte um den Ladentisch herum und rief nach seiner Frau, bekam jedoch keine Antwort.

»Wahrscheinlich hat sie sich hingelegt und ist eingeschlafen«, sagte er. »Sie muss schlafen, wenn es die Schmerzen zulassen. Aber du, mein Junge, du bist ein berühmter Rechtsanwalt geworden, dessen Name oft in der Zeitung steht. Nun bist du wohl zu mir gekommen, um mich über das Unglück auszufragen, nicht wahr?«

»Das stimmt, Mr Haumesser. Man sagt mir, dass Sie auf das brennende Taxi von Dolan Boyd aufmerksam wurden und sogleich über den Telefon-Notruf die Polizei alarmiert haben.«

Mr Haumesser nickte und Howard Dentry konnte ihm ansehen, dass er versuchte, Ordnung in seine Gedanken zu bringen.

»Ich war in der Küche«, sagte er nach einer Weile. »Ja, da wollte ich mir eine Tasse Tee machen. Manchmal wache ich mitten in der Nacht auf und dann geh ich in die Küche und mach mir Tee. Oder ich trinke lauwarme Milch. Emily hat geschlafen. Sie nimmt Schmerz- und Schlafmittel, damit sie die Nacht durchschlafen kann.«

»Was haben Sie gesehen, Mr Haumesser?«

»Die Hunde fingen plötzlich zu bellen an. Ich blickte aus dem Fenster und da sah ich den Feuerschein. Ich dachte erst, jetzt geht die Sonne im

Westen auf.« Mr Haumesser lachte und hustete gleichzeitig. »Ich ging hinaus und da konnte ich es riechen.«

»Das Feuer?«

»Ja. Den Rauch. Er zog die Straße entlang und über die Kreuzung hinweg. Da ist sogar Emily aufgewacht, weil der Qualm in unser Haus drang, und es roch furchtbar nach verbranntem Öl und nach Gummi und solchem Zeug und Emily sagte, dass dort nur ein Auto brennen könne und dass wir die Polizei anrufen sollten, und erst dachte ich, da ist wieder einmal einer von der Kurve abgekommen, einer der Raser, aber dann fuhr ein Auto ohne Licht vorbei, in Richtung Springtown, ohne Licht und so schnell, dass am Straßenrand der Staub aufwirbelte, und Emily sagte, dass es sicher einen Unfall gegeben hätte, vielleicht mit Fahrerflucht, und da habe ich die Polizei angerufen.«

»Haben Sie Ihre Beobachtungen auch der Polizei mitgeteilt, Mr Haumesser?«

»Ich habe ihnen gesagt, dass ein Auto vorbeigefahren ist.«

»Wem haben Sie das gesagt?«

»Sheriff Sutro. Der kam nämlich zuerst. Erst später kamen auch die Bullen von der Highway Patrol und die Ambulanz.«

»Haben Sie den Bullen auch gesagt, dass ein Auto vorbeigefahren ist, als Sie auf der Veranda standen und das Feuer beobachteten?«

»Nein.«

»Warum nicht?«

137

Mr Haumesser verzog sein faltiges Gesicht.

»Was willst du, Junge? Willst du mir unbedingt Verdruss machen?«

»Nein, Mr Haumesser. Ich will nur herausfinden, was bei diesem Unglück tatsächlich geschehen ist.«

»Warum denn? Der Junge, der das Taxi gefahren hat, ist tot. Der wird durch nichts wieder lebendig, nicht wahr? Da können Sie tun, was Sie –«

»Mr Haumesser«, fiel Howard Dentry dem alten Mann ins Wort. »Hat Ihnen Sheriff Sutro gesagt, der Polizei nichts von Ihren Beobachtungen zu erzählen?«

»Helmut!« Der Ruf kam durch die schmale Hintertür, die in einen großen Lagerraum führte, von dem man wiederum in das kleine Wohnhaus der Haumessers gelangen konnte.

Mrs Haumesser erschien in der Türöffnung, eine vom Alter gekrümmte Frau, die einmal groß und stark gewesen war.

»Emily, schau, wer hier ist«, sagte Mr Haumesser zu ihr. »Das ist der junge Dentry. Howard. Bestimmt erinnerst du dich an die beiden Dentry-Brüder, James und Howard. James hat die Farm am Stony Creek und Howard ist ein berühmter Rechtsanwalt geworden.«

Die Frau hielt sich am Türrahmen aufrecht und blickte Howard Dentry an.

»Die Polizei weiß schon alles«, sagte sie. »Wir wissen nicht mehr als das, was wir der Polizei gesagt haben, Mr Dentry.«

»Emily, ich habe ihm gesagt, dass wir ein Auto ohne Licht gesehen haben«, sagte Mr Haumesser.

»Das hast du schon dem Sheriff gesagt, Helmut, und der hat gesagt, dass das nichts mit dem Unfall zu tun hat...«

Sie brach ab. Von draußen drang das Geräusch eines Motors in den Laden. Der Motor grollte leise, wurde kurz lauter und verstummte. Eine Autotür wurde zugeschlagen. Dann erklangen Schritte auf dem Vorbau. Die Tür und die Fliegengittertür gingen auf. Zwei junge Männer kamen herein.

Howard Dentry kannte keinen der beiden. Der eine war groß mit schulterlangem schwarzem Haar, der andere hatte sein rötlich blondes Haar kurz geschnitten. Beide trugen Blue Jeans und T-Shirts, die voll schmutziger Ölflecken waren. Auch ihre Hände waren schmutzig und der Größere hatte einen dunklen Schmierfleck unter dem rechten Auge. Beide waren wohl bis vor kurzem damit beschäftigt gewesen, an einem Automotor herumzuflicken.

Der Kleinere ging zu einem Regal und nahm eine Plastikflasche mit Motorenöl herunter.

Der andere kramte einen zerknüllten Dollarschein aus der Kleingeldtasche seiner Jeans. Er gab ihn Mr Haumesser, der an seiner alten Kasse herumhantierte, bis die Geldschublade mit einem Klingeln aufsprang.

»Mr Dentry?«, sagte der größere der beiden Jungen, der schräg hinter Howard Dentry stand.

»Das sind Sie doch, nicht wahr? Howard Dentry, der Rechtsanwalt.«

»Und mit wem habe ich die Ehre?«, fragte Mr Dentry zurück.

»E. J. Croft«, sagte der größere. Er kam auf Howard Dentry zu und blieb dicht vor ihm stehen. »Es gibt ein Sprichwort hierzulande, das Sie wahrscheinlich auch kennen, Mr Dentry.«

»Ich kenne einige Sprichwörter«, gab Howard Dentry zurück. Obwohl er die Gefahr, die von diesem jungen Mann ausging, spürte, lächelte er.

»Wer nichts verloren hat, soll hier besser nicht herumschnüffeln«, sagte E. J. Croft kalt.

»Dieses Sprichwort habe ich noch nie gehört«, antwortete Howard Dentry.

»Ich auch nicht«, sagte E. J. Croft und jetzt lächelte er. »Trotzdem würde ich es an Ihrer Stelle beachten, Mr Dentry.«

Und damit ging der Junge zur Tür, öffnete sie und trat auf den Vorbau hinaus. Der andere nahm das Kleingeld entgegen, das ihm Mr Haumesser mit zittriger Hand reichte, steckte es ein und grinste Howard Dentry beim Vorbeigehen schief an.

Mr Haumesser seufzte, als die Fliegengittertür und die Tür zufielen. Und seine Frau entfernte sich vom Türrahmen und schlurfte durch den Laden zum Fenster neben der Tür. Zwischen den aufgeklebten Reklameschildern hindurch spähte sie auf den Platz hinaus. Draußen begann der Motor zu laufen, grollte leise und gleichmäßig, um dann jäh aufzuheulen. Einer der Hunde kläffte. Howard Dentry ging zur Tür und öffnete sie. Ein älterer Ford Mustang, wahrscheinlich ein 70er Modell, schlingerte in einer wirbelnden Staubwolke über den Platz auf die Straße hinaus, mit durchdrehenden Hinterrädern auf dem heißen Teer, für eine Sekunde oder so quer stehend, dann auf der linken Fahrspur mit rauchenden Reifen davonjagend.

»Punks«, schnappte Mrs Haumesser. »Den ganzen Tag herumtreiben tun sie sich. Früher war das anders.«

»Früher war Krieg«, sagte Mr Haumesser.

»Haben Sie das Auto erkannt, Mr Haumesser?«, fragte Howard Dentry.

»Welches Auto?«

»Das Sie in jener Nacht gesehen haben.«

Der alte Mann schüttelte den Kopf. Sein Gesicht war plötzlich voller Trotz. »Gar nichts hab ich gesehen«, schnarrte er. »Und wenn du nichts kaufen willst, Junge, dann gehst du jetzt besser.«

»Und Sie, Mrs Haumesser? Haben Sie vielleicht gesehen, ob es sich um ein Auto oder um einen Pick-up . . .«

»Gar nicht so schlecht war das früher«, sagte die alte Frau vor sich hin, während sie krumm und wackelig durch den Laden schlurfte und im Lagerraum verschwand. Howard Dentry sah ein, dass er von diesen beiden alten Leuten nichts mehr erfahren würde. Er kaufte eine Tüte Lakritzen und einen Schokoladenriegel für Kris. Dann ging er hinaus, und als er die Stufen des

Vorbaus hinunterstieg, bemerkte er, dass der Mietwagen merkwürdig schief auf dem Platz stand. Erst als er sich auf der Fahrerseite befand, sah er, dass der vordere und der hintere Reifen platt waren.

»Dad! Wo bist du?«

»Beim Crossroad Store. Ist deine Mutter bei dir, Liebling?«

»Nein. Aber Sid ist hier. Was tust du dort beim Crossroad Store?«

»Reifenpanne, Liebling. Es wird eine Weile dauern. Sag deiner Mutter, dass ich später zurückkomme. Am Abend irgendwann. Sie soll sich keine Sorgen um mich machen.«

»Dad.«

»Ja.«

»Du solltest vielleicht nicht nach Grinders Hollow fahren.«

»Warum nicht? Es sind nicht einmal ganz zwölf Meilen von hier.«

»Nach dem, was geschehen ist, solltest du nicht dorthin fahren, Dad.«

»Was meinst du, nach dem, was geschehen ist?«

»Der Unfall.«

»Die Leute dort wissen, dass ich auf ihrer Seite bin.«

»Ich weiß nicht, ob sie das wissen. Sid sagt, dass kein Weißer dort seines Lebens sicher ist. Einmal ist dort sogar einer verschwunden. Spurlos. Ein Landstreicher. Man hat ihn zuletzt in

Springtown gesehen und dann auf der Straße nach Grinders Hollow. Sid sagt, dass er . . .«

»Sid war nicht einmal auf der Welt, als das geschah. Ich kann mich noch gut daran erinnern, Kris. Man hat überall davon geredet. Es stimmt, der Landstreicher ist spurlos verschwunden, aber das haben Landstreicher meistens so an sich, nicht wahr? Sie kommen und gehen und niemand sieht sie jemals wieder.« Mr Dentry lachte. »Ich will mich dort nur einmal umsehen, Liebling.«

»Sei vorsichtig, Dad.«

»Keine Sorge. Vergiss nicht, deiner Mutter Bescheid zu geben. Okay?«

»Okay.«

»Tschüs.«

»Tschüs.«

Kris legte den Hörer auf die Gabel zurück.

»Er fährt nach Grinders Hollow«, sagte sie zu Sid, die rittlings auf dem Stuhl saß, die Arme über der Lehne und das Kinn auf den Armen aufgestürzt. Sie sah ziemlich wild aus, wie sie dort saß, mit den zerrissenen Bluejeans und dem alten Männerhemd, das ihr lose von den mageren Schultern herunterhing. Sie war blass, mit dunklen Haarsträhnen über der Stirn und über einem Auge. Am linken Ohr hatte sie fünf Ohrringe, am rechten zwei. Und einer steckte in ihrem Nasenflügel.

»Die Alten haben ihr Leben und ich habe meins«, hatte sie gesagt, als Kris fragte, was denn überhaupt los sei. »Am liebsten würde ich weg-

143

gehen. Weit weg von hier. Nach Australien. Oder nach Neuseeland. Ich glaube, ich würde überhaupt nie Heimweh kriegen. Aber ich schaff das nicht, verstehst du? Mit sechzehn ist man immer noch wie gefesselt. Außerdem habe ich keinen blutigen Cent.« Sid hatte gelacht. »Und ich kenne kein Schwein in Australien und in Neuseeland.«

Kris hatte ihre Cousine vor zwei Jahren im Sommer das letzte Mal gesehen, als sie mit ihren Eltern der Farm einen kurzen Besuch abgestattet hatte. In den zwei Jahren war aus Sid ein anderer Mensch geworden. Nicht eine Spur war von der alten Fröhlichkeit übrig geblieben. Wenn sie lachte, lachten ihre Augen nicht mit. Sie war mager geworden und sah ungesund aus, und wenn ihr eine von Kris' Fragen unangenehm war, wurde sie zynisch. Als ihr Kris sagte, dass sie trotz allem, was geschehen war, eine Familie hatte, antwortete sie, dass diese Familie nicht zu ihr gehörte, sondern zu Kris.

»Es ist deine Familie«, sagte sie. »Du sitzt in einem goldenen Nest.«

»Warum kommst du nicht für eine Weile zu uns nach Atlanta?«

»Was soll ich dort? Zu einer netten jungen Dame erzogen werden?«

»Du könntest bei uns wohnen. Wir könnten zusammen in die Schule gehen. Du würdest neue Freunde finden und –«

»Euch allen bald furchtbar auf die Nerven ge-

hen«, fiel ihr Sid ins Wort. »Du hast keine Ahnung, Kris. Und das ist gut so.«

»Aber warum sträubst du dich dagegen, ein
ganz normales Leben –«

»Weil ein ganz normales Leben stinklangwei-
lig ist, verdammt!«, stieß Sid hervor. »Und damit
ist diese Kotzdiskussion abgeschlossen! Ich will
weder über mein noch über dein Leben reden,
okay?«

»Okay.«

»Gut.«

»Gib mir einen Kuss.«

»Einen Kuss? Du spinnst wohl.«

»Wie früher, Sid.«

»Nichts ist mehr wie früher.«

Sid erhob sich vom Stuhl und begann nervös
im Zimmer herumzugehen. »Die Scheiße ist,
dass man hier in dieser Bude nicht rauchen
darf.«

»Das ist ein Krankenhaus, Sid.«

»Was du nicht sagst. Ich dachte, das ist ein
verdammtes Raumschiff oder was.« Sie kam
zum Bett, beugte sich zu Kris herunter und gab
ihr einen Kuss auf den Mund.

»Wie früher«, sagte sie und setzte sich wieder
auf den Stuhl, die Lehne als Arm- und Kopf-
stütze benützend, ihr linkes Knie ragte weiß und
knochig aus dem klaffenden Riss im Hosenbein.

»Was ist?«, fragte sie. »Warum guckst du mich
so komisch an?«

»Tu ich das?«

»Ja.«

»'tschuldige.«

»Ich wollte dich vom Bahnhof abholen, Kris. Ehrenwort. Den ganzen Tag habe ich an nichts anderes gedacht. Aber dann schaffte ich es doch nicht.«

»Wegen der Wasserschlauchpanne.«

»Nein. Ich war weg.«

»Weg?«

»Das war etwas. Schnaps oder was. Und ein bisschen Skunkkraut, das wir geraucht haben, bis wir die Welt vergaßen. Tut mir Leid, Kris, aber so war's. Nichts mit Panne. Schade.« Sid lächelte schwach. »Nun bist du enttäuscht, wie?«

Kris hob die Schultern. »Wer sind deine Freunde?«

»Keine Ahnung. Da sind immer welche. Vielleicht habe ich keine. Kann gut sein. Sind fast alle nur Pisser. Hast du einen Freund, dort in Atlanta? Einen, mit dem du . . . ausgehst?«

»Wir gehen meistens alle zusammen aus. Die halbe Klasse mindestens. Ins Kino und so. Partys am Wochenende.«

»Wird da gekifft?«

»Gekifft? Nein, natürlich nicht.«

»Natürlich.« Sid blickte zur Decke hoch.

»Kennst du einen, der einen alten verbeulten Dodge fährt, mit der Zahl zweiunddreißig drauf?«

»Reid.«

»Reid?«

»Reid Carver.«

»Kennst du ihn?«

»Und wie. Das ist auch einer der Pisser. Der kleine Bruder von Butch Carver. Kohle hat er meistens. Weiß der Teufel, woher. Klaubt sich wahrscheinlich ein paar Scheine aus der Geschäftskasse seines Vaters. Warum fragst du nach ihm?«

»Einfach so.«

»Wie bitte?«

»Einfach so.«

»Red keinen Scheiß, Kris. Ich seh dir an, dass was mit Reid ist.«

»Es ist nichts«, beharrte Kris.

»Okay. Wenn du's mir nicht sagen willst, dann geht das in Ordnung!«

Sie starrten sich an. Fast eine Minute verging. Eine Minute des Schweigens. Plötzlich stand Sid auf. »Ich muss gehen«, sagte sie. »Tschüs.« Sie ging zur Tür, die offen stand.

»Sid.«

Sid blieb in der Türöffnung stehen, drehte aber nur den Kopf und blickte über die Schulter zurück.

»Sid, wann sehen wir uns wieder?«

»Keine Ahnung. Morgen vielleicht. Oder beim Rennen, wenn ich noch da bin.«

»Sid.«

»Ja.«

»Du weißt wirklich nicht, wer uns von der Straße gerammt hat?«

Sid runzelte die Stirn.

»Ich hab's dir gesagt, verdammt! Hab ich dir's gesagt oder nicht. Alles, was ich gehört habe, ist, dass dir dieser Nigger untern Rock gefasst hat. Das habe ich gehört.«

»Nur, ich habe keinen Rock getragen, Sid.«

»Dein Pech, Kris. Wer sich mit Niggern einlässt, sollte immer entsprechend angezogen sein.«

Mit einer abrupten Kopfbewegung warf Sid ihr strähniges Haar in den Nacken und stiefelte davon. Kris sank in ihre Kissen zurück und sie konnte nicht verhindern, dass ihr die Tränen kamen.

Fieberhaft überlegte sie sich, was sie ihm sagen sollte, wenn er den Hörer abhob. Unter allen Umständen wollte sie verhüten, dass er gleich auflegte, sobald sie ihm ihren Namen sagte. Je länger sie jedoch darüber nachdachte und sich passende Worte überlegte, desto schlimmer wurde das Durcheinander in ihrem Kopf und schließlich ließen sie ihre Nerven im Stich. Sie legte sich in die Kissen zurück und drückte den Teddy an sich. Sie dachte an Sid und die Gedanken machten es ihr nicht leichter, den Mut zu finden und Reid Carver anzurufen. Die Nummer hatte sie aus dem Telefonbuch auf einen Zettel geschrieben. Sie hatte die Zahlen schon so lange angestarrt, dass diese sich regelrecht in ihr Gedächtnis eingebrannt hatten. Sie zerknüllte den Zettel und warf ihn in den Papierkorb. Dann aß sie eine Banane, die ihr Schwester Susan zusammen mit einem Apfel gebracht hatte. Später aß sie auch noch den Apfel und schließlich griff sie nach dem Telefon. Ihre

Hand zitterte. Sie verwählte sich. Das Hunde-
heim meldete sich. Schnell legte sie auf. Sie versuchte, tief durchzuatmen, aber das half wenig.
Ihre Hände waren feucht. Sie wischte sie am
Bettlaken ab. Plötzlich schien es ihr unerträglich
heiß im Zimmer. Sie läutete nach der Schwester
und bat, den Thermostat der Klimaanlage run-
terzudrehen. Schwester Susan blickte sie ver-
wirrt an.

»Hier drin ist es fast so kühl wie in einem Iglu,
Kris.«

»Mir ist aber heiß.«

»Hm, vielleicht hast du Fieber. Da wollen wir
mal . . .«

»Bitte, Susan, drehen Sie die Klimaanlage hö-
her.«

»Wie du willst, mein Schatz.«

Schwester Susan hantierte am Thermostat herum und verschwand wieder. Erneut griff Kris
nach dem Hörer. Dieses Mal achtete sie darauf,
die richtige Nummer zu wählen. Es klingelte.
Der Schweiß brach ihr aus.

»Hallo.«

»Hallo.«

»Ja, wer spricht bitte?«

»Ich . . . ich bin's, Kristine Dentry.« Die
Stimme versagte ihr beinahe. »Spreche ich mit
Reid Carver?«

Stille.

»Hallo. Ist das Reid Carver? Ich rufe dich an,
Reid, weil ich . . .«

»Falsch, Mädchen!«, wurde sie hart von der

Stimme unterbrochen, von der sie angenommen hatte, dass sie Reid Carver gehörte. »Ich bin William Carver, Reids Vater! Ich weiß nicht, wie es kommt, dass du dich mit meinem Sohn unterhalten willst, aber da ich dich nun schon mal an der Strippe habe, will ich dir gleich einmal meine Meinung sagen!«

»Mr Carver, es tut mir Leid, aber ich wollte Ihren Sohn sprechen und nicht –«

»Du hörst jetzt einmal gut zu, Mädchen, und ich schlage vor, dass du so lange nicht aufhängst, bis ich fertig bin. Es ist nämlich wichtig, dass dir jemand mal klipp und klar sagt, was Sache ist.«

»Mr Carver, ich –«

»Hör zu, Mädchen! Dein Pech ist, dass du dich zu einem Nigger ins Auto gesetzt hast. Und nun brauchst du dich nicht zu wundern, dass . . .«

»Mr Carver! Es war ein Taxi, das –«

»Ein Taxi! So was nennt man nicht einmal dort, wo diese Kaffer ursprünglich herkommen, ein Taxi. Zwei- oder dreimal wurde Dolan Boyd die Lizenz entzogen, weil seine Karre nicht den Sicherheitsvorschriften entsprach. Jedes Mal hat er sie kurzfristig mit Stoßstangen versehen, nur um sie später wieder abzunehmen. Aber darum geht es ohnehin nicht. Es geht darum, dass hier die Welt in Ordnung war, bis du aufgetaucht bist. Wir hatten keine Schwierigkeiten mit den Niggern und die Nigger hatten keine Schwierigkeiten mit uns. Jeder wusste, wo er steht. Aber jetzt schleichen sich diese Kaffer in die Stadt und beschuldigen anständige Leute eines Verbrechens, das nie geschehen ist. Plötzlich herrscht hier in Wakefield wieder Unruhe und Unfrieden, und wenn du und dein überall herumschnüffelnder Vater nicht bald wieder von hier verschwinden, gibt es bald richtig Stunk. Wir nehmen das nämlich nicht einfach hin, dass die Nigger auf einmal wieder eine dicke Lippe riskieren, verstehst du? Wir nehmen das nicht einfach stillschweigend hin, dass sie sich in unserer Stadt aufspielen, als hätten sie das Recht hinter sich. Sag deinem Vater, dass wir ihn im Auge behalten. Sag ihm, dass wir nicht tatenlos zusehen, wie er hier Staub aufwirbelt und die Nigger aufhetzt. Sag ihm, dass ihm da leicht etwas passieren könnte und dass –«

»Mr Carver, wollen Sie meinem Vater etwa drohen?«, rief Kris in den Hörer.

»Eine Warnung ist das, Mädchen! Nichts als eine Warnung! Und was meinen Sohn Reid betrifft, so lass dir eines gesagt sein: Der Junge ist kein Niggerfreund!«

»Dann soll er mich nicht mehr anrufen!«, stieß Kris wütend hervor. »Und er soll mir auch nicht nachstellen, sonst werde ich nämlich dafür sorgen, dass die Polizei –«

»Die Polizei, Mädchen, ist nicht auf deiner Seite!«, unterbrach sie William Carver. »Und nun vergiss nicht, deinem Vater zu sagen, dass er die Herumschnüfflerei bleiben lassen soll, wenn er heil nach Atlanta zurückkehren will!«

Mit diesen Worten legte William Carver auf.

151

Kris nahm den Hörer vom Ohr und starrte ihn voller Wut an. In diesem Moment erschien Dr. Stuart in der Tür. Er kam langsam zum Bett.

»Willst du mir sagen, mit wem du Ärger hast, Kris?«, fragte er.

Kris schüttelte den Kopf. Sie spürte, wie ihr Zorn sich in Angst verwandelte. Sie legte den Hörer auf und ließ sich aufs Kissen zurücksinken. Bestimmt würde sie von Reid Carver nun nichts mehr hören. Und dabei war sie sicher, dass er ihr etwas hatte sagen wollen. Etwas, was mit dem Unfall zu tun hatte.

Dr. Stuart rückte den Stuhl zurecht, auf dem vorhin Sid gesessen hatte, ließ sich darauf nieder und schlug ein Bein über das andere. Lange saß er da und sah Kris an und Kris wich seinem Blick aus und starrte zur gegenüberliegenden Zimmerwand und durch sie hindurch ins Leere.

»In der Zeitung steht, dass Dolan Boyd möglicherweise ein Reh angefahren hat«, sagte Dr. Stuart plötzlich in die Stille hinein. »Ich habe mich am Telefon mit Steve Ball unterhalten. Er ist der verantwortliche Chefredakteur, Kris. Steve würde gern mit dir reden.«

»Ich rede mit niemandem mehr über den Unfall«, sagte Kris, ohne Dr. Stuart anzusehen. »Diese Stadt soll mit einer Lüge leben. Für die meisten Leute hier ist das wohl der bequemere Weg.«

»Dann hast du aufgegeben, Kris?«, fragte Dr. Stuart ungläubig.

Kris gab ihm keine Antwort, denn die Kehle

war ihr wie zugeschnürt. Sie war furchtbar verzweifelt, aber das wollte sie sich nicht anmerken lassen.

Jetzt, im blassen Licht der Nachmittagssonne und in den langen Schatten der Sumpfwälder, durch die die Straße zu den fernen Hügeln führte, wurde er das Gefühl nicht los, sich einer Gefahr auszusetzen, die er nicht abschätzen konnte. Irgendwie fühlte er sich einsamer als jemals zuvor, beinahe verloren auf einer Straße, die nirgendwo hinführte.

»Was es dort draußen gibt, weiß ich auch nicht«, hatte ihm der Mechaniker vom Abschleppdienst auf dem Weg nach Springtown gesagt. »Tatsache ist, dass ich dort nur einmal war, als Junge, mit meinem Vater zusammen, als wir runter nach Liberty Lake zu einer Beerdigung fuhren und mein Vater von einer Abkürzung durch die Hügel wusste, durch Grinders Hollow und das Tal hoch und durch den Einschnitt in den Bergen, wo die Nigger früher alle im Kalksteinbergwerk gearbeitet haben.«

»Jetzt arbeiten sie nicht mehr im Bergwerk?«, hatte Mr Dentry den Fahrer des Abschleppdienstes gefragt und dieser hatte nur mit den Schultern gezuckt und noch einmal gesagt, dass er schon lange nicht mehr in den Hügeln gewesen sei, weil es ja nun eine neue Straße nach Liberty Lake gäbe, die durchgehend geteert war.

Etwa sieben Meilen hatte Mr Dentry nun in

153

seinem Mietwagen auf der schmalen Holperstraße zurückgelegt. Vom Crossroad Store bis
nach Grinders Hollow waren es knapp zwölf
Meilen. Die Straße war rot und staubig und der
Staub blieb hinter dem Mietwagen lange in der
unbewegten Luft hängen, und wenn Mr Dentry
in den Rückspiegel sah, sah er nichts, nicht einmal einen Schatten der Sumpfwälder, die nach
und nach lichter wurden, und auch nichts vom
Himmel und von den Gewitterwolken, die sich
im Laufe des Nachmittags gebildet hatten und
sich über den Sümpfen und über Wakefield aus-
breiteten.

In einer Kurve standen ein Junge und ein
Mädchen am Straßenrand. Der Junge trug Basketballschuhe und eine Latzhose, kein Hemd,
das Mädchen war barfuß und das braune Schür-
zenkleid hing ihm schief von den schmalen
Schultern. Der Junge hatte eine Angelrute in der
einen Hand und in der anderen einen großen
Katzenwels, den er an einer Schnur festgemacht
hatte, indem er diese durch das Maul und die
Kiemenöffnung geführt hatte.

Mr Dentry fuhr langsamer, bis hinten kaum
mehr Staub zu sehen war. Die Kinder blickten
ihn an, ihn oder den Mietwagen, und das Mädchen wich ein bisschen zurück und senkte den
Blick, aber der Junge rührte sich nicht und verzog keine Miene. Mr Dentry fuhr noch langsamer, hielt schließlich an und fragte den Jungen,
wie weit es noch nach Grinders Hollow wäre.
Der Junge überlegte kurz, und ohne dass sich in

seinem Gesicht etwas veränderte, sagte er: »Vier oder fünf Meilen.«

»Ich will die Boyds besuchen«, sagte Mr Dentry. »Kennst du die Boyds, Junge?«

»Ja.«

»Dolan Bodyd?«

Der Junge sagte nichts.

»Jake The Snake?«

Der Junge schwieg.

»Mein Name ist Howard Dentry. Wenn ihr auf dem Weg nach Grinders Hollow seid, kann ich euch hinfahren.«

Der Junge blickte sich nach dem Mädchen um, das wahrscheinlich seine kleinere Schwester war. Das Mädchen hatte zerkratzte Beine. Der tote Fisch lockte immer mehr Fliegen herbei. Das Mädchen scheuchte sie mit der Hand von seinem Gesicht.

»Wollt ihr nun mitfahren?«, fragte Mr Dentry. Die Fliegen fanden den Weg durchs offene Fenster ins Auto.

»Wir gehen«, sagte der Junge.

»Okay«, sagte Mr Dentry. Er kurbelte das Seitenfenster hoch.

»Vielen Dank«, sagte der Junge.

»Okay«, sagte Mr Dentry. Er fuhr langsam an und im Rückspiegel sah er, wie der Junge etwas zu dem Mädchen sagte und wie die beiden auf der roten Straße gingen, und hinter ihnen war der Himmel schwarz und Blitze zuckten und die Sonne schien blass und zeichnete die Straße und die beiden Kinder mit dem toten

Fisch und die vereinzelten Zypressen links und rechts der Straße.

Die Straße führte über einen flachen Hügelrücken hinweg und fiel in eine Niederung hinab und in der Ferne hoben sich die Hügel und dort irgendwo, vor dem Einschnitt und in der Niederung verborgen, befand sich Grinders Hollow.

Ein Bahndamm führte in gerader Linie durch eine Ansammlung von Hütten, vorbei an einem halb zerfallenen Schuppen und einer Laderampe, wo im letzten Sonnenlicht Schienen glänzten, nirgendwo hinführend, außer zum Ende des Bahndammes, wo sie an mächtigen Erdwällen und dicken Hartholzbohlen endeten. Gestrüpp wucherte zwischen den sich verzweigenden Schienen, zwischen den alten Schwellen, die schwarz waren vom Schmierfett der Loks und der Frachtwagen und vom Kreosot, mit denen sie wetterfest gemacht worden waren.

Die Straße lief in einer weiten Schleife in die Senke hinein, in der sich Grinders Hollow oder das, was von der kleinen Stadt am Ende der Schienen übrig geblieben war, befand.

GRINDERS HOLLOW stand auf dem Ortsschild, das schief am Straßenrand stand, durchlöchert von Kugeln, die, von vorbeifahrenden Autos abgeschossen, ihr Ziel gefunden hatten.

Mr Dentry fuhr langsam. Dicke Regentropfen klatschten gegen die Windschutzscheibe, im hauchdünnen Staubfilm platzend, als wären sie selbst aus Glas. Mr Dentry betätigte die Scheibenwischanlage und für Sekunden entstand auf dem Glas ein Schmierfilm, durch den er nichts mehr sehen konnte.

Unten in der Senke, wo sich die Straße verzweigte, befanden sich eine Garage und eine Tankstelle mit veralteten Zapfsäulen. Sie stand inmitten ausgeschlachteter Autowracks, die wie Opfer eines mörderischen Kampfes zwischen Monstern aus Blech und Glas herumlagen, blutleere Hüllen, die in Wind und Wetter verrosteten und unendlich langsam zerfielen.

Mr Dentry hielt bei der Tankstelle auf der löchrigen Straße und er blickte durch die Windschutzscheibe zu einigen Häusern hinüber, die in einer Reihe an der Straße standen, windschief aneinander gelehnt, mit zersplitterten Fenstern und verwitterten Fassaden. Ein Vorbaudach hing halb von den Stützpfosten und von hinten, von den Autowracks her, wuchs dichtes Rankengewächs an den Holzwänden hoch. Die kleinen halb zerfallenen Schuppen, die dort standen, und die noch kleineren Klohäuschen wurden vom Rankengewächs regelrecht verschlungen.

Nur eines der Häuser am Straßenrand schien bewohnt zu sein. Licht drang aus zwei Fenstern links und rechts von einer dunkelrot gestrichenen Tür. Über dem Vorbaudach hing ein Schild an der Bretterwand, auf dem ein gelber Schriftzug auf schwarzem Grund kaum mehr zu entziffern war.

HALFMOON CAFÉ stand in merkwürdig

ineinander verschlungenen Buchstaben auf dem
Schild und vor dem Bürgersteig, an einem Hal-
tebalken festgemacht, standen zwei magere
Gäule, ein Schecke und ein Apfelschimmel, und
beide trugen Cowboysättel auf ihren Senkrü-
cken, mit aufgerollten Lassos, die an den Sätteln
festgemacht waren.

Mr Dentry stieg aus. Ein harter Wind zerrte
an ihm, als er die Straße überquerte. Es fielen
keine Regentropfen mehr, aber er konnte das
Gewitter hören, das Grollen in der Ferne, und er
konnte den Regen riechen und die nasse rote
Erde und hinter Grinders Hollow flutete das
Sonnenlicht gelb von den Hügeln in die tiefen
Schatten hinein.

Mr Dentry lugte durch ein Glasfenster in die
Garage, sah zwei Autos darin abgestellt, zwei
57er Chevrolets, von denen der eine ohne Räder
aufgebockt war. Es befand sich niemand in der
Garage und er ging an den Zapfsäulen vorbei
und über die Straße zur anderen Seite und dort
wollte er den Bürgersteig betreten, aber im letzten Moment bemerkte er, wie morsch die Planken waren, zwischen denen Unkraut hervor-
wuchs, und er ging stattdessen im Staub der
Straße weiter, in dem die Regentropfen dunkle
Flecken zurückgelassen hatten. Er ging vorbei
an dem schräg herunterhängenden Dach und
betrat den Vorbau des Halfmoon Cafés und die
Planken ächzten unter seinem Gewicht und er
dachte an die alten John-Wayne-Filme, aber er
hörte keine Sporen klirren. Er hörte leises Ban-

jospiel von irgendwoher und er öffnete die dunkelrot gestrichene Tür und betrat das Halfmoon
Café, bei dem es sich mehr um einen Saloon handelte als um ein Café.

An einem der vier runden Tische saßen die
beiden Cowboys, denen die Pferde gehörten;
ein alter Mann mit einem schwarzen Cowboyhut auf dem Kopf, dessen ursprüngliche Form
nur noch in der Erinnerung seines Besitzers
existierte, und ein Junge, dem ein rotweiß kariertes Hemd über die schmutzigen Blue Jeans
herunterhing, ein Hemd, von dem er die Ärmel
abgetrennt hatte. Hinter der Theke stand ein
Mann, der am Drehknopf eines alten Schwarz-
weiß-Fernsehers herumdrehte, der nur Schnee-
bilder zeigte und ein krächzendes Geräusch von
sich gab. An der Theke stand der Mann, den Mr
Dentry schon beim Unfallort gesehen hatte, zusammen mit Dolan Boyds Mutter, Marvin, der
alte Mann mit der Latzhose. Mr Dentry nickte
ihm zu, während er zur Bar ging, und der Mann
beim Fernseher fragte ihn, was er trinken wolle.

»Ein Bier, bitte«, sagte Mr Dentry.

Der Mann hinter der Theke angelte ein dickes
Glas vom Regal und füllte es mit Bier aus einem
Zapfhahn und er schob es über die Theke auf Mr
Dentry zu und Mr Dentry bedankte sich und
hob das Glas prüfend ans Licht, bevor er trank.
Die beiden Cowboys sahen ihm zu und der alte
Mann sah ihm zu und der Mann hinter der
Theke schlug seine Faust auf den Fernseher, der
dadurch ganz ausging.

Es war jetzt still im Halfmoon Café bis auf das Geräusch, das der Wind machte, und Mr Dentry stellte das halb leere Bierglas auf die Theke, wischte sich mit dem Handrücken den Mund ab und sagte in die Stille hinein, dass es irgendwo, wahrscheinlich in der Nähe von Wakefield, ganz gehörig regnen würde. Niemand gab ihm darauf eine Antwort, aber jetzt vernahmen sie die Regentropfen, die auf das Wellblech fielen, in langen, unregelmäßigen Abständen und der alte Cowboy, dessen Gesicht so schwarz war wie Ebenholz, erhob sich von seinem Stuhl und der Junge stand auch auf und sie gingen durch den kleinen Raum und der alte Cowboy trug Sporen, die tatsächlich klirrten, als wären sie aus einem alten John-Wayne-Western.

Sie gingen hinaus. Eines der Pferde wieherte. Dann drang Hufschlag durch die Bretterwand. Regentropfen. Hufschlag. Mr Dentry lächelte. Er hatte vergessen, dass es hier draußen solche Orte wie Grinders Hollow gab. In der Stadt hatte er vergessen, dass Sporen klirrten.

Er fragte den alten Mann an der Theke nach dem Haus der Boyds.

»Am Ende der Straße«, sagte der alte Mann. »Vorbei am Ententeich und dann rechts und eine halbe Meile zurück.«

»Wackelkontakt«, sagte der Mann hinter der Theke. »Irgendwo ist ein Wackelkontakt.«

Mr Dentry bezahlte sein Bier, trank das Glas leer und ging hinaus. Im düsteren Zwielicht, von vereinzelten schweren Regentropfen getroffen, überquerte er die Straße, stieg in sein Auto und fuhr langsam die Straße hoch, vorbei am Halfmoon Café und über eine Brücke, die auf Kalksteinpfeilern einen breiten Kanal überspannte, und bis zur Abzweigung beim Ententeich.

Er steuerte den Mietwagen in die schmale Seitenstraße hinein und links und rechts von ihm waren Felder, einige mit Mais und andere mit Zuckerrüben und mit Kürbis. Und auf einem Feld standen zwei Kühe und ein Kalb und das Kalb stand auf krummen Beinen halb unter der einen Kuh und saugte an deren Zitzen.

Mr Dentry fuhr langsam auf der schmalen Straße, die mehr ein Karrenweg war als eine Straße, mit tief ausgefahrenen Radrillen, so dass sein Mietwagen einige Male mit dem Unterboden den Boden berührte und sich Blech knirschend an der harten Erde und an den Steinen rieb.

Eine halbe Meile war es von der Hauptstraße bis zum Haus der Boyds. Das Haus stand auf einem leicht zur Flussniederung hin abfallenden Platz und früher mochte es einmal ein schönes Haus gewesen sein, mit einer großen Veranda und mit einem weit ausladenden Giebeldach, aber jetzt sah das Haus alt und grau aus, schief auf seinem aus Kalksteinquadern gebauten Fundament stehend, so als wäre es im Laufe der Jahre von der mächtigen Mooreiche, die neben dem Haus aufragte, mehr und mehr zur Seite gedrückt worden. Auf der Veranda, im düsteren

Schatten des Eichenbaumes und des Verandadaches, saß ein junger Mann in einem Rollstuhl, und als Mr Dentry anhielt, lief ein Junge über den Platz und durch die vordere Tür ins Haus.

Die Regentropfen fielen nun etwas dichter und der rote Erdboden wurde dunkel und ein Pferd, das in einer Koppel stand, drehte sich in den Wind und stand still. Eine Sau mit drei Ferkeln überquerte den Platz und ein Hund kam von der Veranda herunter, ein magerer Rüde auf staksigen Beinen, und als Mr Dentry ausstieg, begann er zu bellen und die Sau und die drei Ferkel trotteten am Haus vorbei zur Schweinekoppel, wo sie sich vor dem nahen Gewitter in Sicherheit wähnten.

Mr Dentry duckte sich im Regen und blieb in einem sicheren Abstand zum Hund stehen. Die Tür ging auf und Mrs Boyd kam heraus und rief den Hund zurück. Der Hund gehorchte, lief zu ihr und sie hielt ihn am Halsband fest und forderte Mr Dentry auf, näher zu kommen.

Es wollte noch immer nicht richtig regnen, aber die Tropfen, die Mr Dentry trafen, drangen kalt durch das weiße Hemd, das er trug. Er ging auf die Veranda zu und blieb vor den Stufen stehen, die hinaufführten, und Mrs Boyd bat ihn, auf die Veranda zu kommen.

»Mr Dentry, das ist mein Sohn Jake«, sagte sie. Sie legte ihre Hand auf Jakes Arm und Jake blickte Mr Dentry an, mit dunklen matten Augen, und bevor Mr Dentry etwas sagen konnte, bat Jake seine Mutter, ihn ins Haus zu bringen.

Mrs Boyd rief nach Carrie und das Mädchen, das Mr Dentry schon an der Unfallstelle auf dem Pick-up gesehen hatte, kam aus dem Haus und streifte ihn mit einem Blick.

»Carrie, bring deinen Bruder ins Haus«, sagte Mrs Boyd. Der Hund geriet dem Mädchen und dem Rollstuhl mit seiner Kette in den Weg und das Mädchen scheuchte ihn weg und schob den Rollstuhl durch die Tür ins Haus.

Jetzt war ein Auto zu hören, und als sich Mr Dentry umblickte, sah er den alten Pick-up schaukelnd auf dem Karrenweg daherkommen. Zwei Männer saßen vorne und hinten auf der Pritsche saßen drei. Nur einer der Scheibenwischer funktionierte, der auf der Beifahrerseite, und durch die Scheibe, in der sich der wolkenverhangene Himmel spiegelte, erkannte Mr Dentry Marvins Gesicht.

»Warum sind Sie hergekommen, Mr Dentry?«, fragte ihn Mrs Boyd. »Hierher kommt nie jemand.«

»Ich bin noch nie hier gewesen«, sagte Mr Dentry. »Nicht einmal als Junge, als hier im Kalksteinbruch gearbeitet wurde.«

»Man sagt, das seien die guten Tage gewesen, Mr Dentry.«

»Unser Wohnhaus auf der Farm wurde aus Kalksteinquadern gebaut«, sagte Mr Dentry.

»Fast alle älteren Geschäftshäuser in der Stadt sind so gebaut, Mr Dentry.«

»Ich nehme an, dass Ihr Mann im Steinbruch gearbeitet hat?«

Sie schüttelte den Kopf.

»Wir betrieben die Tankstelle und die Garage bei der Gabelung. Mein Mann war ein guter Mechaniker.«

Der Pick-up hatte auf dem Platz angehalten. Die Männer kletterten von der Pritsche. Zwei von ihnen hatten Gewehre in den Händen, der Dritte einen Baseballschläger. Sie näherten sich zögernd der Veranda. Der Fahrer stieg aus. Er war ein großer schwergewichtiger Mann mit einem mächtigen Bauch. Er trug nur eine Hose und ausgelatschte Schuhe, die nicht geschnürt waren. Seine Unterarme waren voller Tätowierungen.

Sie blieben alle im Regen stehen und blickten zur Veranda hoch. Der alte Mann stieg nun auch aus dem Pick-up. Er trat näher an die Veranda heran als die anderen, bevor er auch stehen blieb.

»Marvin«, rief Mrs Boyd ihm zu. »Marvin, warum fährst du mit deinen Freunden nicht zum Halfmoon Café?«

»Von dort kommt er«, sagte Mr Dentry lächelnd. »Ich habe ihn dort gesehen und ihn nach dem Weg hierher gefragt.«

Mrs Boyd nickte und trat an das Verandageländer heran, das frisch mit dunkelgrüner Farbe gestrichen war. »Marvin, Mr Dentry ist zu Besuch hier.«

Marvin sah sich nach dem schwergewichtigen Mann um, dessen bläulich schwarze Haut im Regen zu glänzen begann.

»Wir wollen uns nur versichern, dass alles in Ordnung ist, Pearl.«

»Es ist alles in Ordnung, LeRoy.«

Der schwergewichtige Mann verschränkte die Arme über seiner Brust. Breitbeinig stand er in Regen und Wind.

»Wollen Sie ein Glas Apfelsaft trinken?«, fragte Mrs Boyd.

»Nein, danke. Ich wollte mich hier nur einmal umsehen«, sagte Mr Dentry.

»Es gibt hier nichts zu sehen«, antwortete Mrs Boyd.

Mr Dentry nahm ein Stück orangefarbenes Plexiglas aus einer Hosentasche und hielt es Mrs Boyd entgegen.

»Dieses Stück Plexiglas stammt vom Blinklicht eines Automobils«, sagte er.

Mrs Boyd studierte das Stück Plexiglas, ohne es aus Mr Dentrys Hand zu nehmen.

»Ich habe es am Unfallort entdeckt, Mrs Boyd, und es wäre mir eine große Hilfe, wenn mir jemand sagen könnte, welche Automarken mit dieser Art von Blinklichtern ausgestattet sind.«

Sie rief nach LeRoy. Als er die Veranda betrat, sprang der Hund schwanzwedelnd an ihm hoch. Mrs Boyd bat ihn, sich das Stück Plexiglas anzusehen. »Du kennst dich doch mit Autos aus, LeRoy. Mr Dentry würde gern wissen, ob an diesem kleinen Stück Plexiglas zu erkennen ist, zu welcher Marke es gehört.«

LeRoy nahm Mr Dentry das Plexiglasstück aus der Hand und betrachtete es.

»Da ist grüne Farbe dran«, sagte er.

Mr Dentry nickte.

»Verandafarbe«, sagte er und deutete zum Verandageländer.

»Bullfrog«, sagte LeRoy. Er blickte Mrs Boyd an. »Dolan hat doch die Veranda gestrichen und danach mit der übrig gebliebenen Farbe ...« Er brach ab. »Jake soll sich das mal ansehen«, sagte er. »Jake kann vielleicht erkennen, von welcher Marke dieses Stück Plexiglas stammt.«

»Kommen Sie, Mr Dentry«, sagte Mrs Boyd. Sie nahm LeRoy das Stück Plexiglas aus der Hand und ging ins Haus. Mr Dentry folgte ihr. Im Haus war es beinahe dunkel. Eine Kerosinlampe brannte.

»Wir haben noch keinen Strom hier«, sagte Mrs Boyd entschuldigend.

Im Halbdunkel sah Mr Dentry den Rollstuhl, in dem Jake saß. Das Lampenlicht schien ihm schräg ins Gesicht. Er hatte Kaninchen im Schoß. Zwei oder drei waren es. Kleine Kaninchen, mit grauen und weißen Flecken im Fell. Seine Finger streichelten die Kaninchen unaufhörlich, gaben den Kaninchen ein Gefühl der Geborgenheit in seinem warmen Schoß. Mrs Boyd hielt das Stück Plexiglas ins Lampenlicht, so dass es zwischen ihrem Daumen und ihrem Zeigefinger aufleuchtete, als wäre es ein sorgfältig geschliffener Achat.

»Jake, Mr Dentry möchte gern wissen, welche Automarken mit solchen Blinklichtern ausgestattet sind.« Sie blickte Mr Dentry an. »Das ist es doch, nicht wahr, Mr Dentry, Glas von einem Blinklicht.«

Mr Dentry nickte.

»Plexiglas«, sagte er. »Es könnte ein Beweisstück sein.«

Mrs Boyd hielt ihrem Sohn das Stück Plexiglas entgegen, so dass er es aus der Nähe betrachten konnte. Mit der anderen Hand nahm sie nun die Lampe vom Tisch und hielt sie hoch. »Kannst du es erkennen, Jake?«, fragte sie. »Ich glaube, es ist sehr wichtig, weil dieses Stück Plexiglas nämlich Aufschluss über den Unfallhergang geben könnte, nicht wahr, Mr Dentry?«

Jake studierte das Stück Plexiglas. Seine Finger bewegten sich fortwährend im grauweißen Fellknäuel. LeRoy stand in der Tür. Es regnete nun stark. LeRoy blickte zur Wohnzimmerdecke auf, wo sich ein dunkler Fleck rasch vergrößerte.

»Jake«, sagte Mrs Boyd. Der Regen prasselte auf das Dach nieder, das mit Teerpappe und mit Wellblechstücken abgedeckt war. Ein kleiner Junge kam aus der Küche und stellte einen verbeulten Topf auf den Boden. Nach einigen Sekunden fiel der erste Tropfen in den Topf. Der zweite. Zwei hintereinander.

»Dein Dach ist im Eimer, Pearl«, sagte LeRoy.

»Dolan wollte –« Sie brach ab.

Jake hob den Kopf. Er blickte seine Mutter an.

»Jake?«

Er nickte. Jetzt bewegten sich seine Finger nicht mehr.

»Vierundsechziger Chevy«, sagte er. »Pickup.«

Mrs Boyd betrachtete das Stück Plexiglas, drehte es in ihren Fingern und hielt es ins Licht der Lampe.

»Jake! Bist du sicher, Jake?«

Er gab ihr keine Antwort. Seine Finger gruben sich durch den Fellknäuel. Da fiel eines der Kaninchen herunter. Mr Dentry bückte sich und hob es auf. Das Kaninchen legte seine Ohren flach nach hinten. Er hielt es in beiden Händen, mit denen er eine Schale geformt hatte. Das Wasser, das durch das Dach drang, hing nun wie ein Faden von der Decke, golden im Licht der Lampe. Mr Dentry wollte Jake das Kaninchen wieder in den Schoß legen, aber Jake streckte ihm abwehrend die Hand entgegen.

Mr Dentry richtete sich auf. Er sah sich Rat suchend nach LeRoy um. Dieser stand klotzig in der Tür, die Arme vor der Brust verschränkt. Mrs Boyd hatte die Lampe auf den Tisch gestellt. Sie beugte sich zu ihrem Sohn hinunter, der ihr etwas ins Ohr flüsterte. Nach kurzer Zeit richtete sie sich auf.

»Er sagt, dass Sie dieses Kaninchen Ihrer Tochter bringen sollen, Mr Dentry«, sagte sie.

Mr Dentry streichelte das Kaninchen.

»Meine Tochter ist –« Er brach ab.

»Es ist eines von Dolans Kaninchen, Mr Dentry«, sagte Mrs Boyd. »Dieses Kaninchen kam an dem Tag zur Welt, als Dolan verunglückte.«

»Meine Tochter wird sich über dieses Geschenk bestimmt freuen«, sagte Mr Dentry.

»Ja, das wird sie bestimmt«, sagte Mrs Boyd. »Soll ich Ihnen einen Kaffee machen, bevor Sie sich auf den Rückweg begeben? Oder wollen Sie etwas essen?«

»Vielen Dank, Mrs Boyd, aber ich will mich lieber auf den Weg machen, bevor dieses Unwetter noch schlimmer wird.«

»Es zieht an uns vorbei«, sagte Mrs Boyd. »Richten Sie Ihrer Tochter Grüße von uns aus.«

»Danke«, sagte Mr Dentry. Er streichelte das Kaninchen, das ihm unterdessen still in die Hand pinkelte.

Draußen im Regen standen die Männer.

»Wir wollen dir etwas zeigen, Dentry«, sagte LeRoy.

Sie nahmen ihn in ihre Mitte und gingen mit ihm im Regen über den Platz. Die rote Erde blieb in Klumpen an ihren Schuhen hängen. Nur einer von ihnen trug Gummistiefel.

Mr Dentry hielt das Kaninchen in seinen Händen, so dass es nicht nass werden konnte. In einer der breiigen Pfützen suhlte sich eine Sau. Zwei Hunde trotteten hinter den Männern her. Über den Wäldern vor ihnen zuckten Blitze auf. Donner grollte durch die Hügel. Es regnete hart und warm und die Männer gingen an den Pferchen vorbei und an einem Autowrack, das als Hühnerhaus diente, vorbei an einem Haufen alter Backsteine und an einer Stelle, wo die Erde schwarz gebrannt war und wo ein Haufen nasses Feuerholz lag, vorbei an schweren Zäunen, von denen verwitterte, bretterharte Felle hingen, und vorbei an einem Gerüst, an dem ein einfacher Flaschenzug angebracht war, der dazu diente, ein totes Rind vom Boden hochzuziehen, damit es abgehäutet werden konnte. Sie folgten einem Pfad zwischen Feldern von Zuckerrüben und Kartoffeln und sie folgten ein Stück weit einem Flussbett und dann machte der Pfad eine Biegung und hinter der Biegung, da stand auf einem Platz die Ruine eines Hauses, die letzten Überreste waren es, verkohlte Balken und Pfosten, verrostete Blechstücke, Fensterglasscheiben, eingebrochene Zäune, die einen mit Unkraut bewachsenen Küchengarten umfassten.

Hier, in einer Pfütze, die den halben Platz bedeckte, blieben die Männer stehen.

»Hier ist es«, sagte LeRoy. Außer ihm sagte keiner etwas. Alle starrten zu den verkohlten Trümmern hinüber.

»Hier ist was?«, fragte Mr Dentry, dem ziemlich mulmig zumute war.

»Das, was von ihrem Haus übrig geblieben ist«, sagte LeRoy. Und dann begann er zu erzählen. »Ich saß im Halfmoon, zusammen mit Shorty und Bubba und dem alten Tom Raven, der inzwischen, Gott sei Dank, dieses Jammertal für immer und ewig verlassen hat, und da hörten wir sie kommen und wir dachten, da sind solche, die in die Hügel fahren, weil nämlich am Sams-

tag die Bockjagd anfing, und wir dachten, das
sind ein paar, die allen anderen ein Stück voraus
sein und die Nacht in den Hügeln verbringen
wollen, in einem der Jagdlager, aber dann nahmen sie nicht die Straße in die Hügel, sondern
sie fuhren am Halfmoon vorbei und wir dachten, dass sie vielleicht der alten Straße folgten,
die zu den Steinbrüchen führt und von dort in
die Hügel. Es war kurz nach Mitternacht und
wir saßen am Tisch vorm Fenster links von der
Tür und spielten Karten und keiner von uns
dachte mehr an sie, als plötzlich die Hunde zu
bellen anfingen, und dann stürzte Jennnifer herein, Bubbas Tochter, und wir sahen sofort am
Schreck in ihren Augen, dass etwas Schlimmes
passiert sein musste. Wir rannten hinaus und
von der Straße aus konnten wir das Feuer sehen
und der Himmel war dunkelrot, und wir dachten erst, da fliegen Vögel mit brennendem Gefie-
der, aber es waren Schindeln vom Dach, die im
Wind trieben, und allerlei anderes Zeug, das
brannte, und unten bei der Tankstelle fing es zu
brennen an und wir liefen hinunter und löschten
das Feuer und dann kamen sie zurück, in fünf
Autos, alle dicht hintereinander, und sie hielten
vor dem Halfmoon an und stiegen aus und
Bubba hat sie gezählt und er bestand darauf,
dass es einundzwanzig waren, aber ich habe nur
achtzehn gezählt. Alle trugen ihre Bettlaken und
die Kapuzen, so dass man nicht erkennen
konnte, wer sie waren, und einer sagte, dass wir
Grinders Hollow besser verlassen sollten, bevor

uns alle das Kreuz der Rache treffen würde. Und dann stiegen sie ein und fuhren davon und sie fuhren beinahe den alten Tom Raven über den Haufen, hätte ich ihn nicht in letzter Sekunde zur Seite gestoßen, und er fiel dabei so unglücklich, dass er sich die Hüfte brach, und davon hat er sich nie mehr erholt.«

Mr Dentry sah durch den Regenvorhang, der grau über dem Platz hing, zu den Trümmern hinüber.

»Das geschah, nachdem Billy Rowan verurteilt wurde?«

»Das geschah dann«, sagte LeRoy.

»Und was hat das mit dem Unfall zu tun?«, fragte Mr Dentry.

»Nichts«, sagte LeRoy. »Wir wollten dir nur zeigen, dass es den Klan noch gibt, Dentry, und was dir passieren kann, wenn du dich allein gegen ihn stellst.«

»Ich habe keine Wahl, nicht?«, antwortete Mr Dentry, das Gesicht nass vom Regen. »Niemand ist bereit, sich auf meine Seite zu stellen, nicht einmal das Gesetz.«

»Sheriff Sutro ist einer vom Klan!«, sagte einer der beiden Männer, die hinter LeRoy standen.

»Es stimmt, was Bubba da sagt, Dentry«, sagte LeRoy. »Wir haben Beweise dafür. Als das hier geschah, war Blake Sutro dabei. Er und Rowan und Carver. Und ein Dutzend andere. Zusammen mit ihren Söhnen, damit die Saat nicht verkümmert. Wir wissen, wer sie sind. Die einflussreichsten Männer der County gehören dazu. Sie kontrollieren alles, was hier geschieht, und sie werden niemals zulassen, dass die Wahrheit über den Unfall und über Dolans Tod bekannt wird.«

»Bis jetzt ist mir noch keiner von ihnen in die Quere gekommen.«

»Sie lassen dich machen, solange du ihnen nicht gefährlich wirst. Aber sie beobachten dich die ganze Zeit, Dentry. Sie lassen dich nicht aus den Augen und sie wissen inzwischen bestimmt, dass du dabei bist, ihnen auf die Spur zu kommen.«

»Sie wissen nur, dass ich an der Unfallstelle einige Plexiglassplitter gefunden habe, die wahrscheinlich nicht von Dolan Boyds Taxi stammen.«

»Wenn du den Pick-up findest, der zu diesen Splittern gehört, geht einer von ihnen hinter Gittern. Vermutlich einer ihrer braven Söhne, die einmal in ihre Fußstapfen treten sollen. Und das wollen sie unter allen Umständen verhindern.«

»Die Chance, den richtigen Pick-up zu finden, ist nicht sehr groß, nicht wahr? Wie viele gibt es davon in dieser Gegend? Tausend? Zweitausend? Mehr?«

»Das haben wir uns auch überlegt, Bubba, Shorty und ich. Wir haben uns überlegt, dass wir dabei helfen müssen, den richtigen Pick-up zu finden.«

Mr Dentry ließ sich die Überraschung nicht anmerken. Er lächelte.

»Wie stellt ihr euch das denn vor? Wir können nicht in beiden Counties von Haus zu Haus gehen und fragen, ob wir mal einen Blick in die Garage werfen dürfen.«

»Da stimme ich dir zu, Dentry. Aber am Wochenende findet in Wakefield das große Rennen statt. Das ist unsere Chance. Wir kommen alle zum Rennplatz. Anstatt jedoch auf der Tribüne zu hocken, sehen wir uns die Pick-ups genauer an, die auf dem Parkplatz stehen.«

»Das werden Hunderte sein«, gab Mr Dentry zu bedenken.

»Stimmt. Aber nur einer davon ist rechts vorne beschädigt. Und diesen müssen wir finden!«

»Und wenn ihn sein Besitzer nicht zum Rennen fährt und auf dem Parkplatz abstellt?«

»Dann werden wir erfahren, wer es ist, der seinen Pick-up daheim gelassen hat. Glaube mir, Dentry, dieses Rennen ist für Wakefield das größte Fest des Jahres. Die Jungs bringen alle ihre Kisten auf Vordermann. Zentner von Autopolitur werden da verbraucht und da lässt keiner ohne Grund sein bestes Stück zu Hause.«

Mr Dentry musste zugeben, dass der Plan, den LeRoy und seine Gefährten ausgeheckt hatten, nicht schlecht war. Er war früher mit seinem eigenen Schlitten oft selbst zu den Stockcar-Rennen gefahren, oft nur, um ein paar Mal in der Stadt die Hauptstraße hinauf und hinunter zu fahren und von allen Mädchen gesehen zu werden.

»Es ist die einzige Chance, Dentry«, sagte Le-Roy mit Nachdruck.

»Bestimmt hat der Schuldige längst versucht, an seinem Pick-up alle Spuren des Unfalls zu beseitigen.«

»Das nehme ich auch an«, nickte LeRoy. »Die Jungs wissen, wie man Blinklichtgläser auswechselt und einen Kotflügel ausbeult und frisch lackiert. Deshalb werden wir uns jeden Pick-up haargenau ansehen müssen. Mit der Lupe, wenn's sein muss. Und einen nach dem anderen.«

»Und was ist, wenn wir nichts entdecken?«

LeRoy hob seine mächtigen Schultern. »Wir haben nichts zu verlieren, nicht wahr? Und eine bessere Gelegenheit, den Pick-up zu finden, kriegen wir nie mehr.«

»Das Rennen fängt am Samstag an«, erklärte Bubba. »Da finden die Ausscheidungsläufe statt. Am Sonntagmorgen ist Ruhe. Dann gehen die meisten in die Kirche. Am Nachmittag um ein Uhr fällt der Startschuss zum Hauptrennen. Dann sind sie alle da. Rowan und seine Freunde. Blake Sutro. Magnum Carver. Seine beiden Söhne sind die Favoriten. Butch und Reid Carver. Und E. J. Croft, der Punkterste der laufenden Saison.«

»Wo und wann sollen wir uns treffen?«, fragte Mr Dentry die Männer.

»Wir treffen uns überhaupt nicht«, sagte Le-Roy. »Wir kommen alle einzeln zum Rennplatz. Das fällt am wenigsten auf. Der große Parkplatz befindet sich auf der Südseite der Haupttribüne zwischen der Straße und dem Fluss. Ich glaube nicht, dass man uns lange gewähren lässt. Sobald die Klanleute erfahren, was wir tun, kriegen wir Ärger.«

»Niemand kann uns verbieten, auf dem Parkplatz herumzugehen«, sagte Mr Dentry. »Es gibt kein Gesetz, das –«

»Gesetze zählen hier nicht, Dentry«, fiel ihm LeRoy ins Wort.

»Dafür bin ich zuständig«, entgegnete Mr Dentry. »Ich werde dafür sorgen, dass die Gesetze nicht mit Füßen getreten werden!« Er warf noch einen letzten Blick auf die Ruinen, dann drehte er sich um und ging den Pfad zurück, den sie gekommen waren. In seinen Händen hielt er das kleine Kaninchen. Er streichelte es sanft, während er es vor den schweren Regentropfen schützte.

Es war schon gegen neun Uhr am Abend und Kris' Mutter war noch bei ihr im Zimmer, als ihr Vater ins Krankenhaus kam. Nach seiner Rückkehr von Grinders Hollow hatte er im Haustierladen von Hanks Lester den kleinsten erhältlichen Reisekäfig mit Trinkgefäßen und Saugvorrichtung gekauft und im Supermarkt ein Pfund Karotten und einen Kopfsalat besorgt. Den Boden des Käfigs hatte er mit einem alten T-Shirt ausgelegt, so dass das Kaninchen beim Herumtragen auf dem glatten Hartplastik nicht von einer Ecke in die andere geschleudert wurde. Den

Käfig in einer Reisetasche verpackt, damit er ihn ungesehen am Anmeldepult des Krankenhauses vorbeischmuggeln konnte, erreichte er schließlich das Zimmer im zweiten Stock, in dem seine Frau und Kris ihn erwarteten. Mr Dentry bemerkte sofort, dass mit Kris etwas nicht mehr stimmte. Obwohl sie nun von allen Schläuchen befreit war, sah sie bedrückt drein. Der Big Mac, den ihr ihre Mutter mitgebracht hatte, stand unangetastet auf dem Tischchen neben dem Bett. Als sich ihr Vater über sie beugte, um ihr einen Kuss zu geben, klammerte sie sich an ihm fest und brach lautlos in Tränen aus.

»Howard, es ist höchste Zeit, Kris nach Hause zu bringen«, sagte Mrs Dentry, die beim Waschbecken stand und versuchte, einen Ketchup-Fleck aus ihrem Kleid zu waschen. »Den ganzen Abend haben wir hier voller Sorge auf dich gewartet. Das ist nichts für mich und für Kris, Howard.«

Mr Dentry löste sich von seiner Tochter und setzte sich auf den Bettrand. Seine Frau beobachtete ihn im Spiegel.

»Die Reifenpanne hat mich aufgehalten«, sagte Mr Dentry. »Aber es hat sich gelohnt, nach Grinders Hollow hinauszufahren.« Er öffnete den Reißverschluss der Tasche und entnahm ihr den kleinen Käfig. Neugierig geworden, kam Mrs Dentry vom Waschbecken herüber.

»Was hast du denn da, Howard?«, fragte sie. »Du hast doch nicht etwa einen kleinen

Hund . . .« Sie blieb stehen, als ihr Mann das Käfigtürchen aufmachte, mit der anderen Hand hineinlangte und einen kleinen grauen Pelzknäuel heraushob.

»Das Kaninchen hat mir Jake Boyd mitgegeben«, sagte Mr Dentry, das Kaninchen nun mit beiden Händen haltend, so dass nur noch sein Kopf und die nach hinten gelegten Ohren sichtbar waren.

»Ein Kaninchen«, sagte Mrs Dentry ratlos.

»Eines von Dolans Kaninchen«, erklärte Mr Dentry. Er streckte es Kris entgegen. »Für dich, Kris. Eines von Dolans Kaninchen hat am Tag des Unfalls einen Wurf Junge zur Welt gebracht.«

Kris nahm das Kaninchen aus den Händen ihres Vaters.

»Lieber Gott«, sagte sie leise, während sie dem Kaninchen mit den Fingern sachte über den Kopf und die kleinen Löffel strich.

»Ein Kaninchen«, sagte Mrs Dentry noch einmal, dieses Mal mit einem Kopfschütteln. »Howard, kannst du mir vielleicht sagen, was wir mit diesem Kaninchen anfangen sollen?«

Mr Dentry hob die Schultern.

»Ich nehme an, dass wir es mit nach Hause nehmen.«

»Nach Hause?«

»Nach Atlanta.«

»Howard, in diesem Haus ist kein Platz für ein Kaninchen. Kaninchen sind keine Haustiere, sondern Farmtiere. Wir . . .«

»Wir könnten im Garten einen kleinen Hasenstall bauen mit einem Zaun darum herum,
Gloria«, unterbrach Mr Dentry seine Frau.
»Diese Entscheidung soll jedoch Kris treffen
und nicht wir.«

»Howard, ein Kaninchen braucht Pflege. Ich
glaube nicht, dass Kris gewillt ist, ihre ohnehin
spärliche Freizeit der Pflege eines kleinen Ka-
ninchens zu widmen.«

Kris blickte zu ihrer Mutter auf und ihre ver-
weinten Augen verrieten Mrs Dentry, dass keine
Argumente Kris davon abbringen konnten dieses kleine Kaninchen zu behalten.

»Also«, sagte sie deshalb einlenkend, »eines
soll euch jedoch schon jetzt klar sein: Dieses Kaninchen kommt mir nicht ins Haus und seinen
Stall werde nicht ich ausmisten!«

Kaum hatte sie ausgesprochen, erklangen
Schritte auf dem Flur.

»Dr. Stuart«, flüsterte Kris, die seine Schritte
erkannte. Ihr Vater reagierte sofort. Er war
schon dabei, den Käfig in der Reisetasche verschwinden zu lassen, während Mrs Dentry Kris
bedeutete, das Kaninchen schnell unter dem
Betttuch zu verstecken. Als Dr. Stuart einige Sekunden später das Zimmer betrat, saß Mrs
Dentry auf dem Bettrand und rieb mit einem
feuchten Taschentuch am Ketchup-Fleck herum, während Mr Dentry auf dem Stuhl saß, ein
Bein übers andere geschlagen, den eintretenden
Arzt hinter der vorgehaltenen Hand hervor an-
gähnend.

Dr. Stuart betrat das Zimmer, blieb abrupt stehen und holte erst einmal durch die Nase schnüffelnd Luft.

»Hier riecht es wie in einem Hasenstall«, stellte er voller Argwohn fest. »Diesen Geruch kenne ich von meiner Jugend her. Ich hatte zu Hause zwei Kaninchen, die sich so schnell vermehrten, dass mein Hasenstall bald aus allen Fugen geriet.«

»Der Geruch hängt wahrscheinlich in meinen Kleidern«, erklärte Mr Dentry. »Ich war bei den Boyds. Da gibt es jede Menge Kaninchen.«

»Ich habe gehört, dass Sie nach Grinders Hollow gefahren sind, Mr Dentry«, antwortete Dr. Stuart ernst. »Die ganze Stadt spricht davon. In den Kneipen wurden Wetten abgeschlossen.«

»Wetten?«

»Die Leute sind sich nicht sicher, ob Sie eines Tages spurlos verschwinden oder ob man Ihren Leichnam in einem Straßengraben findet.«

Mr Dentry winkte lachend ab.

»Das ist kein Scherz, Howard«, fuhr ihn Mrs Dentry an. »Sagen Sie es ihm, Dr. Stuart! Sagen Sie ihm bitte, dass hier kein Mensch die Wahrheit über den Unfall wissen will! Sagen Sie ihm, dass niemand auf seiner Seite ist und dass ihm ganz leicht etwas zustoßen könnte!«

Dr. Stuart ging zum Fenster und machte es einen Spaltbreit auf.

»Hasengeruch bringt man gern mit Ängstlichkeit in Verbindung, nicht wahr«, sagte er und drehte sich zum Bett um. »Mr Dentry, Ihre

180

Tochter könnte das Krankenhaus morgen verlassen und mit einer Ambulanz nach Atlanta gebracht werden.«

Mr Dentry erhob sich vom Bett. Er blickte seine Tochter an. Dann seine Frau.

»Howard, wir sollten nach Hause zurückkehren«, sagte Mrs Dentry.

»Kann mir vielleicht jemand erklären, was hier während meiner Abwesenheit geschehen ist?«

»Hast du denn die Zeitung noch nicht gelesen, Howard?« Mrs Dentry nahm eine zusammengefaltete Ausgabe des *Wakefield Citizen* vom Tischchen, schlug sie auf und reichte sie ihrem Mann. Auf den ersten Blick fiel Mr Dentry die fett gedruckte Schlagzeile auf.

KLAN WIRD BESCHULDIGT

Und als Untertitel:

Schattenboxen eines Staranwaltes

Schnell überflog er den Artikel.

Obwohl in Wakefield jedes Kind weiß, dass der Ku-Klux-Klan der Vergangenheit angehört, wird ihm jetzt die Schuld an einem schrecklichen Verkehrsunfall angelastet. Der berühmte Staranwalt aus Atlanta, Howard Dentry, will Beweise dafür gefunden haben, dass der Klan für den Tod des Taxifahrers Dolan Boyd verantwortlich ist und der Unfall, der sich auf dem Highway 330 zwischen Wakefield und Springtown ereignet hat, nicht, wie bisher angenommen, durch Selbstverschulden zustande kam. »Nachdem ich mir den Unfallort persönlich an-

gesehen habe, besteht für mich kein Zweifel, dass Mr Boyds Taxi bei einem Überholmanöver von der Seite gerammt wurde und dabei von der Straße abkam«, gab Mr Dentry heute Morgen bekannt. Auf die Frage des Wakefield Citizen, ob er sich denn vorstellen könne, dass der Ku-Klux-Klan etwas mit dem Unfall zu tun haben könne, meine Mr Dentry: »Das halte ich nicht für ausgeschlossen. Intoleranz und Vorurteile sind noch immer fest verwurzelte Übel unserer Gesellschaft. Solange dies so ist, gibt es auch den Klan!« Mr Dentry ist bereit, sich so lange in Wakefield aufzuhalten, bis dieser Fall geklärt ist.

Mr Dentrys Tochter Kristine liegt zurzeit immer noch im St. Josephs Hospital und wird heute von Sheriff Sutro aufgefordert werden, eine endgültige Aussage über den Hergang des Unfalls zu Protokoll zu geben. Sheriff Blake Sutro und Mr Howard Dentry sind Jugendfreunde. Dazu Sheriff Sutro: »Alles deutet darauf hin, dass Mr Boyd die Herrschaft über sein Taxi entweder durch den Zusammenprall mit einem Reh verloren hat oder durch seine eigene Unaufmerksamkeit.«

Sheriff Sutro ist trotz aller Meinungsverschiedenheiten bereit, Mr Dentry bei seinen Untersuchungen nicht im Weg zu stehen. »Mr Dentry ist zwar kein Detektiv, der auf solcherlei Unfälle spezialisiert ist, aber solange er die Untersuchungen der Polizei nicht gefährdet, stehe ich ihm gern mit Rat und Tat zur Verfügung.« Ob es Mr

Dentry gelingt, die Geister des Klans aus ihrem Totenschlaf zu wecken, bleibt abzuwarten.

Mr Dentry blickte von der Zeitung auf. Dr. Stuart stand beim Fenster, die Arme über der Brust verschränkt. Mrs Dentry setzte sich auf den Bettrand und Kris langte nach den Pommes, die längst kalt geworden waren und nach nichts mehr schmeckten.

»Von diesem Zeug lasst ihr euch Angst einjagen«, sagte Mr Dentry kopfschüttelnd.

»Wir sind nicht wie du, Howard«, antwortete Mrs Dentry. »Solche Angriffe gehen dir wohl nicht mehr unter deine dicke Juristenhaut, die du dir im Lauf der Jahre zum Schutz zugelegt hast. Kris und ich, wir können das nicht. Wir sind leichter verwundbar, Howard, und ich glaube, das ist gut so.«

»Dann ist es auch dein Wunsch, nach Atlanta zurückzukehren, Kris?«

Kris schluckte. »Es ist wahr, dass die Leute hier die Wahrheit nicht wissen wollen, Dad.«

»Im Kampf um Gerechtigkeit ist das kein sehr schlagkräftiges Argument, Kris.« Mr Dentry warf die Zeitungs aufs Bett. »Ich bin nach Grinders Hollow hinausgefahren, um mir ein Bild von einem Jungen zu machen, in den sich meine Tochter auf den ersten Blick verliebt hat. Ich –«

»Howard, wie kannst du nur so etwas sagen!«, fiel Mrs Dentry ihrem Mann ins Wort. »Kris hat sich ganz bestimmt –«

»Gloria, warum fragst du Kris nicht selbst?«

Mrs Dentry warf den Kopf herum und blickte ihre Tochter mit großen ungläubigen Augen an.

»Kris, sag mir, dass das nicht wahr ist, was dein Vater eben gesagt hat.«

Kris versuchte dem Blick ihrer Mutter standzuhalten. »Es stimmt«, sagte sie. »Ich mochte ihn vom ersten Moment an. Es war genau dieses Gefühl, von dem du mir erzählt hast, Mom, als du Vater zum ersten Mal begegnet bist. Während wir durch die Nacht fuhren, wünschte ich mir, dass die Fahrt niemals zu Ende ginge.«

»Kris, ich . . . ich . . .« Ihre Mutter erhob sich vom Bettrand. Sie blickte ihren Mann an und ihre Augen waren wild vom Schmerz, der in ihr tobte. Mit einem Ruck wandte sie sich ab und ging auf die offen stehende Tür zu.

»Ich fahre nach Hause«, sagte sie, aber noch bevor sie die Tür erreichte, begann sie zu wanken. Ein gepresstes Stöhnen entrang sich ihrer Kehle und sie griff mit einer Hand Halt suchend nach dem Türrahmen. Dr. Stuart und Mr Dentry waren mit ein paar schnellen Schritten bei ihr. Dr. Stuart stützte sie, so dass sie nicht das Gleichgewicht verlieren und hinfallen konnte.

»Kommen sie, Mrs Dentry, Sie müssen sich hinsetzen«, sagte Dr. Stuart zu ihr und er führte sie zum Stuhl, auf dem sie sich schwer niederließ. Alle Farbe war aus ihrem Gesicht gewichen und es schien Kris, als wären selbst ihre blutrot geschminkten Lippen um einen Schein blasser geworden. Dr. Stuart klingelte nach der Nachtschwester und schickte sie, ein kreislaufstärkendes Medikament zu holen. Mrs Dentry murmelte, dass es ihr gleich wieder besser gehen würde. »Die letzten Tage waren zu viel für mich«, flüsterte sie. Und dann begann sie zu weinen und Dr. Stuart legte einen Arm um sie.

Das Medikament tat seine Wirkung. Nach einigen Minuten hatte sich Mrs Dentry so weit gefasst, dass sie sich bei Dr. Stuart für ihren Gefühlsausbruch zu entschuldigen vermochte. Es liefen ihr jedoch noch immer Tränen über die Wangen, als sie Kris umarmte.

»Verzeih mir, Kris«, schluchzte sie leise in ihr Ohr. »Leute wie ich sind es, die den Klan so gefährlich machen. Mütter und Väter, die in Ohnmacht fallen, wenn sich ihre Tochter in einen Schwarzen verliebt.«

»Solange ich mich zurückerinnern kann, hast du nie etwas Schlechtes über Schwarze gesagt, Mom«, gab Kris ebenso leise zur Antwort.

»Aber auch nie etwas Gutes, mein Kind. So als existierten sie überhaupt nicht. Ich redete mir ein, dass du sie nicht siehst, solange ich dich nicht auf sie aufmerksam mache. Deshalb habe ich darauf bestanden, dich in eine Privatschule zu schicken. Deshalb bist du im Tennisklub und im Golfklub. Deshalb steht unser Haus nicht irgendwo in Atlanta, sondern in unserem Stadtteil, wo es kaum eine schwarze Familie gibt, außer Dr. Pattersons Familie, und da ist Mrs Patterson immerhin weiß. Ich habe versucht, dich zu schützen, Kris, aber in letzter Zeit habe ich gemerkt, dass du auf Schwarze in einer merkwürdigen Art unbefangen reagierst. Und da habe ich angefangen, dich zu warnen. Ich wollte sicher sein, dass du die Gefahren erkennst, bevor es zu spät ist.«

»Zu spät wofür, Mom?«

»Dein Leben, Kris«, stieß Mrs Dentry hervor und sie gab Kris frei und wischte sich die Tränen vom Gesicht. »Dein Leben in unserer Gesellschaft.«

»Eine Gesellschaft voller Vorurteile«, sagte Kris.

Mrs Dentry nickte.

»Eine Gesellschaft voller Ängste, Kris. Ich bin in ihr aufgewachsen. Es ist die Angst, gegen die Regeln zu verstoßen, mit denen wir seit frühester Kindheit vertraut gemacht wurden.«

»Regeln, die von Vorurteilen bestimmt wurden.«

»Vorurteile, die zu meiner Erziehung gehörten wie Ehrlichkeit, Anstand und Höflichkeit. Rassistisch zu sein war in meiner Familie und in unserer Gesellschaft nicht ein verwerfliches Übel, sondern eine Tugend, auf die wir besonders stolz zu sein lernten.«

»Dann gibst du zu, dass du eine Rassistin bist, Mom?«

Mrs Dentry holte, für alle hörbar, tief Luft. Dann lächelte sie irgendwie verloren.

»Das muss ich wohl«, sagte sie und blickte jetzt ihren Mann an. »Ja, das kann ich nicht län-

186

ger bestreiten nach dem, was hier geschehen ist. Ich will nur, dass du verstehst, wie schwer es ist, sich von seinen Wurzeln zu trennen und beim ersten Windstoß nicht umzufallen.« Mrs Dentry erhob sich vom Bett und nahm ihre Tasche vom Tischchen daneben. »Unsere Erziehung prägt uns alle für den Rest unseres Lebens«, sagte sie und drehte sich Kris zu. »Manchmal wünsche ich, ich hätte damals ausbrechen können, aber ich dachte nicht ein einziges Mal daran. Meine Welt war in Ordnung, Kris. Und das wollte ich auch für dich. Eine Welt, die in Ordnung ist, obwohl ich weiß, dass es sie in Wirklichkeit gar nicht gibt.«

Mrs Dentry blickte Kris einen Moment lang schweigend an, dann drehte sie sich um und ging hinaus. Mr Dentry griff nach seiner Reisetasche. »Ich würde gern einen Moment mit meiner Tochter alleine sein«, sagte er zu Dr. Stuart. Der Arzt machte das Fenster zu und verließ das Zimmer.

»Deine Mutter ist eine mutige Frau, Kris«, sagte Mr Dentry, während er die Reisetasche aufmachte und den Drahtkäfig herausnahm. »Es ist nicht leicht, eine Lüge zuzugeben, mit der man von Kind auf gelebt hat. Den wenigsten Menschen gelingt das.«

»Ich weiß, Dad«, antwortete Kris. Sie nahm das Kaninchen unter dem Betttuch hervor, streichelte es sanft und tat es schließlich in den Käfig.

Nachdem ihre Eltern das Spital verlassen hatten, um in ihr Hotel zurückzukehren, kam

Schwester Susan noch einmal ins Zimmer und brachte Kris einen Pfefferminztee und ein Stück Kuchen. »Hier drin riecht es wie in einem Hasenstall«, sagte sie schnüffelnd und ging wieder hinaus. Kris machte den Fernseher an. Auf einem Kanal liefen die Spätnachrichten. Im Sportteil wurde über das bevorstehende Rennen berichtet, das am Wochenende in Wakefield auf dem County-Festplatz stattfinden sollte. Man erwartete über 15 000 Besucher und Zuschauer aus beiden Counties. Der Favorit für das Hauptrennen war E. J. Croft, der zur Zeit das Punkteklassement anführte. In einem Kurzinterview sagte E. J., dass der Motor seines Wagens optimal laufe und dass er vor allem von Butch und Reid Carver ein starkes Rennen erwarte. »Privat sind wir Freunde«, sagte er mit einem breiten Grinsen im Gesicht, »aber am Sonntag, wenn wir in unseren Kisten hocken, schenken wir uns nichts.«

Danach kam Baseball. Kris' Gedanken waren woanders. Die Erinnerungen an die nächtliche Taxifahrt kehrten zurück. Kleinigkeiten fielen ihr ein. Dass die Federn ihr durch den Sitzstoff in den Rücken drückten. Eine Baustelle an der Straße, kurz vor der Einmündung in den Freeway. Der alte Mann auf dem Bahnsteig und der kleine Hund in seinem Arm. Mr Bacon, der Stationsvorsteher. Der erste Anblick von Bullfrog, als er vor dem Bahnhofsgebäude über den Parkplatz fuhr, dunkel, im schwachen Licht der Laternen, wie ein hungriges Monster auf der Suche nach einem Opfer.

Sie versuchte sich auf den Film zu konzentrieren, der nach den Nachrichten anfing, als in ihr plötzlich aus dem tiefsten Dunkel ein Bild entstand, ein Schimmer nur von Licht und Schatten, ein Hauch, der nach feuchter Sumpferde roch, nach Rauch mit schmorendem Gummi, und Kris spürte, wie sich das Bild formen wollte, sich ihrem Bewusstsein entreißend, als wäre es die Geburt eines Wesens, dem noch keine Gestalt eigen war. Sie merkte, wie ihr der Schweiß ausbrach, vernahm den galoppierenden Schlag ihres Herzens in den Stimmen, die aus dem TV-Lautsprecher kamen, und das Bild in ihr verschmolz mit den sich laufend ändernden Bildern auf dem Bildschirm. Ihren Anstrengungen zum Trotz lösten sich Licht und Schatten auf, und obwohl sie wusste, dass da etwas sein musste, das sie vergessen hatte, etwas, was mit dem Unfall zusammenhing, vermochte sie nicht tiefer in ihr Unterbewusstsein einzudringen. Was konnte es sein, das so abgrundtief in ihr verborgen schlummerte? Noch einmal versuchte sie, alles, was in jener Nacht geschehen war, in ihren Gedanken zu rekonstruieren. Sie begann mit ihrer Ankunft am Bahnhof und sie war dabei, mit ihrem Onkel James zu telefonieren, als das Telefon läutete.

Kris schrak aus ihren Gedanken. Viermal ließ sie das Telefon klingeln, bevor sie sich dazu aufraffen konnte, nach dem Hörer zu greifen und abzuheben.

»Hallo?«

Nichts.

»Hallo? Bist du das, Reid Carver?«

Sie wusste nicht, warum ihr in diesem Moment Reid Carver einfiel, da sie längst nicht mehr daran glaubte, dass er sie noch einmal anrufen würde.

Jetzt wartete sie auf das Klicken in der Leitung, aber es kam nicht. Kris merkte, wie sie unsicher wurde. Die Angst kehrte zurück. Sie wollte auflegen. Da vernahm sie seine Stimme.

»Ich will mit dir reden.«

So einfach war das. Ich will mit dir reden. So als wären sie auf einem Motorrad nach New Orleans gefahren oder sonst wohin. Es verschlug ihr für einige Sekunden glatt die Sprache.

»Hallo. Bist du noch dran?«, fragte er.

»Ja. Aber mit wem . . .«

»Reid. Du weißt schon. Reid Carver. Du hast mich vom Fenster aus gesehen.«

»Nummer zweiunddreißig.«

»Treffer.«

»Okay.« Sie hatte den Schreck überwunden.

»Okay was?«

»Nun, okay, dass du nicht wieder aufgelegt hast.«

Er sagte nichts.

»Worüber willst du mit mir reden?«

»Über was wohl?«

»Über deine alte Kiste mit der Nummer zweiunddreißig drauf. Das ist es doch, worüber ihr andauernd redet, nicht wahr? Über das große Rennen am Sonntag und über eure Kisten?«

»Was weißt du überhaupt?«

»Was ich weiß? Ich weiß zum Beispiel, dass Dolan Boyd den Unfall nicht selbst verschuldet hat. Das weiß ich. Und dass es kein Reh war. Das weiß ich auch.«

Er lachte auf.

»Warum lachst du? Macht es dich nervös, über den Unfall zu reden?«

»Am Telefon schon.«

»Warum?«

»Ich rede nicht gern am Telefon.«

»Wenn du willst, kannst du herkommen.«

»Das werde ich natürlich nicht tun.«

»Warum nicht? Hast du Angst, dass man dich dabei sehen könnte?«

»Ich mag keine Telefone und keine Krankenhäuser.«

»Weißt du, dass ich die zweifelhafte Ehre hatte, mit deinem Vater zu reden?«

»Ja. Das hat er mir gesagt.«

»Und?«

»Er hat mir gesagt, dass er dir klipp und klar seine Meinung sagte.«

»Klipp und klar.«

»Bist du sauer deswegen?«

»Sauer? Dein Vater kann froh sein, dass ich an mein Bett gefesselt bin.«

»Was würdest du sonst tun?«

»Ich würde ihm in seinem Laden einen Besuch abstatten und ihm *meine* Meinung sagen.«

»Das wäre lächerlich!«

»Warum denn? Jemand muss diesem Klotz einmal die Meinung sagen.«

»Er lässt sich von niemandem die Meinung sagen. Dazu ist er zu dickschädlig.«

»Zu dumm!«

»Das vielleicht auch. Ich weiß es nicht. Ich komme gut mit ihm zurecht. Er sorgt dafür, dass ich die Karre bei den Rennen melden kann. Er gibt mir die Kohle, verstehst du?«

»Bist du früher gegen Jake Boyd gefahren?«

»Mein Bruder Butch ist gegen ihn gefahren. Und Billy Rowan hatte eine Karre. Und E. J. Die haben sich jedes Mal ganz schön gnadenlose Rennen geliefert. So nannten wir sie. Die drei Gnadenlosen.«

»Und meistens hat Jake The Snake gewonnen?«

»Stimmt.«

»Und da hat Billy Rowan auf ihn geschossen?«

»Stimmt.«

»Und dafür, dass Billy Rowan in den Knast kam, ist nun Dolan Boyd bestraft worden?«

Reid Carver schwieg.

»Reid?«

»Ja.«

»Es stimmt doch, nicht?«

»Ich rede am Telefon nicht über den Unfall!«

»Aber du weißt, wer ihn verschuldet hat? Du weißt, dass der Klan etwas damit zu tun hat, nicht wahr? Deswegen willst du nicht am Telefon –«

»Können wir uns irgendwo treffen?«, unterbrach er sie.

»Wozu?«

»Ich muss mit dir unter vier Augen reden.«

»Wann?«

»Morgen.«

»Wann morgen?«

»Mitternacht!«

»Hups!«

»Schaffst du das?«

»Um Mitternacht?«

»Ja.«

»Wie komm ich da raus?«

»Schleich dich raus.«

»Um Mitternacht ist es totenstill hier drin. Und die Nachtschwester schläft nicht.«

»Ich warte auf dich. Auf der anderen Seite des Parkplatzes. Dort, wo sich der Taxistand befindet. Wenn du aus dem Fenster schaust, siehst du dort eine Telefonzelle. Dort warte ich mit meiner Karre. Schaffst du das?«

»Nicht, wenn's umsonst ist«, sagte Kris. »Ich will wissen, wer uns angefahren hat. Ich will wissen, wem der Pick-up gehört, der uns gerammt hat, und wer drin saß.«

»Wir werden darüber reden. Mehr verspreche ich dir nicht!«

»Bist du etwa dabei gewesen?«, fragte Kris.

»Nein.«

»Gut, ich versuch's. Wenn du mich fünf Minuten nach Mitternacht noch nicht siehst, kannst du davon ausgehen, dass sie mich geschnapft und vorübergehend in eine Zwangsjacke gesteckt haben.«

»Du schaffst es.«

Jetzt klickte es. Kris legte auf. Kevin Costner erschien auf dem Bildschirm. Sie starrte in die Glotze, ohne etwas zu sehen. Ihre Gedanken waren bei ihrem Telefongespräch mit Reid Carver. Sie überlegte sich, ob sie überhaupt imstande war, das Bett zu verlassen und den langen Flur bis zum Aufzug entlangzugehen. Und was würde sein, wenn ihr plötzlich die Nachtschwester begegnete? Kris warf einen Blick auf ihre neue Swatch. Es war kurz vor zehn Uhr. Zwei Stunden bis Mitternacht. Sie erhob sich und ging zum Schrank. Dort hingen die Kleider, die ihre Mutter aus dem Modehaus für sie gebracht hatte. Einen der weiten Schrumpelröcke, der fast bis zu ihren Knöcheln hinunterreichte, eine schwarze Bluse mit kurzen Ärmeln, ein Büstenhalter, den sie lieber nicht anziehen wollte, solange die Rippen noch schmerzten, Slips mit Teddybären drauf und ein Paar Doc-Martens-Schuhe mit weißen Socken. Kris nahm das Zeug aus dem Schrank und legte es aufs Bett. Sie zog den Vorhang ein Stück zu, so dass man sie von der offenen Tür her nicht sehen konnte, streifte das Krankenhaushemd ab und begann sich, jede abrupte Bewegung vermeidend, anzuziehen. Im Fernseher lief noch der Film. Bodyguard. Whitney Houston sang. Kevin stand stumpfsinnig da und man konnte ihm ansehen, dass er verliebt war.

Kris zog die Doc-Martens an. Als sie sich vom Bett erhob, wurde ihr schwindelig. Sie hielt sich am Vorhang fest und wartete, bis sie sich besser fühlte.

Die Nachtschwester war nicht an ihrem Platz. Das Telefon, das auf ihrem Pult stand, blinkte. Kris ging langsam weiter, bis zu den beiden Chromstahltüren des Aufzugs. Erschöpft lehnte sie sich dort gegen die Wand und drückte auf den Knopf. Eine der beiden Türen öffnete sich sofort. Mit klopfendem Herzen betrat sie den Aufzug und fuhr hinunter ins Erdgeschoss. Dort war Hochbetrieb. Bei einem Ehestreit war ein Mann von seiner Frau niedergestochen worden. Notfallärzte und Schwestern rannten den Flur entlang zum Notfall-Operationssaal. Von draußen drang Sirengeheul in das Spital. Es wurde schnell lauter und dann erstarb es plötzlich. Rotlicht glitt in kurzen schnellen Abständen über die Scheiben der Eingangstür, die sich automatisch öffneten. Ambulanzärzte in weißen Kitteln stürzten herein, schoben eine Trage, auf Rädern laufend, den Flur hoch. Eine Krankenschwester hielt einen Plastikbeutel hoch, von dem ein dünner Schlauch zum nackten Arm des Mannes führte, der nur mit einer Unterhose bekleidet auf der Trage festgeschnallt war. Der Mann war ein Schwarzer. Kris konnte nicht sehen, wo er verletzt war, aber sein nackter Körper war überall mit Blut verschmiert und im Gesicht hatte er Blutspritzer.

Außer der Unterhose trug er noch einen Tennisschuh ohne Schnürsenkel. Die Ambulanzen karrten den Verletzten im Eiltempo an Kris vorbei. Ein Zeitungsreporter jagte heran, überholte die Trage und fotografierte den Verletzten mit Blitzlicht. Eine Krankenschwester fiel dem Reporter in den Arm. »Kein Zutritt!«, rief sie. »Verstehen Sie denn nicht! Sie dürfen hier nicht sein!«

»Okay, ich habe das Bild, das ich brauche, ohnehin im Kasten«, grinste der Reporter. Seine Kamera surrte und klickte, während er den Flur zurückkam. Er blickte Kris an, die mit dem Rücken an der Wand lehnte, und Kris sah, wie sich seine Augen weiteten.

»He«, rief er aus. »He, was ist mit dir, Mädchen. Siehst ein bisschen schlapp –« Er brach mitten im Satz ab, stürzte herbei und packte Kris beim Arm, gerade als sie anfing, an der Wand entlang zu Boden zu rutschen. Kris hörte ihn nach Hilfe rufen, dann wurde seine Stimme schwächer und dann hörte sie nichts mehr.

Sie erwachte. Jemand beugte sich über sie. Wie aus dem Nichts entstand über ihr das Gesicht ihrer Mutter.

»Kris, falls du wach bist, würde ich gern von dir erfahren, was geschehen ist.«

Kris machte die Augen zu. Ihr Mund war ausgetrocknet. Die Stimme ihrer Mutter hallte wie ein Echo durch ihren Kopf.

»Kris.«

»Lass sie, Gloria. Sie ist bestimmt noch nicht

in der Lage, dir auf deine Fragen Rede und Antwort zu stehen.«

Jetzt machte Kris die Augen auf. Das Neonlicht blendete sie, aber sie konnte die Gestalt ihres Vaters sehen, der am Fußende des Bettes
stand.

»Ich . . . ich würde gern etwas trinken«, sagte
Kris leise.

Ihre Mutter nahm ein Glas Wasser vom Rolltischchen und sie schob ihre Hand unter Kris'
Rücken und half ihr, sich so weit aufzurichten,
dass sie trinken konnte. Kris trank einige Schlu-
cke und ihre Mutter wischte ihr mit einem Pa-
piertaschentuch das Wasser vom Kinn, bevor es
ihr ins Nachthemd tropfen konnte.

Ihr Vater blickte sie stumm an. Er trug ein
kurzärmeliges Hemd, das ihm über die Hose herunterhing. Sein Haar war ungekämmt und er
hatte dunkle Bartschatten im Gesicht.

»Trink, Kris«, forderte ihre Mutter sie auf.

»Ich habe genug«, sagte Kris. »Danke.«

»Was ist geschehen?«, fragte sie ihren Vater.
Seine Augen waren ernst.

»Was geschehen ist?« Ihre Mutter schüttelte
den Kopf. »Weißt du das denn wirklich nicht,
Kris?«

»Ich glaube, ich wollte mir ein bisschen die
Füße vertreten«, sagte Kris.

Ihr Vater blickte sie prüfend an.

»Die Füße vertreten«, sagte ihre Mutter. »Wo
wolltest du denn hin, Kind?«

»Nirgendwohin, Mom.«

»Siehst du«, sagte ihr Vater.

Ihre Mutter schüttelte den Kopf. »Du wolltest doch nicht etwa das Krankenhaus verlassen, Kind?«

»Oh, natürlich nicht, Mom.«

»Siehst du«, sagte ihr Vater.

Ihre Mutter warf ihm einen bösen Blick zu.

»Du hast dich vollständig angezogen, Kris. Du hast die Schuhe angezogen und sie sogar zugeschnürt. Dabei standen deine Pantoffeln neben dem Bett.«

»Das weiß ich, Mom. Ich habe mich gelangweilt und da fiel mir ein, mich mal anzuziehen.« Kris lächelte. »Ich wollte sehen, ob ich mich überhaupt anziehen kann. Alleine, meine ich. Es ging besser, als ich es erwartet habe. Und da zog ich gleich die Schuhe an, weil man mit denen auf dem gebohnerten Flurboden nicht so leicht ausrutschen kann wie mit Pantoffeln.«

»Warum bist du nicht hier oben geblieben? Und warum hast du nicht der Nachtschwester Bescheid gegeben, Kris?«

»Ich weiß nicht, Mom.«

»Du weißt nicht?«

»Nein.«

Ihre Mutter seufzte ergeben.

»Sie ist deine Tochter, Howard!«

Ihr Vater lächelte.

»Du hättest dich verletzen können, Kris«, sagte er.

»Dr. Stuart wird das bestimmt nicht gutheißen, was du getan hast, Kris«, sagte ihre Mutter.

»Wie fühlst du dich?«, fragte ihr Vater.

»Ein bisschen benommen.«

»Soll ich die Nachtschwester rufen?«

»Nein. Wo sind meine Kleider?«

»Im Schrank.« Ihre Mutter machte die Schranktür auf und wieder zu. »Kris, du hast uns einen furchtbaren Schreck eingejagt. Bitte tu das nicht wieder, hörst du?«

»Ja.«

Mrs Dentry kam zum Bett, beugte sich über sie und gab ihr einen Kuss. Kris umarmte sie. Bevor sie gingen, sagte ihr Vater, dass am Abend jemand einen Stein in das Schaufenster der Waffenhandlung von William »Magnum« Carver geworfen hatte. »Die Scheibe zersplitterte und die Alarmanlage ging los.«

»Weiß man, wer es getan hat?«, fragte ihn Kris.

Ihr Vater schüttelte den Kopf.

»Niemand hat etwas gesehen. Aber ich brauche dir nicht zu sagen, wen man dafür verantwortlich machen wird.«

Howard Dentry kam um das Bett herum und nahm Kris bei der Hand. Er drückte sie stumm.

»Gute Nacht, Liebling«, sagte er.

»Gute Nacht, Dad«, sagte Kris. »Gute Nacht, Mom.«

»Gute Nacht, Kris.« Ihre Mutter war schon bei der Tür.

5

Vom Crossroad Store aus führte die ungeteerte Straße durch die sumpfigen Niederungen des Stony-Creek-Tales, das sich flach nach allen Richtungen hin ausbreitete, über die Grenze der Yalabusha County und nach Süden hin bis zu den ersten Hügelzügen, die sich buckelig aus dem Sumpfland erhoben, mit Wäldern an den Nordhängen und schmalen Tälern, die tief in das Hochland hineinführten, das in der Ferne in dunkler Stille Himmel und Erde voneinander trennte. Die Straße führte im tiefen Nachtschatten der Sumpfzypressen südwärts, rot in der Sonne, blass im Licht der Scheinwerfer, wenn sich die Dunkelheit über das Land gelegt hatte und ein Mann ohne Licht verloren war.

Der Mond schien.

Mr Haumesser hörte das Auto. Er saß am Tisch und tunkte Brot in eine dünne Pilzsuppe, die er in der Dose auf dem Herd heiß gemacht hatte. Seine Frau war vor dem Fernseher eingeschlafen und Mr Haumesser hatte den Fernseher ausgemacht und nun hörte er die leise schnarchenden Atemzüge seiner Frau. Und er hörte das Auto und hob den Kopf und lauschte, ob das Auto zur Kreuzung hin langsamer wurde oder ob es sein Tempo beibehielt und an der

Kreuzung und am Store vorbeifahren würde, weiter nach Springtown, wo es einen Saloon gab, ein Restaurant und einen Store, der bis elf Uhr in der Nacht geöffnet war.

Das Auto wurde langsamer und Mr Haumesser tat das Brotstück, das er in der Suppe aufgeweicht hatte, nicht in den Mund, sondern legte es sachte auf den Tellerrand. Er stand auf, ging durch das Wohnzimmer, ging über den alten Teppich, der an einigen Stellen bis auf die nackten Fäden durchgelaufen war, zur Tür, die in die Küche führte. In der Küche brannte kein Licht und Mr Haumesser schlurfte zum Fenster neben der Tür. Durch eine Spalte im Vorhang lugte er hinaus über den leeren Platz zur Straße hin, die vom Scheinwerferlicht überflutet war. Das Auto wurde so langsam, dass es bei der Kreuzung beinahe zum Stillstand kam, und dann schwenkte es ab, fuhr nicht weit auf der ungeteerten Straße, bis es schließlich stehen blieb, und es kam rückwärts im Staub die Straße entlang, bog rückwärts auf den Platz ein und blieb vor dem Vorbau des Ladens stehen.

Die Scheinwerfer gingen aus.

Die Lampe, die an einem Pfahl am Ende des Vorbaues hing, beleuchtete nun den Platz und das Auto. Um die Lampe herum bewegte sich eine Wolke von durcheinander wirbelnden Mücken und Motten. Die Hunde begannen zu bellen.

Das Auto stand still auf dem Platz. Keine der Türen ging auf. Mr Haumesser spürte sein Herz

schneller schlagen, während er durch die Vor-
hangspalte hinausstarrte, und er spürte die
Angst, die in ihm ausbrach und ihm den
Schweiß auf die Stirn trieb. Er wagte es nicht,
sich vom Fleck zu rühren, und er wünschte sich,
seine Frau wäre aufgewacht, aber er hörte ihre
Atemzüge, gleichmäßig und mit dem gleichen
Geräusch wie ein Echo ewig dauernder Nächte,
die er mit ihr in eingeschlossener Stille verbracht
hatte.

Da ging die Autotür auf. Für Sekunden
wurde die Innenleuchte eingeschaltet und Mr
Haumesser sah, dass sich vier oder fünf Männer
im Auto befanden, Gestalten, die zusammenge-
drängt auf dem hinteren Sitz saßen, und einer
von ihnen stieg aus und machte die Tür zu und
blieb einen Augenblick neben dem Auto stehen, einen langen dünnen Schatten über den
Platz werfend. Dann kam der Mann langsam
über den Platz auf das Wohnhaus zu und er
blickte geradewegs zum Küchenfenster hoch
und Mr Haumesser duckte sich und dann hastete er durch die Küche ins Wohnzimmer und
zerrte die Schrotflinte unter dem Sofa hervor.
Mrs Haumesser erwachte, als draußen jemand
den Vorbau betrat, schweren Schrittes zur Tür
kam und mit den Knöcheln gegen die Scheibe
klopfte.

Mr Haumesser richtete sich mit der Schrotflinte in den Händen auf. Er blickte seine Frau
an und seine Frau blickte ihn an und dann sahen
sie durch die Türöffnung und durch die dunkle

Küche zur Tür. Auf der Milchglasscheibe bewegte sich ein schwacher Schatten.

»Mach nicht auf«, flüsterte Mrs Haumesser. »Bitte, mach nicht auf, Helmut!«

»Jemand wach dort drin?«

Die Stimme drang durch das Milchglas, zerschmetterte die Stille im kleinen Haus, in dem es nach alten Dingen roch, nach modrigem Holz und nach Pilzsuppe.

»Mr Haumesser, würden Sie bitte mal zur Tür kommen. Ich bin's, Mr Rowan vom Autohaus. Ron Rowan. Sie erinnern sich bestimmt. Ich habe Ihnen Ihren letzten Pick-up verkauft. Zehn Jahre mögen das her sein. Läuft sicher noch, stimmt's?«

»Mr Rowan«, flüsterte Mr Haumesser. »Ich muss ihm aufmachen.« Er warf die Schrotflinte so hastig aufs Sofa, dass sie von dort zu Boden fiel.

»Moment, Mr Rowan!«, rief er, während er durch die Küche zur Tür eilte. Er drehte den Verriegelungsmechanismus am Knauf und öffnete die Tür. Hinter ihm machte Mrs Haumesser das Licht an.

»Guten Abend, Helmut. Guten Abend, Mrs Haumesser. Ich weiß, dass es ziemlich spät ist. Haben Sie schon geschlafen?«

»Nein. Nur meine Frau. Sie schläft meistens vor dem Fernseher, Mr Rowan.« Mr Haumesser machte die Tür ein wenig weiter auf. »Was kann ich für Sie tun, Mr Rowan?«

»Darf ich kurz eintreten?« Ron Rowan wartete nicht auf eine Antwort. Er trat einfach ein und drückte die Tür hinter sich ins Schloss. Schnell blickte er sich in der Küche um, lächelte, als er bemerkte, dass der Vorhang vor dem Fenster nicht ganz zugezogen war, trat an das Fenster heran und blickte durch die Spalte hinaus auf den Platz, auf dem das Auto stand, und weiter zur Straße hin und die Straße entlang, die eigentlich hinter den Büschen, die am Rand wuchsen, nicht mehr zu sehen war.

»Von hier aus haben Sie das Feuer gesehen, nicht wahr, Helmut?«

Mr Haumesser wusste gleich, von welchem Feuer die Rede war. Er nickte.

»Ja. Ich stand –«

»Was genau haben Sie gesehen, Helmut?«, unterbrach Ron Rowan den alten Mann. Er wandte sich vom Fenster ab und ging langsam durch die Küche bis zur Tür, die ins Wohnzimmer führte. Er warf einen Blick ins Wohnzimmer, sah die Schrotflinte am Boden liegen, sah den Teller auf dem Tisch, sah den weichen Brotklumpen auf dem Tellerrand und vor dem Fernseher den Liegestuhl, über dem ein bunter Flickenteppich ausgebreitet war, sah die alte Großvateruhr an der Wand, die schon fast elf anzeigte, das Bild mit dem Hirsch, auf Samt gemalt, das Bild mit dem Heiland und den Schafen, das vergilbte Hochzeitsfoto im goldenen Rahmen. Ron Rowan ging zum Sofa und hob die Schrotflinte auf und er kam mit ihr zurück in die Küche und legte sie auf die Anrichte.

»Das Feuer, Helmut!«, sagte Ron Rowan.

»Ja.« Auf der zerfurchten Stirn des alten Mannes bildeten sich glitzernd Perlen von Schweiß.

»Das Feuer können Sie wohl kaum gesehen haben, Helmut, weil nämlich die Straße dort bei der Biegung von hier aus hinter dem dichten Gestrüpp nicht mehr zu erkennen ist.«

»Es war . . . es war . . .«

»Der Schein des Feuers, den Sie gesehen haben, nicht wahr?«

Mr Haumesser nickte.

»Wer war an jenem Tag hier, Helmut?«

»Hier?«

»Bei Ihnen. Im Store.«

»Ich weiß nicht mehr, wer alles . . .«

»Am Abend, Helmut! Oder in der Nacht! Um diese Zeit ungefähr. Wer waren die letzten Kunden an diesem Abend, Helmut?«

Mr Haumesser hob die Schultern.

»Das war . . . das war . . .« Mr Haumesser schüttelte den Kopf. »Ich weiß nicht mehr, wer . . .«

»Sheriff Sutro war hier und hat Ihnen diese Frage bereits gestellt, nicht wahr?«

»Ja.«

»Und was haben Sie ihm gesagt?«

»Dass ich mich nicht erinnern kann.«

»Gut, Helmut. Es ist gut, wenn Sie sich nicht daran erinnern können.« Ron Rowan ging zur Anrichte und nahm die Schrotflinte in die Hände. Er studierte sie, spannte den Hahn und richtete sie, den Kolben fest gegen seine Schulter gedrückt, auf einen rußgeschwärzten Kochtopf, der über dem Herd an einem Wandhaken hing.

»Sie werden auch vergessen, dass ich heute Nacht hierher gekommen bin, nicht wahr, Helmut?«, sagte Ron Rowan und ganz langsam drehte er sich auf der Stelle, bis die Mündung der Schrotflinte auf Mr Haumessers Brust zeigte. »Falls jemand fragt, Sheriff Sutro zum Beispiel oder Mr Dentry, sagen Sie, dass Sie in dieser Nacht nichts gehört und nichts gesehen haben.«

»Ich habe geschlafen, Mr Rowan«, versicherte der alte Mann.

»Prima, Helmut.« Ron Rowan entspannte die Schrotflinte, senkte sie und lächelte zufrieden. »Was glauben Sie, Helmut, wer an dem Unfall schuld ist?«

»Das . . . das weiß ich nicht, Mr Rowan«, stieß der alte Mann leise hervor.

»Das wissen Sie nicht?«

»Nein.«

»Dann will ich es Ihnen sagen, Helmut. Der Nigger hat nicht aufgepasst. Deshalb ist seine Karre von der Straße abgekommen.« Ron Rowan ging ins Wohnzimmer zurück und legte die Schrotflinte auf das Sofa. Mrs Haumesser beobachtete ihn. Er lächelte ihr zu. »Gute Nacht, Mrs Haumesser. Schlafen Sie gut.«

»Sie auch, Mr Rowan«, murmelte Mrs Haumesser.

Beim Hinausgehen blieb Ron Rowan auf der Veranda stehen und wandte sich nach dem alten Mann um.

»Falls Sie ein neues Auto brauchen, Helmut, kommen Sie ungeniert bei unserer Firma vorbei. Ich glaube, unter unseren Gebrauchtwagen steht ein fast neuer Chevy, den ich Ihnen zu einem Freundschaftspreis abgeben könnte.«

»Ich fahre nicht mehr oft«, sagte Mr Haumesser. »Einmal im Monat. Manchmal nicht einmal das.«

»Na gut, Helmut. Auf Wiedersehen.«

»Auf Wiedersehen.« Mr Haumesser machte die Tür zu, wischte sich mit dem Handrücken den Schweiß von der Stirn und schlurfte zum Fenster. Durch den Vorhangspalt sah er, wie Ron Rowan einstieg. Die Scheinwerfer gingen an. Das Auto fuhr langsam und fast geräuschlos vom Platz und auf die ungeteerte Straße hinaus, die nach Grinders Hollow führte. Mr Haumesser blickte dem Auto nach, bis die Heckleuchten im Dunkel verschwunden waren.

Mr und Mrs Haumesser schliefen nicht in dieser Nacht. Später, lange nach Mitternacht, hörten sie das Auto wieder vorbeifahren. Es hielt nicht an der Kreuzung, obwohl sich dort ein Stoppschild befand. Erst als das Auto nicht mehr zu hören war, stand Mr Haumesser auf und ging zum Fenster. Einige Minuten lang spähte er in die Nacht hinaus, über den Platz und die Straße entlang in die Ferne. Am Himmel trieben Wolken silbern im Mondlicht. Ein Waschbär überquerte die Straße, die nach Grinders Hollow führte. Die Hunde waren still.

»Du hast es nicht vergessen, nicht wahr?«

Die Stimme seiner Frau ließ ihn herumfahren. Sie saß aufrecht im Bett und ihr Gesicht schimmerte blass in der Dunkelheit.

»Du erinnerst dich, wer an jenem Abend hier war, nicht wahr, Helmut?«

Mr Haumesser schlurfte in die Küche und machte den Kühlschrank auf. Ganz hinten, auf dem untersten Regal, fand er eine Dose Budweiser. Er öffnete sie, setzte sich an den Tisch und trank.

»Wer war es?«, fragte seine Frau aus dem Schlafzimmer.

»Lass mich in Ruhe, Emily«, antwortete Mr Haumesser und trank vom eiskalten Bier.

Freitag war ein Tag wie jeder andere, schien es. Im *Wakefield Citizen* stand jedoch zum ersten Mal seit dem Unfall nichts über den Unfall selbst oder über die laufenden Ermittlungen. Stattdessen brachte die Zeitung in einer Sonderbeilage von vier Seiten Informationen über das Rennen, die Rennfahrer und die für Samstag und Sonntag geplanten Festivitäten.

Dr. Stuart brachte Kris am Morgen kurz nach dem Frühstück die Zeitung.

»Kein Wort über den Unfall«, sagte er, als er bemerkte, wie Kris die Zeitung schnell durchblätterte.

Kris blickte auf.

»Überrascht Sie das, Dr. Stuart?«

Er schüttelte den Kopf. »Nein, eigentlich nicht. Die meisten Leute hier wollen so schnell wie möglich Gras über die Sache wachsen lassen. Wenn die Zeitung nicht mehr über den Unfall schreibt, gerät er bald in Vergessenheit.« Dr. Stuart setzte sich auf den Bettrand und blickte Kris an. »Wie fühlst du dich heute, Kris?«

»Gut.«

»Hast du etwa wieder diese merkwürdigen Anrufe gekriegt, bei denen sich niemand meldet?«

»Nein.«

»Seltsam, nicht?«

»Ja. Ich bin froh, dass sie aufgehört haben.« Kris blätterte weiter in der Zeitung. »Ich würde das Rennen am Sonntag gern sehen, Dr. Stuart. Glauben Sie, dass ich das darf?«

»Ich müsste dich heimlich im Krankenwagen hinfahren, Kris«, lachte Dr. Stuart. »Nein, ich glaube nicht, dass deine Eltern damit einverstanden wären.«

»Ich habe fast keine Schmerzen mehr.«

»Das ist gut, Kris. Aber die Wunden sind noch nicht geheilt. Dein Kreislauf hat sich stabilisiert und am Montag könntest du nach Hause entlassen werden.« Dr. Stuart erhob sich vom Bett. In diesem Moment fiel Kris ein Bild in der Sonderbeilage auf, das auf einen Schlag ihre Aufmerksamkeit auf sich zog. Das Bild zeigte einen Jungen, der auf der Kühlerhaube eines Ford-Pick-up-Trucks saß, die Beine übereinandergeschlagen und einen Siegerpokal in der rechten Hand hochhaltend. Der Schatten einer Baseballmütze lag über dem Gesicht des Jungen, aber

Kris konnte trotzdem das breite sympathische Grinsen erkennen, mit dem der Junge seinen Pokal präsentierte, so als wäre er selbst ein bisschen überrascht, dass er ihn gewonnen hatte.

Der Bildtext lautete: *Reid Carver, Sieger im Rennen von Indianola.* Einige Sekunden lang starrte Kris auf den Text und die Buchstaben verschwammen vor ihren Augen.

»Reid Carver«, stieß sie leise hervor, aber Dr. Stuart, der sich auf dem Weg zur Tür befand, hörte es und drehte sich um.

»Der junge Reid ist einer der Favoriten«, sagte er. »Er hat in dieser Saison schon ein Rennen gewonnen, vor E. J. Croft und vor seinem Bruder Butch.«

Kris starrte den Arzt an.

»Dann ... dann hat er bestimmt auch am Sonntag eine Chance«, stotterte sie.

Dr. Stuart kniff die Augen etwas zusammen.

»Stimmt etwas nicht, Kris?«, fragte er.

»Oh, doch. Was soll denn nicht stimmen.« Sie lachte gezwungen. Es war deutlich zu sehen, dass er misstrauisch geworden war. Er kam langsam zum Bett zurück. Sein Blick fiel auf die Zeitung und das Bild von Reid Carver.

»Hast du ihn schon einmal gesehen, Kris?«, fragte er. »Etwa beim Unfall?«

Kris schüttelte den Kopf.

»Wenn ich mich nur an eines der Gesichter erinnern könnte«, sagte sie und betrachtete dabei das Bild. »Ich habe nur Flecken gesehen, Dr. Stuart. Helle Flecken.«

»Es wäre möglich, durch Hypnose die Erinnerung aus deinem Unterbewusstsein herauszuholen, Kris.«

»Ich werde es noch mal versuchen«, versprach Kris. »Und wenn alles nichts hilft, dann können wir immer noch Urwaldmethoden anwenden, Dr. Stuart.«

»Gut.« Dr. Stuart lächelte. »Dann hol ich schon mal meine Schrumpfköpfe aus dem Schrank und mach das TomTom bereit.« Er ging zur Tür, trommelte mit beiden Händen kurz einen fremdartigen Rhythmus gegen den Rahmen und verließ das Zimmer.

Nachdem Dr. Stuart gegangen war, lag Kris eine Weile regungslos im Bett, die Arme ausgestreckt und an den Seiten ihres Körpers. Sie blickte zur weißen Zimmerdecke auf, wo das Gesicht entstand, das sie kurz zuvor in der Zeitung zum ersten Mal gesehen hatte. Aber das Bild, das sich vor ihrem geistigen Auge entwickelte, war nicht das Rasterfoto aus der Zeitung, grau und kontrastlos. An der Decke entstand im leeren Weiß die Gestalt eines Menschen, eine Silhouette nur unter anderen Silhouetten, die sich durcheinander bewegten wie Schatten in der Nacht. Kris merkte nicht, wie ihre Finger sich in das Betttuch krallten, während sich aus ihrem Unterbewusstsein eine Erinnerung löste, deren Existenz nicht mehr eine Ahnung gewesen war.

Zum ersten Mal seit dem Unfall sah sie schattenhafte Gestalten vorbeilaufen. Sie roch den

Geruch von Benzin und sie hörte Stimmen. Kris wollte sich bewegen, wollte den Gestalten hinterherlaufen, aber ihre Arme und Beine versagten ihr den Dienst. Sie lag am Boden, unfähig, sich zu erheben, und wo vorher nichts gewesen war, loderten Flammen auf und einige der Gestalten kehrten zurück, liefen jetzt an ihr vorbei, dem Feuer entfliehend, und eine blieb stehen und beugte sich über sie.

»Lieber Gott«, hörte sie eine Stimme flüstern und sie streckte eine Hand aus, aber die Gestalt wich zurück und der Feuerschein beleuchtete einige Sekunden ihr Gesicht.

»Reid«, flüsterte Kris. »Reid Carver.«

Kris schrak jäh empor. Als wäre sie aus einem Trancezustand erwacht, versuchte sie die Erinnerung an jene schrecklichen Sekunden festzuhalten, während denen sie hilflos und der Ohnmacht nahe an der Straßenböschung gelegen war. War es tatsächlich Reid Carver gewesen, der sich über sie gebeugt hatte? Ihre Anstrengungen, ein klares Bild zu schaffen, in dem sie Reid Carver hätte erkennen können, waren vergeblich. Die Gestalten, die aus ihrem Unterbewusstsein gestiegen waren, verblassten wie Geister im ersten Licht des Tages. Kris' Finger lösten sich aus dem Betttuch. Sie setzte sich auf, nahm die Zeitung zur Hand und betrachtete das Bild auf der letzten Seite. Plötzlich war sie absolut sicher, dass sie dieses Gesicht schon einmal gesehen hatte. Von der Erinnerung im Stich gelassen, redete sie sich ein, dass es nur Reid Carver gewesen sein konnte, der sich nach dem Unfall über sie gebeugt hatte. Und von diesem Augenblick an fieberte Kris dem Abend entgegen, an dem sie sich mit ihm treffen sollte.

Aber der Tag wollte nicht vergehen. Ihre Mutter kam zu Besuch. Onkel James in Begleitung seiner Freundin war in der Stadt, um sich die Rennen anzusehen. Beide waren schon am helllichten Nachmittag leicht angetrunken. Von ihrem Fenster aus konnte Kris in der Ferne ein Riesenrad sehen, das sich langsam drehte. Das Rennen von Wakefield war nicht nur ein Rennen, sondern ein Volksfest. Ein Lautsprecherwagen fuhr durch die Stadt. Reklame für eine Reifenfirma. Dazwischen Countrymusic. Onkel James brachte ihr Zuckerwatte. Kris fragte ihn nach Sid, aber er hatte sie seit mehreren Tagen nicht mehr gesehen und vermutete, dass sie sich in Memphis herumtrieb.

Am Nachmittag tauchte überraschend Sid auf. Sie sah ziemlich verkatert aus, und als sie Mrs Dentry auf dem Stuhl neben dem Bett sitzen sah, wollte sie das Zimmer gleich wieder verlassen.

»Sid, ich muss mit dir reden«, sagte Kris schnell.

Sid blieb in der Tür stehen und nahm die Unterlippe zwischen die Zähne. Durch die violetten Gläser ihrer Sonnenbrille blickte sie Mrs Dentry an, die vom Anblick Sids sichtlich geschockt war.

»Hallo, Sid«, sagte Mrs Dentry. »Wie geht es dir?«

»Beschissen«, sagte Sid kalt.

»Das . . . das tut mir Leid, Sid.«

»Mom, ich möchte mit Sid reden«, sagte Kris. »Allein.«

»Wir haben uns lange nicht mehr gesehen, nicht wahr, Sid?«, sagte Mrs Dentry.

»Mom!«

Mrs Dentry erhob sich. Dabei musterte sie Sid unverhohlen. Sid verzog das Gesicht zu einem hämischen Grinsen.

»Wie gefalle ich dir, Tante Gloria?«

»Oh, ein bisschen mager bist du schon, Sid. Bestimmt isst du wie ein Vogel.«

»Ein Lämmergeier«, sagte Sid. »Nur Zeug, das schon richtig stinkt.«

»Mom, bitte lass uns allein!«

Mrs Dentry nickte und ging hinaus. Sid durchquerte das Zimmer und setzte sich auf den Fenstersims. Ihre dunklen Augen glühten.

»Es ist dir mit Leichtigkeit gelungen, Sid«, sagte Kris.

»Was?«

»Meine Mutter zu schocken.«

»Was dagegen?«

»Nein. Es scheint dir wichtig zu sein, Leute zu schocken.«

»Leute, die denken, alle anderen sollten sein wie sie.«

»Konformisten.«

»Ja. Stinklangweilige und stinknormale Leute.«

»Alle Erwachsenen also?«

»Nein. Ausgeschlossen sind alle Penner.« Sid zog einen kleinen Flachmann aus der Gesäßtasche ihrer zerrissenen Jeans, öffnete den Drehverschluss und trank einen Schluck. »Wodka«, sagte sie. »Willst du einen Schluck?«

»Nein.«

Sid grinste und trank noch einen Schluck, bevor sie den Flachmann wieder verschwinden ließ. »Ich geh nach Australien«, sagte sie, ohne Kris anzusehen.

»Heute?«

»Nein. In drei Wochen.«

»Ah.«

»Du glaubst mir nicht?«

»Ich weiß nicht. Australien ist ziemlich weit weg.«

»Schon mal was von den *Swamp Creatures* gehört?«

»Das ist eine Rockband aus Louisiana.«

»Untergrund-Rock. Gestern war ein Konzert in Memphis. Da haben sie mich auf ihre Australientour eingeladen.«

»Einfach so?«

»Natürlich nicht einfach so.« Sid lachte auf.

»Verstehe.«

»Wirklich?«

»Sid!«

»Ja?«

»Ich glaube, ich kann mich wieder erinnern!«

215

»An was?«

»An den Unfall und was danach geschah.«

»Dann hast du also keinen permanenten Dachschaden?«

»Ich kann mich erinnern, dass da Gestalten waren.«

»Gestalten?«

»Schatten in der Nacht. Dunkle Schatten. Sie liefen an mir vorbei, als ich hilflos dalag.«

Sid brachte einen Beutel Tabak zum Vorschein. Mit zitternden Fingern begann sie eine Zigarette zu drehen.

»Du willst doch nicht etwa behaupten, dass du jemanden erkannt hast, Kris?«, fragte sie mit argwöhnischer Stimme.

»Nichts ist klar genug«, gab Kris zu. »Die Bilder sind verschwommen. Wie wenn jemand beim Fotografieren gezittert hätte. Aber ich bin sicher, dass ich ein Gesicht gesehen habe. Ich kann es nur nicht erkennen, selbst wenn ich mich so fest konzentriere, dass mir der Kopf anfängt wehzutun.«

»Dann existiert es vielleicht gar nicht, Kris.« Sid benetzte mit der Zunge das Zigarettenpapier.

»Ich glaube, ich habe dieses Gesicht wieder gesehen.«

»Im Traum oder wo?« Sid steckte die Zigarette zwischen ihre beinahe schwarz bemalten Lippen, holte ein Feuerzeug aus den Jeans und zündete sie an.

»Mach wenigstens das Fenster auf, damit der

Feueralarm an der Decke nicht plötzlich losgeht«, forderte Kris ihre Cousine auf.

Sid öffnete das Fenster. Der Wind trug Orgelmusik vom Festplatz herüber, die plötzlich von einem merkwürdig heulenden Geräusch übertönt wurde. Motorenlärm der Rennwagen, die auf der Rennstrecke Probe gefahren wurden. Es klang nach wütenden Hornissen. Sid rauchte. Sie achtete darauf, Kris' Blick nicht zu begegnen.

»Sid.«

»Ja?«

»Willst du nicht wissen, wer es ist?«

»Wer wer ist?«

»Das Gesicht. Zu wem es gehört.«

»Sag es mir.«

»Reid Carver.«

»Haben wir nicht schon das letzte Mal, als ich hier war, über ihn geredet?«

»Ja.«

»Bist du sicher, dass du keinen Dachschaden hast?«

»Ich habe sein Bild heute in der Zeitung gesehen. Außerdem hat er mich angerufen. Er will mit mir reden.«

»Du willst mich verarschen, nicht wahr?«

Sid warf die halb ausgerauchte Zigarette aus dem Fenster, als Schwester Ruth in der Tür erschien.

»Im ganzen Spital ist absolutes Rauchverbot«, sagte sie.

»Hier raucht doch kein Schwein«, sagte Sid

und dabei kam Rauch aus ihrer Nase. Schwester Ruth brachte Kris ein Glas Orangensaft und ging wieder hinaus, ohne sich die Entrüstung anmerken zu lassen.

»Ich glaube, du leidest an so was wie Verfolgungswahn«, sagte Sid. »Du siehst Reid Carver in der Zeitung und gleich bringst du ihn mit dem Unfall in Zusammenhang. Sag das lieber keinem, Kris, sonst kommst du womöglich von hier direkt in die Gummizelle.«

Kris starrte Sid an.

»Lieber Gott, was starrst du mich so an?«

»Da war noch jemand, Sid«, sagte Kris.

»Wer?«

»Du.«

»Ich?« Sid lachte auf. »Soll ich die Schwester zurückrufen, Kris? Vielleicht hast du Fieber oder was?« Sie fuhr sich mit den gespreizten Fingern durch die pechschwarzen Zottelsträhnen, die ihr vom Mittelscheitel links und rechts herunterhingen.

»Ich halt's im Kopf nicht aus, Kris. Alles spricht dafür, dass Dolan Boyd ein Reh angefahren hat, und du . . .«

»Es war kein Reh, Sid!«

»Dann war ich es! Und Reid Carver. Tut mir Leid, Kris, aber ich muss dich enttäuschen. Ich war nämlich ganz woanders in dieser Nacht.« Sid drehte sich um ihre eigene Achse. »Ich war in Springtown und . . .« Sie brach ab. »Warum rufst du nicht Reid Carver an, verdammt? Frag ihn doch, ob er dort war, wo der Unfall passierte!«

Kris schwieg. Sie sah ihrer Cousine an, dass sie ziemlich aufgewühlt war. Sie bewegte sich im Zimmer, als wäre sie in eine Ecke getrieben worden, aus der es keinen Fluchtweg gab.

»Wer ist gefahren, Sid?«

Sid lachte schrill auf.

»Du glaubst wirklich, dass ich dort war. Mann, warum rufst du nicht Sheriff Sutro an und erzählst ihm, was los ist?« Sid stampfte kopfschüttelnd zur Tür. »Du tust mir Leid, Kris! Ehrlich! Ich gehe lieber, bevor mir schlecht wird. Ich wollte sowieso nur schnell vorbeisehen und dir sagen, dass ich nach Australien gehe. Könnte gut sein, dass wir uns nicht wieder sehen.«

»Sid.«

Sib blieb in der Tür stehen.

»Sag mir die Wahrheit! Bitte! Wenn du nicht gefahren bist, hast du ohnehin nichts zu befürchten.«

»Die Wahrheit, Kris?«

»Ja.«

Sid nickte.

»Es war ein Reh.« Sie drehte sich abrupt um und ging davon, ohne sich noch einmal nach Kris umzusehen.

Mr Dentry rief am Spätnachmittag an.

»Sie haben im Sumpf ein totes Reh gefunden«, sagte er.

»Das ist nicht wahr, Dad«, stieß Kris ungläubig hervor.

»Es stimmt. Irgendwelche Kinder, die ihre Fallen nach Bisamratten abgesucht haben, entdeckten etwa eine halbe Meile von der Straße entfernt den Kadaver eines Rehbocks, der einen gebrochenen Vorderlauf und einen eingedrückten Brustkorb hat.«

»Hast du ihn gesehen, Dad?«

»Ja. Blake Sutro hat mich im Motel abgeholt. Wir sind zusammen hinausgefahren. Der Rehbock liegt nun im Leichenschauhaus in einer Kühlkammer und soll am Montag von einem Arzt gründlich untersucht werden. Es könnte sein, dass sich in seiner Brustwunde Plexiglassplitter befinden.«

Kris war sprachlos, den Hörer gegen das Ohr gepresst, saß sie bolzengerade im Bett. Sekunden verstrichen, während denen sie ein Gewirr von Stimmen vernahm. Dann wieder die Stimme ihres Vaters.

»Kris.«

»Ja?«

»Kann es sein, dass du dich doch geirrt hast?«

»Nein!«, rief Kris verzweifelt. »Nein, Dad, ich habe mich nicht geirrt. Ich habe den Pick-up gesehen und die Gesichter auch und ich weiß jetzt sogar, wer . . .«

Kris brach jäh ab. Sie wusste, dass sie in diesem Moment ihren Vater genauso wenig überzeugen konnte wie Sid.

»Kris, ich habe mir überlegt, ob ich dich überhaupt anrufen soll. Du darfst dich nicht aufregen, hörst du. Dr. Stuart –«

»Ich bin in Ordnung, Dad«, fiel Kris ihrem Vater ins Wort. »Ich habe kein Fieber mehr und ich kann ganz normal atmen. Und mit meinem Kopf ist auch alles okay. Du brauchst also keine Angst zu haben, dass ich durchdrehe.«

»Das weiß ich, dass du nicht durchdrehst, Liebling. Soll ich nach dem Abendessen her-kommen?«

Kris schüttelte den Kopf. Ihre Kehle war wie zugeschnürt.

»Heute lieber nicht, Dad«, presste sie hervor. »Ich bin furchtbar müde. Den ganzen Tag hin-durch waren Leute hier. Onkel James war hier. Und Sid. Und Mom.«

»Gut, dann sehen wir uns morgen.«

»Morgen fangen die Rennen an, nicht wahr?«

»Die Ausscheidungsläufe.«

»Dad.«

»Ja.«

»Glaubst du, dass ich mir den Pick-up nur eingebildet habe?«

Kris hörte, wie ihr Vater Luft holte.

»Ich weiß nicht mehr, was ich glauben soll, Kris. Die Plexiglassplitter können von Dolans Taxi stammen. Und die Lacksplitter ebenfalls.«

»Dolans Taxi war nicht schwarz, Dad.«

»Ich weiß, Dolan hat es grün gestrichen. Mit Verandafarbe. Aber unter dem Anstrich befand sich eine schwarze Lackierung. Schwarz und grün, mit gelben Nummern, so sah Bullfrog aus, als ihn Jack auf den Rennen gefahren hat. Im Copperhead Salon hängen Bilder.«

221

»Dad.«

»Ja.«

»Es war kein Reh, Dad.«

»Ja. Es wird sich nächste Woche herausstellen, wie der Rehbock zu Tode gekommen ist.«

»Es war kein Rehbock, Dad. Es war ein Pick-up.«

»Ich habe nicht gesagt, dass ich dir nicht glaube, Kris.«

»Stimmt, Dad. Das hast du nicht gesagt.«

»Also, wir sehen uns morgen, Liebling.«

»Gute Nacht, Dad.«

»Gute Nacht. Und wenn –«

Kris legte auf und ließ sich langsam in die Kissen zurückgleiten. Es war kurz vor sechs Uhr. Noch sechs Stunden bis Mitternacht.

Es war still im Krankenhaus. Das summende Geräusch des Aufzugs, mit dem Kris zum Erdgeschoss hinunterfuhr, erschien ihr überlaut. Die Angst, dass man sie entdecken würde, trieb ihr kalten Schweiß auf die Stirn. Sie starrte zum Stockwerkanzeiger hoch. Dort leuchtete die Eins auf. Der Aufzug hielt mit einem Zittern. Die Chromstahltüren öffneten sich und das kalte Neonlicht des Flures traf Kris, die ganz hinten im Aufzug stand, mit klopfendem Herzen und mit ihren Doc-Martens-Schuhen wie auf dem Linoleumboden festgefroren.

Auf dem Flur stand ein Mann in einer blauen Uniform. Auf seiner Brust glänzte das Abzeichen eines Nachtwächters und in der Hand hielt er eine Stablampe.

»Erdgeschoss«, sagte er, als Kris keine Anstalten machte, den Aufzug zu verlassen.

Kris gab sich einen Ruck. Gerade als sich die Aufzugstüren wieder schließen wollten, trat sie auf den Flur hinaus. Sie ging rasch den Flur entlang in die Richtung der Notfallstation. Dabei spürte sie, wie der Nachtwächter ihr nachblickte. Ein Mann im Morgenmantel schlurfte an ihr vorbei. Bei einem Getränkeautomaten stand eine Krankenschwester und ließ heißen Kaffee in einen Styroporbecher laufen. Kris nahm den nächsten Seitenflur. Er führte zu einem Warteraum. Dort ließ sie sich erschöpft auf einem der Stühle nieder.

Ein Fernseher lief ohne Ton. Kris gegenüber saß ein alter Mann mit einem fleckigen Stoppelbart und rot geränderten Augen, die sie traurig anstarrten. Sie wischte sich den Schweiß von der Stirn. Plötzlich kamen ihr Zweifel. Warum mache ich das alles?, fragte sie sich. Ich sollte im Bett liegen und gesund werden. Bestimmt ist Reid Carver gar nicht draußen und wartet. Bestimmt ist er mit seinen Freunden auf einem der Feste und erzählt ihnen alles und sie lachen über mich und meine Naivität, mit der ich auf sein Spiel hereingefallen bin.

Eine Frau kam in den Wartesaal, flüsterte dem alten Mann etwas ins Ohr und half ihm aufzustehen. Sie gingen hastig hinaus. Kris warf einen Blick auf die Uhr. Es war beinahe Mitternacht.

Sie erhob sich und ging den Flur zurück, vorbei am Getränkeautomaten und am Aufzug. Die hintere Tür war abgeschlossen. Sie geriet beinahe in Panik. Durch das Glas hindurch blickte sie auf den hinteren Parkplatz hinaus. Im Licht einer Laterne stand ein alter VW-Käfer mit verbogener Stoßstange. Irgendwo explodierte ein einzelner Feuerwerkskörper, zog eine orangerote Funkenbahn durch den Nachthimmel.

Kris eilte den Flur zurück. Beim Aufnahmeschalter der Notfallstation ging sie langsamer. Niemand beachtete sie. Sie verließ das Krankenhaus durch den Notfalleingang. Draußen stand ein Ambulanzwagen, der Fahrer hockte auf einem Mäuerchen und rauchte.

Kris ging den Rand der Einfahrt entlang und über den Platz, der im Mondlicht lag. Sie blickte an der Fassade des Krankenhauses hoch. In einigen Zimmern brannte Licht. Kris versuchte sich zu orientieren. Hier unten sah alles anders aus als von ihrem Zimmerfenster. Sie überquerte die Einfahrt und den großen Parkplatz. Ein Taxi fuhr an ihr vorbei und schwenkte auf einen Platz ein, auf dem zwei andere Taxis standen. An einem der Taxis stand die Fahrertür offen und die Innenleuchte brannte. Der Fahrer las in einer Zeitung. Als er einmal den Kopf hob, bemerkte er Kris.

»Taxi?«, rief er herüber.

Kris hastete weiter. Bei der Telefonzelle blieb sie stehen und blickte sich um. Es war niemand da. Keine Spur von Reid Carver.

»He!«

Kris fuhr herum.

Da stand er. Im Schatten der Hecke. Sein Gesicht war nicht mehr als ein blasser Fleck.

»He«, sagte sie.

Einer der Taxifahrer stieg aus, trat an den Straßenrand und pinkelte in die Hecke.

»He, komm her.«

Sie ging durch die Lücke in der Hecke. Auf der anderen Seite stand sein Dodge im Schatten einiger Bäume. Er nahm sie bei der Hand und zog sie mit sich über die Straße. Er öffnete ihr die Tür und sie stieg ein. Er ging zur anderen Seite und setzte sich hinter das Steuerrad. Es war dunkel in seinem Wagen. Sie konnte nur seine Silhouette erkennen. Schweigend saßen sie da. Sie hörte ihn atmen. Ihr Herz raste.

»Du wolltest mit mir reden«, sagte Kris plötzlich.

Er sagte nichts.

»Über den Unfall.«

Jetzt drehte er den Kopf.

»Da gibt es nicht viel zu erzählen«, sagte er.

Sie schwieg. Mehr als eine Minute verstrich. Eines der Taxis fuhr davon. Sein Scheinwerferlicht glitt über Reid Carvers Gesicht. Er hatte die Lippen fest zusammengepresst.

»Vielleicht weiß ich, was du mir sagen wolltest«, sagte sie.

Er lachte auf.

»Ich weiß, dass du dabei gewesen bist.«

Er legte die Arme über das Steuerrad, beugte

sich nach vorne und legte den Kopf auf die Arme.

»Ich weiß es, weil ich dich auf dem Bild in der Zeitung wieder erkannt habe.«

Er gab ihr keine Antwort.

»Warum redest du jetzt nicht? Du hast mich gebeten, heute Nacht hierher zu kommen, weil du mir am Telefon nicht sagen konntest, was du mir sagen wolltest.«

»Man hat im Sumpf ein totes Reh gefunden«, sagte er, ohne den Kopf zu heben.

»Es war nicht das Reh, das den Unfall verschuldet hat.«

»Wer dann?«

»Du weißt, wer! Du weißt es, weil du dabei gewesen bist. Die ganze Zeit habe ich mich nicht mehr richtig erinnern können. Dann sah ich dein Bild in der Zeitung und die Erinnerung kehrte zurück. Ich weiß, dass ich dich dort gesehen habe.«

Reid rührte sich nicht. Er starrte durch die Windschutzscheibe hinaus.

»Warum sagst du es mir nicht, Reid? Warum sagst du mir nicht die Wahrheit? Am Telefon bist du dazu bereit gewesen. Ich habe es gespürt. Die Wahrheit lag dir auf der Zunge. Warum traust du dich jetzt nicht mehr?«

Er hob den Kopf und blickte sie an.

»Ich kann nicht«, sagte er leise. »Ich kann mich nicht gegen meine eigenen Leute stellen.«

»Deine Leute? Wer sind deine Leute? Dein Vater und seine Freunde?«

Sie erhielt keine Antwort. Da packte sie ihn an der Schulter.

»Der Klan?«, stieß sie hervor. »Vor ihm fürchtest du dich! Das kannst du ruhig zugeben! Der Klan würde dich als Verräter hart bestrafen. Aber es ist kein Verrat, wenn du die Wahrheit sagst, Reid Carver!«

»Du weißt nicht, wovon du sprichst«, entgegnete er. »Ich bin hier in Wakefield aufgewachsen. Hier ist mein Zuhause. Hier ist das Leben, das ich kenne. Ich kann es nicht einfach aufgeben. Und das müsste ich. Ich könnte nicht hier bleiben. Nicht einmal in der Nähe. Memphis vielleicht. Oder eine andere große Stadt, wo mich niemand kennt. Atlanta. Oder Jackson. Aber was soll ich dort? Wie ein Penner langsam vor die Hunde gehen? Hier bin ich jemand, verstehst du? Hier ist mein Bild in der Zeitung und am Sonntag werde ich mit etwas Glück das große Rennen gewinnen. Soll ich das alles aufgeben, nur damit ein Toter nicht mit einer Lüge in seinem Grab liegen muss?«

Reid Carver stieß grob ihre Hand von seiner Schulter. »Lass mich in Ruhe«, sagte er. »Ich habe mich entschieden.«

»Ich bin es nicht, die dich quält, Reid. Es ist dein Gewissen.«

»Mit meinem Gewissen werde ich schon fertig!«, schnappte er.

»Dann hättest du mich besser noch einmal angerufen, anstatt dich hier mit mir zu treffen!«
Kris spürte, wie ihr vor Enttäuschung über seine

Mutlosigkeit und aus Wut die Tränen kommen wollten. »Du bist ein Feigling, Reid Carver!«, würgte sie hervor. »Selbst wenn du am Sonntag das Rennen gewinnst und dich die ganze Welt als Held feiert, weißt du tief in deinem Innern, dass du ein Feigling bist! Ich könnte nicht damit leben, aber ich bin nicht du. Ich habe als Kind gelernt, dass man Stellung beziehen muss gegen das Unrecht, gegen Intoleranz, gegen Menschenverachtung, gegen Rassismus. Ich habe gelernt, mutig zu sein, Reid Carver, und nie zu verzagen, wenn es auch scheint, dass alles hoffnungslos ist. Ich habe gelernt zu kämpfen und niemals aufzugeben. Und das werde ich tun, bis alle wissen, dass Dolan Boyd das Opfer eines Mordanschlages geworden ist!«

Kris öffnete die Tür und wollte aussteigen, aber da packte er sie am Arm und hielt sie zurück.

»Es war kein –« Er brach ab. »Niemand wollte ihn umbringen, Kris! Es war ein Unglück!«

»Dann sag mir, was geschehen ist!«

Er starrte sie an und sie sah in seinen Augen, dass er Angst hatte und dass er den Mut nicht fand, ihr die Wahrheit zu sagen.

Sie entzog ihm ihren Arm. Und bevor er sehen konnte, wie ihr die Tränen kamen, stieg sie aus und lief davon. Weit kam sie jedoch nicht. Schmerzen krümmten sie zusammen. Sie taumelte gegen die Hecke, über den Bürgersteig und auf den Parkplatz hinaus. Sie versuchte das

Neonlicht des Krankenhausportals im Auge zu behalten, aber das Licht mischte sich mit dem der Straßenlampe und der Krankenhausfenster und die Lichter tanzten durcheinander wie Irrlichter über dem Sumpfland. Kris blieb stehen, schwankend, und sie hörte Reid ihren Namen rufen und er kam von der Hecke her über den Platz, lief auf sie zu, verharrte jedoch plötzlich, als ein Taxifahrer aus dem Schatten der Hecke trat. Er kam um sein Taxi herum und er hatte einen kurzen Gummiknüppel in der Hand.

»Hau ab, du Ratte!«, rief er Reid Carver zu und hob drohend den Knüppel. Reid blieb stehen, und als der Taxifahrer auf ihn zuging, begann er zurückzuweichen und schließlich drehte er sich um und rannte davon. Der Taxifahrer verfolgte ihn nicht. Er kam nun über den Platz und nahm Kris beim Arm und stützte sie.

»Die Ratten verlassen die großen Städte, wo sie sich gegenseitig auffressen«, sagte der Taxifahrer, der Reid im Dunkeln nicht erkannt hatte. »Jetzt machen sie sogar die Gegend hier draußen unsicher.«

Er brachte Kris zum Eingang des Krankenhauses zurück. Dort bedankte sie sich für seine Hilfe. Er wollte sie hineinbringen, aber sie sagte, dass sie die wenigen Schritte nun allein machen könne. Sie ging durch den Haupteingang und den Flur hoch und vorbei am Anmeldepult, wo niemand saß, und sie fuhr mit dem Aufzug in den zweiten Stock. Zurück in ihrem Zimmer, legte sie sich angezogen aufs Bett.

Samstagmorgen erwachte Kris quer auf ihrem Bett liegend und noch immer angezogen. Sie setzte sich auf, als Schwester Susan das Zimmer betrat.

»Angezogen und zu allem bereit. Wo willst du denn hin, Kris?«

Kris schüttelte den Kopf.

»Nirgendwohin. Ich wollte heute nur einmal nicht den ganzen Tag im Krankenhaushemd verbringen.«

»Nett siehst du aus. Nur die Schuhe, Kris, wer zwingt euch denn, solche Schuhe zu tragen?«

»Sie sind gerade in Mode«, sagte Kris mit einem müden Lächeln. »Und bequemer zu tragen als Pumps mit Bleistiftabsätzen sind sie allemal.«

Schwester Susan fühlte ihr den Puls und maß ihre Temperatur. Eine andere Schwester brachte das Tablett mit dem Frühstück herein. Auf dem Tablett lag ein Briefumschlag mit Kris' Namen drauf.

»Hat jemand für dich abgegeben«, sagte die Schwester, als Kris den Umschlag in die Hand nahm und ihn argwöhnisch betrachtete.

»Haben Sie gesehen, wer ihn abgegeben hat?«, fragte sie die Schwester.

»Nein. Es soll ein Mädchen gewesen sein. Oder eine junge Dame.«

Sid!

Kris öffnete den Umschlag. Er enthielt einen gefalteten Zettel. *I'm sorry* stand darauf. Und darunter der Name *Reid*.

Eine Zeit lang starrte sie den Zettel an. Schwester Susan blickte ihr über die Schulter.

»Ein heimlicher Verehrer«, lachte sie. »Reid? Doch nicht etwa Reid Carver?«

Kris schüttelte den Kopf.

Als Schwester Susan aus dem Zimmer war, griff sie nach dem Telefon und wählte Reids Nummer. Reids Vater hob ab. Kris legte den Hörer sofort auf die Gabel zurück. Sie trank vom Orangensaft, aß eine Schale voll Cornflakes mit Milch und Zucker. Sie war noch nicht fertig mit dem Frühstück, als ihr Vater und ihre Mutter in der Tür erschienen. Ihre Mutter brachte einen Strauß frischer Gartenblumen und ihr Vater hatte die Reisetasche mit dem Käfig und dem Kaninchen dabei. Er gab ihr das Kaninchen und sie nahm es in den Schoß und ließ es von der Milch trinken, die in der Schale übrig geblieben war.

»Wakefield wimmelt von Leuten, die zum Rennen hergekommen sind«, sagte ihre Mutter.

»Es gibt kein einziges Hotelzimmer mehr im Umkreis von fünfzig Meilen«, sagte ihr Vater.

»Es herrscht schon eine richtige Volksfeststimmung, obwohl die eigentlichen Rennen noch gar nicht richtig angefangen haben.«

Kris, die voller Argwohn war, bemerkte sogleich, dass ihre Eltern darauf bedacht waren, nicht wie bei ihren vorangegangenen Besuchen auf den Unfall zu sprechen zu kommen. Sie hatten auch nicht wie üblich die Zeitung dabei. Kris ließ sie reden, während sie mit dem kleinen Kaninchen spielte. Es hopste auf dem Bett herum und Kris erhaschte es jedes Mal, bevor es vom Bett fallen konnte.

Ihr Vater sprach von den Rennwagen, die auf dem Festplatz ausgestellt waren, einer davon sogar ein Indy Car von Mario Andretti. Kris ließ sie beide reden, bis ihre Mutter plötzlich feststellte, dass Kris sich nicht am Gespräch beteiligte.

»Du bist heute so wortkarg«, stellte sie fest und blickte Kris dabei besorgt an.

»Ich kenne mich mit Rennwagen nicht aus«, antwortete Kris.

Ihr Vater hob den Kopf.

»Was ist mit dir, Liebling?«

»Nichts, Dad.«

»Bestimmt?«

»Ja.«

Er lächelte schwach. »Der Rehbock ist noch nicht untersucht worden«, sagte er.

Ihre Mutter begann die Blumen in der Vase zu arrangieren.

»Aber du bist plötzlich nicht mehr sicher, ob ich die Wahrheit gesagt habe, nicht wahr?«

»Natürlich glaube ich dir, dass du die Wahrheit gesagt hast, Kris.«

»Wir glauben dir beide, Kris«, versicherte ihr ihre Mutter.

»Das Reh hat nichts mit dem Unfall zu tun«, sagte Kris.

»Wenn du dich nur genauer erinnern könntest«, sagte ihr Vater. »Ich meine zum Beispiel an die Gesichter.«

Kris gab ihm keine Antwort. Später, als sie wieder allein war, versuchte sie noch einmal, sich zu erinnern. Sie war nun plötzlich auch nicht mehr sicher, dass sie Reid gesehen und seine Stimme vernommen hatte. Es war zum Verzweifeln. Vielleicht stimmte in ihrem Kopf tatsächlich einiges nicht mehr.

Den ganzen Tag hindurch wartete sie darauf, dass das Telefon klingeln würde. Am Nachmittag durchquerte ein Umzug die Stadt. Marschmusik drang in das Krankenzimmer. Dr. Stuart erlaubte Kris, im Garten des Krankenhauses spazieren zu gehen. Schwester Ruth begleitete sie. Das Geheul der Rennwagenmotoren hüllte die Stadt ein wie ein Geräusch, das irgendwo in der Unendlichkeit des Alls entstand.

Am Abend, nachdem es dunkel geworden war, präsentierte die Stadt Wakefield ihren Bürgern und den Besuchern ein großes Feuerwerk. Kris sah es sich zusammen mit ihren Eltern vom Fenster des Krankenzimmers aus an. Sie dachte an Dolan. Sie dachte, dass er sich dieses Feuerwerk von oben ansehen konnte. Von dort, wo er war, falls er überhaupt irgendwo war. Sie dachte an den Tod und das, was danach sein würde, an einen Himmel, den sie sich so, wie sie sich ihn als Kind vorgestellt hatte, nicht mehr vorstellen konnte. Der Tod erschien ihr so endgültig wie nie zuvor. Wie ein Feuerwerkstern, der am Himmel leuchtend seine Bahn zog und schließlich erlosch. Nur wer die Augen zumachte, konnte ihn noch einmal sehen, als eine

Erinnerung nur, die nach kurzer Zeit auch verblasste.

Sie schlief schlecht in dieser Nacht. Sie träumte von einem Sommer, den sie zusammen mit Sid auf der Farm verbracht hatte. Von dem Hund, der an der Tollwut erkrankt war und den Onkel James unten, am Ufer des Stony Creek, erschoss. Max war Sids Lieblingshund gewesen, ein goldbrauner Rüde mit großen Hängeohren. Sid war damals davongelaufen und ganz Springtown hatte nach ihr gesucht und schließlich war sie entdeckt worden, auf einer kleinen Sumpfinsel, wo sie sich in einem hohlen Baum versteckt hatte.

Kris wachte mitten in der Nacht auf. Es war fast drei Uhr. Sie stand auf und ging zum Fenster. Der Himmel war voller Sterne, die Stadt still und dunkel hinter den Bäumen des Krankenhausgartens.

Sie legte sich aufs Bett und versuchte die Gefühle, die Dolan Boyd in ihr geweckt hatte, zu ergründen. Wie konnte es sein, dass er ihr vom ersten Moment an so viel mehr bedeutet hatte als jede andere zufällige Bekanntschaft, die sie in ihrem bisherigen Leben gemacht hatte? Dass ihre Wege sich gekreuzt hatten, war bestimmt kein Zufall. Dass er noch mitten in der Nacht dort auf dem Parkplatz vor dem Stationsgebäude gewartet hatte, war bestimmt kein Zufall. Das Schicksal hatte sie zusammengeführt, eine alles bestimmende Kraft, der niemand entgehen konnte. Leben und Tod in einem Augenblick.

Dies zu begreifen fiel ihr nicht schwer. Sie haderte nur mit der Tatsache, dass ihr das Glück, Dolan zu begegnen, so schnell wieder genommen worden war. Das machte keinen Sinn. Es vertiefte nur den Schmerz in ihr. Sie weinte und weinte sich in den Schlaf.

Mr Haumesser saß vor dem kleinen Wohnhaus neben dem Store auf der Veranda, als auf der Straße, von Grinders Hollow her, im Schatten der Sumpfbäume und in den Lichtstreifen der Morgensonne mehrere Pick-ups und Autos auftauchten. Wo die Schatten hinfielen, war die Straße feucht und so hob sich nur wenig Staub von den Rädern, wie ein Hauch von Nebel über die Niederung und in die Sümpfe hinaustreibend.

Der alte Hund, der zu Mr Haumessers Füßen lag, hob den Kopf, als Mrs Haumesser aus dem Haus kam, auf den Stock gestützt, ohne den sie sich kaum mehr fortbewegen konnte. Sie blickten beide zur Straße hin, neugierig und argwöhnisch zugleich, da sich an Sonntagen die Leute von Grinders Hollow zur Sonntagsmesse in der alten Shilo-Kapelle am Stony Creek trafen, wo einer von ihnen, Reverend John Neal, die Predigt hielt.

Beim Stoppschild kurz anhaltend, fuhr die kleine Kolonne am Crossroad Store vorbei auf die Hauptstraße hinaus und in Richtung Wakefield davon.

»Eine Prozession ist das bestimmt nicht, obwohl ich in einem der Autos Reverend Neal erkennen konnte«, sagte Mr Haumesser zu seiner Frau Emily.

»Es wird etwas geschehen, Helmut«, antwortete seine Frau. »Ich spüre es. Es wird etwas geschehen, bevor dieser Tag zu Ende ist.«

Mr Haumesser nickte. Er hatte in einem langen gemeinsamen Leben gelernt, das Gespür seiner Frau zu beachten.

Bubba entdeckte ihn. Unter mehr als sechstausend Autos und Pick-up Trucks, die auf dem überfüllten Parkplatz auf der Südseite der großen Tribüne und auf dem umliegenden Festplatzgelände abgestellt waren, fiel ihm ein knallroter Pick-up auf, der, auf Hochglanz poliert, zwischen anderen Pick-ups stand. Warum Bubba ausgerechnet dieser Pick-up besonders ins Auge stach, wusste er später nie zu sagen. »Der liebe Gott muss meine Schritte gelenkt haben«, vermutete er, wenn ihn jemand danach fragte, denn an diesem Sonntagnachmittag suchte er eigentlich nach einem schwarz lackierten Pick-up, der vorne rechts am Kotflügel verbeult oder frisch lackiert war.

Bubba, ein kleiner hagerer Mann, der sich im Steinbruch von Grinders Hollow schon als Junge eine Staublunge geholt hatte, umrundete den Pick-up zweimal, bevor er ihn genauer in Augenschein nahm. Zuerst fiel ihm auf, dass die beiden vorderen Blinkleuchten mit unterschiedlichen Plexigläsern versehen waren. Der Unterschied war minimal, aber das rechte Glas war anders gerippt als das linke und außerdem von einem dunkleren Orange. Misstrauisch geworden, kauerte Bubba am vorderen rechten Kotflügel nieder. Und da entdeckte er unter der Blinkleuchte, etwa drei Inches davon entfernt und neben der Halterung der vorderen Stoßstange, eine Beule, von der der Lack abgesprungen war. Bubba ließ sich auf die Knie nieder, um sich die Beule genauer anzusehen, als er mit einem Mal das Gefühl verspürte, nicht mehr allein zu sein. Er verharrte auf den Knien und machte sich noch etwas kleiner, so dass er unter dem Pick-up hindurchsehen konnte. Und da erspähte er zwei Adidas-Basketballschuhe, die etwa zwanzig Schritte entfernt im Staub standen, halb bedeckt von verwaschenem, an den Rändern ausgefranstem Jeansstoff. Bubba begann sich langsam aufzurichten, beugte sich dabei vor und spähte mit einem Auge am Kühler des Pick-ups vorbei. Dort, wo er die Basketballschuhe gesehen hatte, stand ein Junge, den Bubba von jenem Tag in Erinnerung hatte, als sie mit Dolans Mutter und dem Banner nach Wakefield gekommen waren und sich auf die Freitreppe vor dem Stadthaus gesetzt hatten. Der Junge war mit ein paar anderen zusammen gewesen, zu denen Butch und Reid Carver gehört hatten. Er hieß Stevie, das wusste Bubba.

Bubba richtete sich nun ganz auf, nahm seine Mütze vom Kopf und wischte sich mit dem Hemdärmel den Schweiß von der Stirn.

»Weißt du vielleicht, Junge, wem dieser wunderschöne Pick-up gehört?«, fragte Bubba den Jungen.

Der Junge starrte ihn an, einen völlig verstörten Ausdruck auf dem Gesicht.

»Was . . . was tun Sie denn hier?«, fragte er.

»Oh, ich sehe mir –«

Der Junge ließ ihn nicht zu Ende reden. Plötzlich drehte er sich um und rannte so schnell davon, dass hinter ihm Staub aufwirbelte.

Bubba wusste, dass er sich nicht länger hier aufhalten durfte, sondern so schnell wie möglich einen der anderen finden musste. Er warf noch einen letzten Blick auf den Pick-up, merkte sich die Stelle, wo er stand, und ging die schmale Gasse zwischen den Autoreihen hinunter. Aus dem Schatten seiner Hutkrempe heraus hielt er nach LeRoy Ausschau. Ihm wollte er zuerst sagen, dass er den Pick-up entdeckt hatte, aber er fand stattdessen Becky, die zusammen mit ihrem Mann, dem Reverend, auf der anderen Seite des Parkplatzes im Schatten der Zuschauertribüne saß und Zitroneneis lutschte. Der Reverend trank ein Bier. Beide sahen staubig aus und müde. Seit mehreren Stunden beteiligten sie sich an der Suche nach dem Pick-up.

Bubba ließ sich bei ihnen nieder. Der Reverend bot ihm die Bierdose an, aber Bubba wehrte ab. Er war außer Atem.

»Dieser Staub ist Gift für dich, Bubba«, rief Becky in den Lärm der Rennmotoren hinein. Soeben wurde das Hauptrennen gestartet. Aus dem Lautsprecher ertönte Reid Carvers Name. Die Nummer seines Rennwagens. Dann E. J. Crofts Name.

»Ich habe ihn gefunden«, keuchte Bubba.

»Du hast was?«, rief der Reverend.

»Den Pick-up! Ich habe ihn gefunden!«

»Du hast den Pick-up gefunden?« Sie starrten ihn beide ungläubig an.

»Ja. Auf dem Baseballfeld drüben.« Er zeigte in die Richtung des Baseballfeldes, wo ein paar Lichtmasten aufragten.

»Du hast ihn gefunden?«

»Ja.«

Der Reverend trank die Bierdose leer und stand auf. Die Rennwagen fuhren eine Aufwärmrunde. Der Lärm übertönte die Orgelmusik vom Rummelplatz auf der anderen Seite der Rennbahn.

»Komm!« Der Reverend packte Bubba am Arm, zog ihn mit sich. Becky folgte ihnen. Sie überquerten den großen Parkplatz. Der Reverend entdeckte Mr Dentry zwischen den Autoreihen. Er blickte herüber und kam auf sie zu.

»Nichts?«, fragte er sie.

Der Reverend schüttelte den Kopf, sagte aber nichts, weil er nicht lügen wollte.

»Haben Sie LeRoy irgendwo gesehen?«

»Dort drüben, auf dem Platz dort, da habe ich ihn zuletzt gesehen.«

Sie gingen in die Richtung, die ihnen Mr Dentry angab, und fanden LeRoy am Ende einer langen Reihe von Autos. Er war dabei, sich ei-

239

nen Chevy Pick-up genauer anzusehen. Jake war bei ihm. Er saß in seinem Rollstuhl und seine Schwester Carrie stand hinter ihm, mit einem riesigen rosaroten Plüschkrokodil, das Jake für sie bei einer Schießbude gewonnen hatte.

LeRoy richtete sich auf, als der Reverend, Bubba und Becky herankamen. Er blickte in ihre Gesichter, und ohne, dass er ihnen eine Frage stellen musste, wusste er, dass sie den Pick-up gefunden hatten.

»Er ist nicht schwarz lackiert«, sagte Bubba. »Er ist knallrot. Wie ein Feuerwehrauto. Aber er hat schwarze Flammen draufgemalt, von vorne her, über beide Kotflügel und über die Haube bis hinter die Türen. Und hinten, auf der Heckklappe, ist sein Name draufgemalt. Hot Bitch.«

Hier, fast eine Viertelmeile von der Rennbahn entfernt, war das Motorengeheul immer noch so laut, dass sie sich beinahe anbrüllen mussten, um sich verständlich zu machen.

»Wem gehört er?«, rief LeRoy Bubba ins Ohr.

»Weiß ich nicht. Aber gerade, als ich dabei war, mir die Karre genauer anzusehen, stand da ein Junge, der mich beobachtete. Ich glaube, er heißt Stevie.«

»Sie beobachten uns alle, seit sie wissen, dass wir hier sind«, sagte Jake Boyd. Er zeigte mit einer Hand zu einem Platz hinüber, wo eine Reihe von Toilettenhäuschen stand. Dort, zwischen zwei Autos, stand ein Mann, der einen weißen Stetson trug und ein weißes kurzärmliges Hemd. »Das ist einer von ihnen«, sagte Jake. »Er

240

arbeitet für Rowan. Einer seiner Gebrauchtwagenverkäufer.«

»Wo steht der Pick-up?«, fragte LeRoy.

»Ich bring euch hin«, sagte Bubba.

»Hast du Dentry etwas gesagt?«

»Nein.«

»Gut.« LeRoy drehte sich nach Jake um. »Ich gehe mit Bubba«, sagte er. »Ihr bleibt hier, damit der dort drüben nicht Verdacht schöpft. Sobald ich mich vergewissert habe, dass es die Karre ist, nach der wir suchen, kommen wir hierher zurück.«

»Was hast du vor, LeRoy?«, fragte der Reverend düster.

Der große Mann kniff die Augen etwas zusammen.

»Das werden wir später entscheiden«, sagte er. »Auf jeden Fall braucht Dentry vorerst nichts zu wissen. Wir können allein dafür sorgen, dass Dolans Tod gerächt wird. Dazu brauchen wir weder Dentry noch das Gesetz von Blake Sutro!«

LeRoy drehte sich um. Zusammen mit Bubba ging er zurück zum großen Parkplatz. Das Rennen wurde gestartet. Der tosende Applaus der Zuschauer ging im ohrenbetäubenden Lärm der mächtigen Achtzylindermotoren unter. Der Boden schien zu zittern. Die Luft schien zu zittern. Bubba blieb einen Moment stehen, weil er mit dem Atmen Mühe hatte. Er sah zur Tribüne hinüber und in diesem Moment sah er Blake Sutro dort im Schatten auftauchen, zusammen mit ei nem Deputy Sheriff und mit Ronald Rowan, dem Vorsitzenden der Rennleitung. Mr Rowan trug ein rotes Abzeichen am Hemd.

»Jetzt gibt es Ärger«, sagte Bubba.

»Zeig mir, wo der Pick-up steht!«, drängte ihn LeRoy.

Sie gingen schnell weiter. Da begannen Sutro und seine beiden Begleiter zu laufen. Bubba und LeRoy fingen ebenfalls an zu laufen, bis Bubba, dem Ersticken nahe, stehen blieb und beinahe zusammenbrach. »Dort drüben . . .«, keuchte er. »Dort . . .« Er brach ab. In der Autoreihe, auf die er zeigte, stand nicht ein einziger roter Pick-up. Aber zwischen zwei anderen Pick-ups war eine breite Lücke, die einzige in der ganzen Reihe.

»Dort war er geparkt«, keuchte Bubba und wies auf die Lücke. »Es sind keine fünf Minuten her, seit . . .«

Er brach ab, weil nun Sheriff Sutro, sein Deputy und Mr Rowan herbeistürzten.

»Es wurde uns mitgeteilt, dass sich mehrere von euch Niggern auf den Parkplätzen herumtreiben«, sagte Sutro und rückte seinen Revolvergürtel zurecht. »Die Rennleitung hat mich gebeten, nach dem Rechten zu sehen.«

»Was willst du, Sutro? Dieser Parkplatz hier gehört zum County-Festplatz und ist damit im Besitz der Öffentlichkeit. Niemand kann uns verbieten, hier spazieren zu gehen, wenn uns danach zumute ist.«

»Das stimmt, LeRoy. Es gibt kein Gesetz, das

242

euch einen Spaziergang auf diesem Gelände verbieten kann. Aber es gibt eines, nach dem es meine Pflicht ist, verdächtige Aktivitäten zu untersuchen und ein potentielles Verbrechen zu verhindern. Es gibt keinen erklärbaren Grund dafür, dass ihr euch auf den Parkplätzen herumtreibt. Eure eigenen Autos sind woanders geparkt, das wissen wir. Seit mehreren Stunden beobachten wir euch und das, was wir gesehen haben, genügt mir, im Namen des Gesetzes Verdacht zu schöpfen und einzugreifen.«

»Das heißt, dass du uns die Parkplätze verbietest, Sutro?«

»Genau das heißt das.« Der Sheriff zückte sein Notizbuch. »Und am gesündesten für euch wäre es, wenn ihr dorthin zurückfahren würdet, wo ihr hergekommen seid. Und zwar so schnell wie möglich.«

LeRoy lächelte. Er blickte auf den um fast einen Kopf kleineren Sheriff hinunter.

»Ich glaube, wir haben gefunden, was wir hier auf den Parkplätzen suchten, Sutro.«

»Und was ist das, wenn ich fragen darf?«, sagte Ronald Rowan, dessen Gesicht merkwürdig gerötet war.

»Die Lücke«, sagte LeRoy und zeigte zur Parklücke hinüber.

»Die Lücke?«, sagte Sheriff Sutro. »Das ist nicht gerade viel, LeRoy.« Er begann mit seinem Kugelschreiber zu klicken.

»Bis vor einigen Minuten stand in dieser Lücke ein Pick-up«, antwortete LeRoy und jetzt war sein Gesicht ernst. »Bubba hat ihn entdeckt. Sag dem Sheriff, was du gesehen hast, Bubba.«

»Eine Beule«, sagte Bubba. »Einen Kratzer und eine Beule, wo der Lack gesplittert ist. Und an der Stoßstange ein bisschen grüne Farbe.«

»Verandafarbe«, sagte LeRoy. »Dieselbe Farbe wie am Haus der Boyds. Dolan hat vor einigen Wochen mit der Farbe die Veranda gestrichen. Und danach auch noch Bullfrog, weil von der Farbe so viel übrig geblieben ist.«

»Und wo ist dieser geisterhafte Pick-up denn?«, fragte Ronald Rowan spöttisch.

»Verschwunden«, sagte Bubba.

»Aha«, triumphierte Mr Rowan.

»Aber wir wissen, dass es ihn gibt, Rowan!«, sagte LeRoy hart. »Wir werden auch herausfinden, wem er gehört. Oder wollen Sie es uns vielleicht sagen? Dann brauchen wir keine Nachforschungen anzustellen.«

»Und die Beweise, LeRoy?«, fragte Blake Sutro. »Was ist mit den Beweisen?«

LeRoy zeigte zu Mr Dentry hinüber, der zwischen den Autoreihen auf sie zukam.

»Der dort, der braucht Beweise, Sutro. Er ist ein Rechtsanwalt. Uns genügt, was Bubba gesehen hat. Mehr brauchen wir nicht.« Mit diesen Worten ließ LeRoy den Sheriff und seine Begleiter stehen. Mit Bubba an seiner Seite ging er in Richtung der Einfahrt davon.

»Ich warne dich, LeRoy!«, rief ihm Sheriff Blake Sutro nach. »Ich warne dich und deine Freunde, verdammt noch mal!«

244

LeRoy drehte sich um und zeigte ihm den Mittelfinger.

Am Nachmittag saß Mr Haumesser vor dem Fernseher und schaute sich das Rennen an. E. J. Croft führte vor einem Rennfahrer aus South Carolina und vor Butch und Reid Carver. Es hatte bereits mehrere Ausfälle gegeben, die meisten durch eine Massenkarambolage in der vierten Runde, als der führende Rennwagen von hinten angefahren wurde, sich mitten auf der Rennbahn quer stellte und gegen die Umfassungsmauer donnerte.

Mrs Haumesser schlurfte von der Küche herein und brachte ihrem Mann einen Kaffee und ein Stück Bienenstich, den sie selbst nach einem Rezept aus ihrer alten Dresdener Heimat gemacht hatte.

»Setz dich zu mir«, forderte er sie auf.

»Diesen Lärm kann ich nicht ertragen«, sagte sie und schlurfte in die Küche zurück. Kaum war sie draußen, rief sie nach ihm.

»Da sind sie wieder!«

Mr Haumesser stand auf. Ein Stück Bienenstich am Kinn hängend, ging er in die Küche. Durch das Fenster sah er die Kolonne vorbeifahren, und da jetzt die Straße nach Grinders Hollow trocken war, hob sich eine Staubwolke von den Rädern, so dicht, dass die hinter den ersten Autos herfahrenden Fahrzeuge kaum mehr zu erkennen waren.

»Merkwürdig«, sagte Mr Haumesser. »Wo die wohl gewesen sind?«

Mrs Haumesser sagte, dass man wenigstens das Straßenstück vor dem Store und dem Wohnhaus endlich asphaltieren sollte. »Seit vierzig Jahren leben wir hier im Staub, Helmut.«

»Vor vierzig Jahren fuhr hier kaum je ein Auto vorbei«, entgegnete Mr Haumesser und ging ins Wohnzimmer zurück. Im Fernsehen lief eine Bierreklame. Das Stück Bienenstich, das ihm am Kinn gehangen hatte, klebte nun an seinem Hemdkragen.

Kris sah ihrem Vater sofort an, dass etwas geschehen war, was ihn zutiefst durcheinander gebracht hatte.

Es war später Nachmittag, als er ins Zimmer kam. Das Rennen war soeben zu Ende gegangen. Reid Carver hatte es vor Harrison Bell aus Indianola und vor E. J. Croft gewonnen. Butch Carver war in der achtzehnten Runde mit Motorschaden ausgefallen. Gleich nach dem Rennen und der Siegerehrung war Reid Carver, mit dem Siegerpokal in einer Hand und einem riesigen Blumenstrauß in der anderen, interviewt worden. »Diesen Sieg widme ich meiner Heimatstadt Wakefield«, hatte er lachend erklärt. »Meinen Eltern und allen meinen Freunden. Ich bin stolz, ein Wakefielder zu sein!«

Kris hatte den Fernseher mitten im Interview ausgemacht. Sie stand nun am Fenster und blickte in die Abenddämmerung hinaus, als sie die schnellen Schritte ihres Vaters vernahm.

»Kris, ich muss sofort nach Grinders Hollow fahren und mit Dolans Mutter reden«, stieß ihr Vater atemlos hervor.

Kris drehte sich um. Sie erschrak, als sie ihren Vater sah. Sein weißes Hemd war dunkel vom Staub und voller Flecken. Das Haar stand ihm ungekämmt vom Kopf ab und er hatte einen furchtbaren Sonnenbrand im Gesicht.

»Wie siehst du denn aus, Dad?«, entfuhr es Kris. »Was ist geschehen?«

Ihr Vater erzählte ihr hastig, was auf dem Rennplatz vorgefallen war und dass einer von LeRoys Freunden, ein Mann namens Bubba, wahrscheinlich einen Pick-up entdeckt hatte, der vorne rechts beschädigt war. Im ersten Moment hätte Kris ihrem Vater vor Freude über diese Nachricht um den Hals fallen können. Im nächsten Augenblick aber merkte sie schon, dass irgendetwas nicht stimmte. Der Ausdruck auf dem Gesicht ihres Vaters sagte es ihr.

»Kris, die Leute von Grinders Hollow sind alle dorthin zurückgefahren«, sagte ihr Vater. »Ich habe versucht, von LeRoy zu erfahren, was genau geschehen ist. Ich habe mit Jake geredet und mit Reverend John Neal. Keiner von ihnen hat mir etwas gesagt.«

»Dann wissen sie vielleicht nicht, wem der Pick-up gehört, Dad.«

»Das werden sie inzwischen bestimmt erfahren haben. Ich vermute eher, dass sie sich entschlossen haben, das Gesetz in ihre eigenen Hände zu nehmen. Und das bedeutet, dass jemand in höchster Gefahr ist.«

Kris begriff sofort, was ihr Vater meinte. Für die Leute in Grinders Hollow gab es keinen Grund, dem Gesetz der Weißen zu vertrauen. So hatten sie wahrscheinlich entschieden, den Schuldigen am Tod von Dolan Boyd selbst zu bestrafen. Auf ihre Art und nach ihren eigenen Gesetzen, mit denen sich ihre Vorfahren vor mehr als hundert Jahren in der Zeit des Bürgerkrieges gegen die Sklavenhalter aufgelehnt hatten.

»Ich gehe mit dir, Dad!«, sagte Kris. »Wir fahren nach Grinders Hollow. Ich will versuchen, Dolans Familie davon abzuhalten, Rache zu nehmen.«

»Das Risiko ist zu groß, Kris. Die Straße dort hinaus ist nicht geteert und voller Schlaglöcher. Ich habe Dr. Stuart gefragt. Er will, dass du hier bleibst!«

Kris ging zur Tür.

»Komm«, sagte sie. »Ich bin stark genug.« Ohne ihrem Vater eine weitere Möglichkeit zu einem Einwand zu geben, ging sie durch den Flur davon. Beim Aufzug holte sie Mr Dentry ein. Sie blickte zu ihm auf. Er hatte die Lippen fest zusammengepresst. Sie nahm ihn bei der Hand und er drückte sie fest.

Mr Haumesser saß im Schatten des Verandadaches und schaute den Faltern zu, die im Licht der Lampe tanzten. Es war kühler geworden. Im Haus lief der Fernseher, aber er wusste, dass seine Frau im Liegestuhl eingeschlafen war.

Der Hund saß neben ihm und hatte den Kopf auf seine Knie gelegt. Mr Haumesser streichelte den Hund und immer, wenn er aufhörte, stubste ihn der Hund mit der kalten Nase an, um ihn an seine Pflicht zu erinnern.

Es war eine windstille Nacht. Die Straße nach Grinders Hollow lag blass im Mondlicht da. Irgendwo im Sumpf schrie ein Reiher. Auf der Straße zwischen Wakefield und Springtown war kein Verkehr mehr. Der Widerschein der Stadtlichter ließ die Sterne in der Ferne verblassen.

Mr Haumesser dachte über sein Leben nach. Manchmal fragte er sich, warum sie überhaupt noch lebten, er und Emily. Sie hatten keine Ziele mehr. Ihre Freunde waren alle gestorben. Kinder hatten sie keine und von den Verwandten in der alten Heimat wussten sie nichts mehr.

Er dachte an den Tod, an die Erlösung, die er bringen würde. Keine Schmerzen mehr für Emily.

Scheinwerferlicht riss ihn aus den Gedanken. Ein Auto kam von Wakefield her, wurde langsamer und schwenkte auf die Straße nach Grinders Hollow ein. Das Auto hielt am Straßenrand, das Seitenfenster wurde heruntergelassen.

»Mr Haumesser! Ich bin's, Howard Dentry.«

»Ah«, rief Mr Haumesser in die Nacht hinaus.

Zu seiner Überraschung fuhr das Auto umgehend weiter in Richtung Grinders Hollow. Er blickte ihm lange nach. Staub hing in der Luft und hüllte das kleine Haus und den Laden ein. Mr Haumesser nahm sich vor, am Montag in die Stadt zu fahren und noch einmal im Straßenbauamt vorzusprechen. Ein letztes Mal. Seit vierzig Jahren versuchte er, die Countyverwaltung dazu zu bringen, ein kurzes Straßenstück zu asphaltieren.

Kaum eine halbe Stunde war vergangen, seit das Auto mit Howard Dentry vorbeigefahren war. Mr Haumesser saß noch immer auf der Veranda. Im Fernseher knallten Revolverschüsse. Sie weckten Mrs Haumesser auf. Sie rief nach ihm und er erhob sich und machte sich daran, ins Haus zu gehen, aber da sah er den Lichtschein über den Büschen und Bäumen, die ihm die Sicht auf die Straße nach Wakefield versperrten.

Dort kamen Autos die Straße hoch, und zwar nicht nur eines oder zwei, sondern ein halbes Dutzend oder mehr.

»Helmut, wo bleibst du denn?«, rief Emily aufgeregt.

»Ich bin hier draußen auf der Veranda, Emily«, gab ihr Mr Haumesser so laut zur Antwort, dass sie ihn hören musste, obwohl sie nicht mehr gut hörte.

Jetzt tauchten die Lichter hinter den Büschen und Bäumen auf und der Straßenteer wurde von der Helligkeit der Scheinwerfer überflutet. Die

Büsche und Bäume schienen sich zu bewegen, aber Mr Haumesser wusste, dass das nur eine Täuschung war. Er zählte dreizehn Autos, die dort hintereinander auf der Straße fuhren, und er dachte erst, dass sie alle am Laden vorbeifahren würden, aber dann wurden sie langsamer und schließlich schwenkten sie bei der Kreuzung nach rechts ab und sie fuhren auf den Platz vor dem Store. Männer stiegen aus und einige kamen näher, während andere bei den Autos blieben.

Einer von ihnen betrat den Vorbau des Ladens. Er rüttelte an der Tür. Dann rief er Mr Haumessers Namen.

»Helmut!«

Mr Haumesser machte sich bemerkbar.

»Hier bin ich«, rief er dem Mann zu. »Was wollt ihr?«

»Zigaretten«, sagte der Mann.

Mr Haumesser holte den Ladenschlüssel, der in der Küche am Brett hing.

»Da sind welche, die wollen Zigaretten kaufen«, erklärte er seiner Frau.

»Es ist Sonntagnacht, Helmut«, sagte sie.

Er ging hinaus und machte den Laden auf. Die Männer kamen herein. Es waren fünf, Mr Haumesser erkannte zwei von ihnen, einen Jungen, der als Lastwagenfahrer arbeitete, und einen Angestellten einer Teppichreinigungsfirma. Er verkaufte ihnen fünf Schachteln Zigaretten. Der Junge ging zu einem Regal und nahm eine Schachtel Schrotpatronen zur Hand. Er be-

251

zahlte sie und seine Zigaretten. Sie verließen den Laden und er hörte sie draußen lachen. Dann sah er sie alle in Richtung Grinders Hollow davonfahren und draußen auf dem Platz breitete sich im Licht der Laterne der Staub aus. Mr Haumesser ging ins Haus zurück und versperrte die Tür hinter sich. Seine Frau fragte ihn nach den Männern.

»Einer ist der junge Rick Hudac«, sagte Mr Haumesser. »Den habe ich erkannt, weil er letzte Woche mit seinem Lastwagen eine Lieferung hierher gebracht hat.«

»Was wollten sie, Helmut?«

»Zigaretten kaufen.«

Sie blickte ihn an und er blickte zu Boden.

Dr. Stuart lag schon im Bett, als das Telefon klingelte. Eine der Nachtschwestern war am Apparat.

»Dr. Stuart, können Sie ganz schnell hierher kommen? Es ist äußerst wichtig. Einer der Patienten ist uns abhanden gekommen.«

»Abhanden gekommen? Sagen Sie mal, Schwester, wie soll ich das verstehen?«

»Es ist die Patientin Kris Dentry, Dr. Stuart. Wir haben es erst vor wenigen Minuten gemerkt. Eigentlich haben wir es überhaupt nicht gemerkt, wenn nicht dieser junge Rennfahrer, Reid Carver –«

Die Nachtschwester brach ab. Dr. Stuart vernahm Stimmen von anderen Leuten. Reid Carvers Stimme. »Geben Sie mir das Telefon, verdammt!« Es knackte und klickte in der Leitung und dann war Reid dran.

»Dr. Stuart, ich vermute, dass Kris mit ihrem Vater abgehauen ist«, stieß der Junge hervor, bevor Dr. Stuart dazu kam, selbst etwas zu sagen. »Sagen Sie den Nachtwächtern, bitte schön, dass man mich nicht länger festhalten soll, Kris Dentry und ihr Vater sind nämlich in Gefahr!«

»Ich bin in fünf Minuten im Krankenhaus«, gab Dr. Stuart zurück. »So lange musst du dich gedulden, mein Junge.«

»Der Teufel ist Ihr Junge! Es kommt auf jede Minute an, verstehen Sie!«

»Kein Wort verstehe ich, Reid. Was ist geschehen?«

»Kommen Sie her!«

Die Verbindung wurde jäh unterbrochen. Dr. Stuart zog ein T-Shirt, seine Jeans und seine Cowboystiefel an, fuhr sich mit gespreizten Fingern einmal durchs Haar und lief aus seiner Wohnung. Knapp fünf Minuten später stürzte er durch die Glastüren in die Empfangshalle, wo Reid Carver von zwei Nachtwächtern an beiden Armen festgehalten wurde. Einer der Nachtwächter hatte eine blutige Schramme über der linken Augenbraue.

»Sagen Sie diesen beiden Affen, dass sie mich loslassen sollen!«, fauchte Reid den Arzt an.

»Nur wenn du versprichst, vernünftig zu sein und mir ein paar Fragen zu beantworten«, entgegnete Dr. Stuart.

253

»Okay. Aber nicht hier drin, Doc. Wenn Sie wollen, können Sie mich begleiten.«

»Wohin?«

»Das sage ich Ihnen schon.«

Dr. Stuart nickte den beiden Nachtwächtern zu. Sie ließen Reid widerwillig los und er rückte das Hemd zurecht, das ihm über die Hose herunterhing. Dabei bemerkte Dr. Stuart, dass mehrere Knöchel an seiner rechten Hand aufgeplatzt waren.

»Das gibt ein Nachspiel, verlass dich darauf, Reid!«, knurrte der Nachtwächter mit der Schramme. Reid beachtete ihn nicht. Er bedeutete Dr. Stuart, ihm zu folgen. Draußen lief er vor dem Arzt her über den Parkplatz zu seiner alten Karre, die auf dem für den Chefarzt reservierten Platz abgestellt war.

»Steigen Sie ein!«, forderte Reid Dr. Stuart auf. »Und schnallen Sie sich bitte an.«

»Wohin fahren wir?«, fragte Dr. Stuart, nachdem Reid hinter dem Steuerrad Platz genommen hatte. »Ich glaube, du bist mir eine Erklärung schuldig, Reid.«

Reid drehte den Anlasser. Der Motor sprang an und erfüllte die Kabine der alten Karre mit einem dröhnenden Lärm. Unwillkürlich zog Dr. Stuart den Kopf etwas ein und stemmte seine Füße gegen den Boden. Reid legte den Rückwärtsgang ein.

Es war ungefähr elf Uhr, als sie Grinders Hollow erreichten. Ohne Licht fuhren sie bis zur alten Tankstelle. Dort ließen sie ihre Fahrzeuge stehen, warfen sich die weißen Umhänge über und stülpten sich die spitzen Kapuzen über die Köpfe. Dann nahmen sie ihre Gewehre und Schrotflinten zur Hand.

Es war still in Grinders Hollow. Von den wenigen Leuten, die hier wohnten, schliefen die meisten schon. Aus den Fenstern des Halfmoon Cafés drang schwacher Lichtschein. Irgendwo begann ein Hund zu bellen.

Einer der Kapuzenmänner nahm ein Holzkreuz von der Ladepritsche eines Pick-up Trucks. Das Kreuz war fast so groß wie der Mann selbst. Er schulterte es und stellte sich damit in den Schatten der alten Tankstelle. Als sich alle dort versammelt hatten, hob einer von ihnen die Hand und bedeutete ihnen, ihm zu folgen. Der Mann ging die löchrige Straße entlang. Zwei Dutzend Männer folgten ihm lautlos und gespenstisch durch die Nacht. Sie gingen am Halfmoon Café vorbei. Ein Hund, der in der Nähe des Vorbaues lag, erhob sich und rannte davon. Einer der Männer betrat den Vorbau und blickte durch das Fenster neben der Tür. Es befand sich niemand in dem kleinen Schankraum. Der Mann beeilte sich, die anderen einzuholen. Sie waren auf dem Weg zum Boyd-Haus, das von der Hauptstraße aus nicht zu sehen war. Sie nahmen nicht den langen Weg bis zum Ende der Straße, sondern folgten einem Fußpfad, der im Mondlicht schwach zu erkennen war.

»Reverend Neal, Sie müssen LeRoy sagen, dass es nicht richtig ist, was er vorhat«, stieß Kris hervor. Sie starrte dabei nicht den Reverend an, der im einzigen Polsterstuhl saß und Johannisbeerwein trank, sondern LeRoy. Der schwergewichtige Mann saß auf einem der Stühle, die tätowierten Arme über seinem Bauch verschränkt. Hinter ihm stand Marvin, nur als dunkle Silhouette erkennbar.

»Ich geh jetzt nach Hause«, sagte Bubba. Er stand abwartend bei der Tür, den Knauf in der Hand.

»Du bleibst, bis das hier geregelt ist«, sagte der Reverend.

»Es ist alles geregelt«, sagte LeRoy.

Kris sah in der Tür zur Küche Mrs Boyd auftauchen.

»Ich habe Kartoffelpuffer gemacht«, sagte sie. »Für alle.« Sie brachte ihrem Sohn Jake einen Teller mit einigen Kartoffelpuffern und Kris bemerkte, wie sie ihm schnell mit der einen Hand über das Haar strich. LeRoy stand auf und ging in die Küche. Mr Dentry erhob sich auch. Er blickte seine Tochter an.

»Wir müssen in die Stadt zurück, Mrs Boyd«, sagte er. »Kris' Mutter macht sich bestimmt schon große Sorgen.«

»Gehen Sie, Mr Dentry«, sagte der Reverend. »Was geschehen muss, wird geschehen.«

»Ist denn nicht schon genug geschehen, Reverend«, sagte Mr Dentry. Er sah Jake an. »Warum

256

muss es noch ein Unglück geben, bevor man zur Vernunft kommt?«

»Mit Vernunft hat das alles nichts zu tun, Mr Dentry«, sagte der Reverend. Seine schwarze Haut glitzerte vom Schweiß. Es war warm im Haus.

Der Reverend war eigentlich gar kein Reverend. Irgendwann hatte er zu predigen angefangen, und da es in Grinders Hollow keinen Reverend gab, übernahm er dieses Amt und niemand machte es ihm streitig.

LeRoy kam aus der Küche mit einem Teller voller Kartoffelpuffer.

»Pearl macht die besten Kartoffelpuffer«, sagte er mit vollem Mund.

»Ach was, LeRoy«, winkte Mrs Boyd ab.

»Ich geh jetzt nach Hause«, sagte Bubba.

»Als Rechtsanwalt kann ich euch dafür garantieren, dass der schuldige Fahrer für Dolans Tod nach unseren Gesetzen rechtmäßig bestraft wird«, sagte Mr Dentry. »Er wird vor ein Gericht kommen und vor eine Jury, die aus Weißen und Schwarzen besteht.«

»Du hast gesagt, was zu sagen ist, Dentry«, sagte LeRoy und setzte sich auf seinen Stuhl. »Ich glaube nicht, dass du hier noch länger willkommen bist.«

Mrs Boyd fuhr herum.

»LeRoy, dies ist mein Haus. Wie kommst du dazu, so etwas zu sagen?«

»Deine Kartoffelpuffer sind wirklich die besten«, sagte LeRoy.

Der Reverend hob den Krug. Seine Augen waren wild.

»Der Schuldige wird büßen, Mr Dentry. Prost!« Er trank.

Bubba öffente die Tür. »Wenn jetzt alles geregelt ist, geh ich nach Hause.«

»Dann geh endlich«, sagte der Reverend. »Es ist alles geregelt.«

Bubba ging hinaus.

»Sagen Sie uns wenigstens, wer es ist, Reverend«, sagte Mr Dentry.

»Ich weiß selbst nicht, wer es ist«, log der Reverend.

LeRoy mampfte einen Kartoffelpuffer nach dem anderen. Kris ging auf den Rollstuhl zu, kauerte vor ihm nieder und legte ihre Hände auf Jakes Hände.

»Jake, ich bin sicher, dass Dolan das nicht –«

»Dolan ist tot«, unterbrach er sie.

Kris spürte, wie ihr die Tränen kamen. Sie versuchte sie zurückzuhalten, aber es gelang ihr nicht. Ihr Vater kam zu ihr und nahm sie beim Arm.

»Komm, Kris. Es hat keinen Sinn, diese Leute überzeugen zu wollen. Sie haben sich entschieden, das zu tun, was hier in dieser Gegend schon immer auf beiden Seiten getan wurde, nämlich Unrecht mit Unrecht zu begleichen.« Er zog Kris hoch. »Bitte, Mrs Boyd, entschuldigen Sie, dass wir hier eingedrungen sind. Meine Tochter hoffte, dass sie das nächste Unglück verhindern könnte, wenn sie mit Ihnen und mit Jake redet.«

»Gerechtigkeit, Mr Dentry, damit hat das etwas zu tun«, sagte der Reverend. »Nicht mit Vernunft. Mit Gerechtigkeit.«

Mr Dentry gab ihm keine Antwort. Er wollte sich abwenden, als Mrs Boyd vortrat. »LeRoy, vielleicht sollten wir Mr Dentry –«

Weiter kam Mrs Boyd nicht, denn in diesem Augenblick polterte es draußen auf der Veranda und eine Sekunde später stürzte Bubba durch die Tür ins Haus, sein Gesicht blutüberströmt und verzerrt vor Angst und Schrecken. Die Tür schlug mit einem Krachen gegen die Innenwand. Ein Bild fiel herunter. Glas zersplitterte. Durch die Türöffnung sah Kris, wie vor dem Haus Flammen aufzüngelten. Sie leckten an einem Kreuz hoch, das mitten auf dem Platz vor dem Haus stand, und im flackernden Lichtschein sah sie die Kapuzenmänner wie weiße Schatten im Flammenschein.

Kris hörte den Schrei, den Mrs Boyd ausstieß. Dass sie selbst vor Schreck aufschrie, wurde ihr nicht bewusst. In den Schlafkammern begannen die Jungen zu schreien. Das Fenster neben der Tür zersplitterte. Ein großer Stein landete vor Mr Dentrys Füßen.

Der Reverend war aufgestanden. Er stellte den Krug auf den Tisch.

»Wo hebst du dein Gewehr auf, Jake?«, fragte er.

Jake zeigte auf einen Schrank. Der Reverend

öffnete ihn und nahm ein Jagdgewehr heraus. Völlig ruhig fragte er Jake, ob es geladen sei. Jake nickte.

Bubba lag blutüberströmt am Boden auf dem alten Flickenteppich. Die Männer draußen hatten ihn mit Fäusten und Kolbenhieben übel zugerichtet. Er blutete aus einer tiefen Platzwunde auf der Stirn und auf der Nase und dem Mund. Mrs Boyd kümmerte sich um ihn. Carrie holte einen Eimer Wasser aus der Küche. LeRoy hatte den Docht der Petroleumlampe heruntergedreht, so dass es im Haus beinahe dunkel war. Bubba stöhnte leise. Eines der Mädchen weinte.

Der Reverend war mit dem Gewehr ans Fenster getreten. Er blickte auf den Platz hinaus, auf dem das Kreuz lichterloh brannte. Im flackernden Schein der Flammen verteilten sich die Männer des Ku-Klux-Klan auf dem ganzen Platz. Einer von ihnen trat bis auf zwanzig Schritte an das Haus heran.

»Mrs Boyd!«, rief er.

Mrs Boyd, die am Boden kniete und einen Lappen gegen Bubbas Stirn drückte, hob jäh den Kopf und starrte zum Fenster hinüber.

»Mrs Boyd, wir geben Ihnen drei Minuten Zeit, Ihr Haus mit Ihrer Familie und mit Ihren Gästen zu verlassen!«, rief der Mann draußen mit unduldsamer Stimme.

»Was haben sie vor?«, stieß Kris hervor, während sie vorsichtig aus dem Fenster spähte.

260

»Sie werden das Haus anzünden«, sagte Jake. »So wie sie es schon beim letzten Mal getan haben.«

»Und wenn wir nicht hinausgehen?«

»Das wäre ihnen vielleicht noch lieber«, sagte Carrie. »Wenn wir alle hier drin bleiben und verbrennen.«

Die Kapuzenmänner draußen warteten.

»Einen von ihnen könnte ich niederschießen«, sagte der Reverend. Mr Dentry ging zu ihm und streckte die Hand aus.

»Geben Sie mir das Gewehr, Reverend!«

In diesem Moment rief der Mann draußen nach Mr Dentry.

»Sie sollten vielleicht den Anfang machen, Mr Dentry!«, rief der Mann. »Als Rechtsanwalt haben Sie doch gelernt, Ihre Chancen richtig abzuwägen.«

»Erkennt jemand diese Stimme?«, fragte Mr Dentry. Er wandte sich nach LeRoy um. Der große Mann hatte einen der weinenden Jungen auf den Knien. Als er sich wieder dem Fenster zuwandte, legte der Reverend das Gewehr an.

»Noch zwei Minuten!«, rief der Mann draußen.

»Nicht mehr für dich!«, hörte Mr Dentry den Reverend flüstern, aber als er ihm in die Arme fallen wollte, um ihn am Schuss zu hindern, drückte er ab.

Die Kugel traf den Anführer der Kapuzenmänner. Er taumelte wie ein Betrunkener, bevor er in die Knie sackte und nach hinten auf den Rücken fiel.

»Ich wusste, dass ich ihn treffen kann«, sagte der Reverend, dem Mr Dentry das Gewehr entrissen hatte.

Draußen war es jetzt totenstill. Mehrere Kapuzenmänner liefen zu ihrem Anführer, der einige Schritte vom brennenden Kreuz entfernt am Boden lag. Sie packten ihn und schleiften ihn mit sich in den Schatten eines Koppelzaunes. Dort kauerten sie sich nieder.

»Hast du ihn umgelegt, John?«, fragte Bubba. Er hatte sich nach dem Schuss etwas aufgerichtet.

»Ich glaube, ich habe ihn richtig getroffen«, antwortete der Reverend. Er ging zum Tisch und griff nach dem Weinkrug. »Auf die Gerechtigkeit«, sagte er und hob den Krug auf dem angewinkelten Arm zum Mund.

»Sie verfluchter Narr!«, schimpfte Mr Dentry. »Wenn der Mann stirbt, haben Sie einen Mord auf dem Gewissen.«

Ein Schuss krachte. Irgendwo im Haus zersplitterte eine Scheibe. Kris, die über das Fensterbrett hinweg hinausblickte, sah mehrere weiße Schatten durch den Lichtschein gleiten.

»Die Zeit ist um!«, rief eine Stimme, die Kris irgendwie bekannt vorkam. Bevor sie jedoch in ihrer Erinnerung nachforschen konnte, vernahm sie ein dröhnendes Geräusch, das schnell lauter wurde. Von der Straße her, die am Ententeich vorbeiführte, wurde der Platz vor dem

262

Haus allmählich von einem hellen Lichtschein überflutet. Kris kniff geblendet die Augen zusammen, um besser zu sehen, konnte aber im gleißenden Weiß nichts erkennen. Das Geräusch wurde lauter und lauter. Aus dem Lichtschein heraus löste sich schließlich die Silhouette eines Autos, das am Rand des Platzes, in der Nähe des Schuppens, zum Stehen kam. Der Motor wurde leiser und ging schließlich aus. Die Scheinwerfer erloschen. Im Licht des brennenden Kreuzes konnte Kris nun den alten Dodge von Reid Carver erkennen, mit der aufgemalten 32.

Kris wollte ihren Augen nicht trauen, als sie sah, wie die Fahrertür aufging und Reid ausstieg. Schief und sich mit einer Hand an seinem Auto aufstützend, stand er dort, das Gesicht halb im Schatten seiner Schildmütze. Hinter der Windschutzscheibe glaubte Kris mehrere helle Flecken erkennen zu können. Gesichter waren es, ohne Gesichter zu sein.

»Kris!«

Der Ruf ließ Kris zusammenfahren. Sie blickte sich nach ihrem Vater um, der bei der Tür stand.

»Kris! Ich bin's, Reid Carver!«

Langsam richtete sich Kris auf. Sie ging zu ihrem Vater und er nahm sie bei der Hand.

»Wenn du im Haus bist, komm bitte heraus!«

Reid löste sich jetzt von seinem Auto. Er kam näher, blieb aber dann im Feuerschein stehen.

»Kris!«, rief er noch einmal.

Kris trat unter die Tür. Einige Sekunden stand

sie regungslos neben ihrem Vater und blickte auf den Platz hinaus, wo Reid Carver einen langen Schatten über den Boden warf. Hinter ihm ragte das brennende Kreuz auf, schief im Boden steckend. Von den Kapuzenmännern waren am Rand des Feuerscheins nur noch schemenhafte Umrisse zu erkennen.

Kris entzog ihrem Vater die Hand. Sie betrat die Veranda, ging die Stufen hinunter und über den Platz auf Reid zu. Hinter ihr kam Mr Dentry aus dem Haus. Er blieb auf der Veranda stehen, das leer geschossene Gewehr noch immer in der Hand. Und auch Mrs Boyd erschien in der Tür und hinter ihr Carrie, die den Rollstuhl ihres Bruders durch die Türöffnung schob. Und dann erschien LeRoy, mit einem der Jungen auf dem Arm und dem anderen an der Hand. Sie versammelten sich alle auf der Veranda. Nur der Reverend und Bubba blieben im Haus.

Kris blieb neben Reid Carver stehen. Sie blickte zum Koppelzaun hinüber. Dort, in den tiefen Nachtschatten, hatten sich die Klanleute versteckt.

»Vater!«, rief Reid über den Platz. »Vater, ich weiß, dass du hier bist!«

Reids Stimme verhallte. Er bekam keine Antwort. Beim Koppelzaun rührte sich nichts.

»Ich habe jemanden mitgebracht, Vater!«, rief Reid. »Ich habe Dr. Stuart mitgebracht und Sid Dentry! Sid und ich, wir haben uns entschlossen, die Wahrheit zu sagen!«

Reids Stimme verhallte. Stille herrschte. Niemand rührte sich. Es war so ruhig auf dem Platz, dass Kris das Knistern der Flammen am Holzkreuz zu hören glaubte.

Hinter Reid stieg nun Dr. Stuart aus dem Dodge. Er schob die Rückenlehne des Sitzes nach vorn und half Sid heraus. Licht und Schatten tanzten auf Sids blassem Gesicht und Kris konnte es in diesem Augenblick zum ersten Mal so sehen, wie es in ihrem Unterbewusstsein verborgen gewesen war. Es war Sid gewesen, die sie im Pick-up gesehen hatte, Sekunden bevor Dolans Taxi gerammt worden war, ein übermütig lachendes Gesicht, halb von wilden Haarsträhnen bedeckt. Und jetzt sah sie auch die andern. Reid am Fenster und neben ihm ein Mädchen, das sie noch nie gesehen hatte, und ein Junge, den sie nicht kannte. Und Reid streckte ihr die Bierdose entgegen und er rief ihr etwas zu und das Mädchen kicherte aus vollem Hals und der Junge umarmte Sid, die am Steuer des Pick-ups saß, Reids Baseballmütze mit dem Schild nach hinten auf dem Kopf, eine Hand am Steuerrad, in der anderen eine überschäumende Bierdose, und dann knallte es und der Knall löschte das Bild aus und das Nächste, an das sich Kris erinnern konnte, waren die Gestalten, die an ihr vorbeiliefen, an das Feuer und den Gestank und wie sich jemand über sie beugte und leise »Lieber Gott« sagte.

»Sid saß am Steuer, Vater!«, rief Reid in die Richtung, in der er seinen Vater vermutete.

265

»Nicht ich bin gefahren, Vater. Um Sid zu schützen, haben wir alle gelogen. Es war auch nicht Stevie, Vater! Wir waren alle zu betrunken! Wir waren alle betrunken und ich weiß nicht, warum Sid gefahren ist und nicht einer von uns. Sid ist Stevies Pick-up nie zuvor gefahren. Er hat niemand fahren lassen. Das hat ihm sein Vater verboten. Aber in dieser Nacht ließ er Sid ans Steuer und wir kamen von Springtown, von der Dentry Farm her, und beim Crossroad Store hielten wir an, und Stevie ging in den Store und kaufte noch eine Zwölferpackung Budweiser und wir fuhren weiter in Richtung Wakefield und Sid sagte, dass sie ihre Cousine vom Bahnhof abholen sollte, und wir lachten alle, weil es schon nach Mitternacht war und nach Mitternacht keine Züge mehr ankommen. Und dann kam uns Dolans Taxi entgegen, und Sid sah Kris hinten drin und wir drehten um und fuhren ohne Licht zurück, um sie zu erschrecken. In der langen Kurve holten wir sie ein und Sid wollte links an das Taxi ranfahren und da geschah es. Sie steuerte Stevies Pick-up so nahe an Dolans Taxi heran, dass der kleinste Schwenker zu einem Zusammenprall führen konnte. Ich rief Sid zu, von Dolans Taxi wegzubleiben, aber da knallte es und im nächsten Moment überrollte sich Dolans Taxi an der Böschung. Es war ein Unglück, Vater! Und wir sind alle daran schuld, nicht nur Sid!«

Reid brach ab. Seine Stimme verhallte. Nichts

geschah. »Vater!«, rief Reid in die Stille hinein. »Wir sind alle schuld! Du und deine Freunde auch! Und Sheriff Sutro, der noch in derselben Nacht dafür gesorgt hat, dass die Spuren an der Unfallstelle beseitigt wurden. Und das mit dem Reh, das war deine Idee, Vater! Ich habe es von Butch erfahren. Er war ganz stolz darauf, dass es ihm gelang, das Reh in einer Falle zu fangen und so zu töten, dass selbst Dr. Stuart bei einer späteren Untersuchung als Todesursache nur einen Zusammenprall mit Dolans Taxi hätte feststellen können.

Außerdem weiß ich, dass Mr Rowan zum Crossroad Store gefahren ist, um die Haumessers einzuschüchtern, so dass sie niemandem erzählen würden, wer in jener Nacht bei ihnen im Laden war und Bier kaufte. Alles nur, um mich zu schützen, Vater, weil ihr angenommen habt, dass ich gefahren bin!«

Reid verstummte. Seine Stimme verlor sich in der Nacht. Es wurde still.

»Vater!«, rief Reid.

Nichts. Kris spürte, wie Reid mit seiner Hand ihre Hand berührte. Dr. Stuart kam über den Platz. Er ging an ihnen vorbei in die Richtung der Koppel. Dort lag eine Gestalt am Boden. Und neben der Gestalt kauerte ein Mann. Dr. Stuart blieb stehen.

»Mr Carver?«, sagte er halblaut.

Der Mann hob den Kopf. In den Sehschlitzen der Kapuze konnte Dr. Stuart den Widerschein des brennenden Kreuzes glitzern sehen. Der

Mann erhob sich. Mit einer Hand griff er nach seiner Kapuze, und während er in den Feuerschein trat, zog er sie sich vom Kopf. Es war nicht das Gesicht von Reids Vater, das darunter zum Vorschein kam. Es war das von Butch, Reids Bruder.

»Sie sind alle abgehauen«, würgte er hervor und er wischte sich mit einer fahrigen Bewegung die Haarsträhnen aus der Stirn. Kris konnte im Feuerschein erkennen, dass ihm Tränen über die Wangen liefen. »Sie dachten alle, dass du gefahren bist, Reid. Deshalb sind sie mit Vater hergekommen. Und die Leute dort davor zu warnen, gegen dich vorzugehen.«

Dr. Stuart ging an ihm vorbei und kauerte bei der Gestalt nieder. Neben der Gestalt lag eine Kapuze am Boden. Auf dem weißen Gewand befand sich ein großer dunkler Fleck. Dr. Stuart rief nach einem Licht. Mrs Boyd stürzte ins Haus und kam mit der Petroleumlampe zurück. Sie lief über den Platz zu Dr. Stuart. Der Lampenschein fiel in das Gesicht des Mannes, der am Boden lag. Kris hörte, wie Reid neben ihr aufstöhnte, denn dort, bei der Koppel, lag sein Vater.

Mr und Mrs Haumesser lagen im Bett, als sie die Autos vorbeifahren hörten. Eines nach dem anderen. Sie kamen von Grinders Hollow her. Mitternacht war längst vorbei. Mondlicht sickerte durch die Vorhänge des Schlafzimmers. Mr Haumesser setzte sich auf. Er sah, dass die

Augen seiner Frau offen waren. Blass sah sie aus. Wie tot.

»Emily«, sagte er leise.

»Ja?«

»Hörst du sie?«

»Sie fahren in die Stadt zurück, nicht wahr?«

Mr Haumesser nickte. »Was meinst du, was sie dort draußen gemacht haben?«

»Nichts Gutes«, gab sie zur Antwort. »Ganz bestimmt nicht.«

Das Motorengeräusch verklang. Es war wieder still draußen. Mr Haumesser stand auf. Er ging zum Fenster und blickte hinaus. Staub lag über dem Platz und über der Kreuzung. Er schlurfte in die Küche und aß einen Apfel.

Kris wurde am Montag nach dem Frühstück entlassen. Ihre Mutter brachte ihr den Käfig mit dem Kaninchen ins Krankenhaus. Der Zug, der Wakefield um elf Uhr dreißig verließ, sollte sie und ihre Mutter nach Memphis bringen. Von dort wollten sie mit der Privatmaschine eines Geschäftspartners Mr Dentrys nach Atlanta zurückfliegen.

Dr. Stuart und die Krankenschwestern Susan und Ruth verabschiedeten sich von Kris. Ihre Mutter machte für alle Fotos mit der Polaroidkamera. Von Dr. Stuart erhielt Kris einen Macumba-Anhänger aus Brasilien, der ihr Glück bringen und sie beschützen sollte.

Kris fragte ein letztes Mal nach Mr Carver. Er lag in der Intensivstation im Koma.

»Wird er es schaffen, Dr. Stuart?«

Der Arzt drückte ihre Hand.

»Das weiß ich selbst nicht, Kris«, sagte er. »Reid und sein Bruder haben die ganze Nacht an seinem Bett verbracht, aber ich weiß nicht, ob er das überhaupt mitkriegt.«

Ein Taxi fuhr Kris und ihre Mutter und das Kaninchen vom Krankenhaus zum Bahnhof. Die Stadt erschien Kris an diesem Morgen wie gelähmt. Es waren nicht viele Leute auf der Straße. Vor dem Copperhead Saloon kehrte ein alter Mann den Bürgersteig. Überall wurden Banner und Fahnen heruntergenommen, mit denen die Hauptstraße für das Rennen geschmückt worden war.

Vom Bahnhof aus rief Kris die Dentry Farm an.

Sid hob ab.

»Sid.«

»Ja.«

»Der Zug fährt in einer halben Stunde.«

»Ja.«

»Was machst du?«

»Nichts.«

»Ist jemand bei dir, Sid?«

»Nein. Ich bin am Nachmittag vorgeladen. Dein Vater holt mich ab. Es kann sein, dass sie mich einsperren.«

Kris schwieg.

»Kris.«

»Ja.«

»Wenn sie mich nicht einsperren, geh ich nach Australien.«

Kris schwieg. Ein Klicken in der Leitung sagte ihr, dass Sid aufgelegt hatte.

Kris nahm den Käfig auf und blickte sich nach ihrer Mutter um. Da sah sie Reid Carver durch die Halle des Stationsgebäudes kommen. Als sie sich ihm zuwandte, blieb er stehen. Er hob die Hand zum Abschied. Kris drehte sich um. Der Zug fuhr ein. Ihre Mutter redete mit Mr Bacon, dem Stationsvorsteher. Auf der Bank, in der Nähe des Briefkastens, saß ein graubärtiger Mann mit einem kleinen Hund auf dem Schoß. Der Mann trug keine Schuhe. Er blickte Kris an, aber Kris war nicht sicher, ob er sie sah.

»Komm, mein Kind«, sagte ihre Mutter.

Sie stiegen ein.

Werner J. Egli

Feuer im Eis

Kyle träumt davon, ein weltberühmter Schlittenhundeführer zu werden. Jack Lightfoot, ein junger Indianer, verliebt sich in Kyles Schwester Helen. Ihr Vater tut alles, um diese Beziehung zu verhindern. Als Kyle bei einer seiner Trainingsfahrten von drei Unbekannten krankenhausreif geprügelt wird, scheint festzustehen, daß er dieses Jahr nicht am großen Rennen teilnehmen wird. Doch ausgerechnet Jack macht ihm den Vorschlag, mit ihm gemeinsam das Rennen zu fahren. Es ist eine einmalige Chance – mehr als ein Sieg beim Rennen …

224 Seiten